서쪽으로
난 창

서쪽으로 난 창

박지향 지음

누구에게도
할 수 없었던
　당신의 이야기,
　제가 대신 할게요

좋은땅

프롤로그

모국어가 멀어져 갔습니다. 그렇다고 영어와 친해진 것도 아니었습니다. 언어의 한계는 삶의 한계였고 어느 곳에도 속하지 못한 이방인이었습니다. 어느 쪽이든 한쪽으로 두 발을 모아야 했습니다. '시민권을 받으면 좀 나을까?' 선서를 하고 시민권을 받았습니다. 시민권을 받아도 나아지는 건 없었습니다. 아무리 달려도 길은 보이지 않았습니다. 강을 건너면 산이, 산을 넘고 나니 바다가 나타났습니다. 그렇게 익숙해진 낯선 땅 캐나다에서 넘어지고 깨어지며 스무 해를 살았습니다. "고맙습니다"보다 "Thank you"가 먼저 나오지만 여전히 타향인 이곳에 뿌리를 내려야 했습니다. 그때 입사한 곳이 Independent Retirement Home(실버타운)입니다.

처음 초대받은 입주민 Dr. Donna Runnals를 만난 후 나는 리스너(Listener)가 되기로 마음먹었습니다. "말동무가 필요하시면 저를 불러 주세요, 쏟아 버리고 싶은 사연이 있으실 때도 저를 불러 주세요, 당신과 나만 아는 비밀로 죽는 날까지 묻어 두겠습니다"라고 나팔을 불고 다녔지요. 나팔 소리에 놀란 분들이 귀한 사연을 안겨 주셨습니다. 가까

서쪽으로 난 창

이 들여다보니 흔들리지 않고 피는 꽃이 없단 말처럼, 상처 없는 인생이 없었습니다. 세계 각국에서 찾아와 뿌리를 내리려 애쓰는 이민자들도, 이 땅에서 태어나고 자란 캐나디안들에게도 인생길은 비포장도로에 내비게이션도 없이 달리는 안개 바다였습니다. 흉허물이 될 수도 있는 과거와 은밀한 사연까지, 포장 없이 들려주신 삶은 아무에게도 하지 못한 고백이요, 참회였습니다. 가끔은 너무 가까이 다가선 탓에 나도 따라 핏물을 쏟아야 했고 80, 90년을 살아온 두터운 손으로 내 등을 쓸어 주실 때는 정작 사랑과 위로를 받은 쪽은 그들이 아닌 바로 나란 걸 알았습니다. 오가는 말은 많아도 남는 건 없고 권리를 주장하느라 의무를 다하지 않았고, 편견을 타도하자면서 편견의 가혹한 자를 들이댄 나의 이중성과도 만났습니다.

자발적 리스너가 되어 평균 나이를 85세로 보고 어림잡아 400명의 인생을 들었습니다. 시간으로 환산해 보면 내가 만난 시간은 3만 4천 년이나 됩니다. 잘 먹고 잘 살았지만 늘 허기진다는 분도, '가족을 위해서'라 했지만 내세운 명분 뒤에 감춰진 탐욕과 부서진 가족사도 읽었습니다. 사랑했기에 모든 걸 바친 뒤 무너지는 사람도, 끝까지 가 보지도 않고 길이 없다며 돌아선 사람도, 이별 뒤 비로소 시작된 사랑도 만났습니다. 수많은 사람의 수많은 사연을 들여다보았습니다. 정답은 없었습니다. 그렇지만 '묵묵히 걷는 길이 지름길'이란 것과 사랑하는 사람과 함께 밥을 먹던 '대단할 것 없는 그 시간이 제일 행복하고 소중한 시간이었다' 하시던 말씀에는 빨간 색연필로 커다랗게 동그라미를 쳐 두었습니다.

한국에서건 이곳 캐나다에서건 간에 리타이어먼트 홈(양로원)은 종착역으로 가는 마지막 정거장입니다. 모든 이별이 아프지만 그곳에서의 이별은 더 많이 아프고 더 애틋할 수밖에 없습니다. 매 순간이 간절합니다. "죽음을 기억하라", 언젠가부터 회자되는 메멘토 모리(Memento mori)는 그곳에서의 일상이었지요. 잘 살기 위해 매 순간 죽음을 기억할 순 없지만 누군가의 영정 사진 속에 내 사진을 넣으면서 삶의 순도는 높아지고 무게는 가벼워졌습니다. 각자는 섬이지만 보이지 않는 끈으로 서로를 묶고 있는 미처 가 보지 못한 나의 성지(聖地)였습니다.

　성지를 순례하듯 걸었던 노인의 나라에서 '나는 어떤 존재로 기억될까?' 자문했습니다. 그곳은 기억이 전부인 세상이었으니까요. 몇 번 만난 기억으로 평생을 사랑하고 영원히 그의 아내로 살아오신, 이 땅에서 이루지 못한 부부의 연(緣)도, 평생토록 용서하지 못한 마음에 가시를 키우시던 할머니의 '당신이 만든 감옥'도 보았습니다. 한 여자를 지극히 사랑했으니 성공한 인생이었다는 분과, 부귀영화를 누린 적도 생의 무대에 주인공이 되어 본 적도 없지만 자신의 임무를 다했으니 '후회 없다'는 삶도 만났습니다. 일평생이 행복하기만 하거나 불행하기만 한 인생은 없었습니다. 고통스러운 순간과 기쁨의 날들, 그 모든 순간이 모여 만든 인생이지만 어떤 분은 아픔만을 기억했고 또 어떤 분은 사랑했던 순간과 기쁨의 순간을 더 많이 기억했습니다. 현재 나를 만드는 건 '기억'뿐이더군요.

그 많은 사연 중, 발표를 허락하신 대부분(가명으로)은 밴쿠버 중앙일보와 브런치스토리에 연재했습니다. 이 한 권의 책으로 인생의 황혼기이며 우리 모두가 걸어가고 있는 "서쪽으로 난 창"을 열어 주신 노인분들께 감사의 인사를 대신합니다. 그분들의 삶은 제게 길이 되었고, 한 분 한 분의 생을 받아 적으며 부끄러운 나의 민낯과도 대면하는 소중한 시간을 선물 받았습니다. 예쁜 책으로 묶어 세상에 내보내자는 가족들의 응원도 있었지만 '군데군데 구멍투성이인 글을 책으로 묶어도 될까' 하는 생각으로 망설이던 중, 출판사 '좋은땅'을 만나 용기를 내었습니다. 생각해 보니 '좋은 땅에 심어지려고 여태 기다렸나' 싶습니다. 제가 쓴 문장이 아닌 노인들의 인생을 통해, 단 한 분이라도 용서하고 용서받는, 위로하고 위로받는 따뜻하고 향기로운 사랑의 꽃을 피운다면 더없이 기쁘겠습니다.

지금 노인이시고 앞으로 노인이 되실 모든 분께
이 책을 바치며 2023년 봄 박지향

목차

이사 가는 사람들

이사 가는 날

자식은 매번 늦고, 부모님은 매번 기다리시고

어디 있을까? 이별의 아픔을 담담한 빛깔로 그려 낸 노래 〈이사 가던 날〉 속에 등장했던 돌이는 어디서 무엇을 하고 있을까? '정말 떠나는 거야?' 묻지도 못하고, 하루를 울었던 돌이. 애꿎은 탱자나무 꽃잎만 흔들어 대던 뒷집 아이 돌이. 설렘과 아쉬움으로 떠나간 각시는 애타는 돌이 가슴을 짐작이나 했을까?

내가 밴쿠버로 떠나오던 날, 뒷집 아이 돌이는 하루를 울었지만 연로하신 내 부모님은 몇 날 며칠을 자리에서 일어나지도 못했다. 돌이는 탱자나무 꽃잎이라도 흔들 수 있었지만 내 부모님은 숟가락 하나 들지 못했다. 마음 같아선 달리는 비행기 앞에 드러누워서라도 붙잡고 싶은 막내딸이었다. 보내야 하는 늙으신 부모님의 애끓는 심정은 그 작은 꽃잎하나 흔들지 못했다. 참고 참았던 눈물을 끝내 터트리던 두 분께서는 행복하게 잘 살라시며 꼭 잡은 손을 어렵게 놓아주셨다. 잠시 다녀오겠다는 약속만 붙들어 놓고, 피눈물을 흘리면서도 붙잡지 않은 그 마음은 오직 하나, 사랑이었다.

오늘도 많은 사람들이 이사를 가고 이사를 온다. 이곳에서도 한 달에 한두 번은 이삿짐이 나가고 들어온다. 들어오는 풍경은 거기서 거기 모두가 비슷한 그림이다. 서먹한 발걸음에 같은 표정 같은 기대를 가지고 들어온다. 하지만 이사를 나가는 분들의 풍경은 많이 다르다. 어느 곳으로 옮겨 가느냐에 따라 표정이 달라지는 것이다. 이사지의 주소는 세 군데로 나누어진다. 첫째, 혼자 힘으로 살기가 힘든 분들이 가는 곳으로 더 많은 도우미와 더 많은 의료 지원을 해 주는 롱텀 케어 홈이다. 주로 이곳으로 많이들 옮겨 가신다. 둘째, '떠나실 날이 얼마 안 남았구나' 예감하는 분들도 있지만 대다수는 예고도 없이 하룻밤 사이에 천국으로 옮겨 가신다. 셋째, 아주 드물게 연로하신 부모님을 자식들이 모셔 간다. 이런 경우 우리는 잭팟이 터졌다고 표현한다.

지난해 봄, 벚꽃이 지던 4월 하순이었나 보다. 할머니 한 분이 이사를 가셨다. 입주하신 후 줄곧 봉사 활동도 하시고 베란다에는 작은 텃밭을 만들어 토마토며 딸기, 바질 등의 채소와 꽃을 가꾸며 활동적이고 건강하게 지내셨다. 여든이 넘은 노인들은 아무리 건강 상태가 좋아도 내일 일을 알 수가 없다. 할머니도 그랬다. 2년 전 겨울 갑작스레 쓰러지셨다. 뇌졸중이었다. 그 후유증으로 오른쪽 수족의 사용이 불편해진 할머니를 아들이 모셔 가기로 한 것이었다. 잭팟이 터진 것이다. 이사 날이 결정되자 85세 르노라 할머니는 가지고 계시던 옷가지며 가재도구를 친구들에게 나눠 주셨다. 더 이상 필요가 없다는 것이었다. 아들네로 들어간다고 해서 몇 십 년 소중하게 간직하던 물건들이 어찌 필요가 없을까. 혼자 가지는 행운이 미안해서 필요 없다는 이유를 만들어 주었을 것이다. 내 손에도 조그만 은색 종이 달린 열쇠고리 하나를 슬쩍 쥐여 주셨다.

크고 작은 물건들을 나눠 주며 더없이 행복한 할머니는 다시 예전의 건강을 회복하고 있었다. 식사량도 늘었고 어눌해졌던 발음도 제자리를 찾아가고 있어 말씀도 더 많이 하셨다. 지켜보던 이들이 한마디씩 했다. "르노라는 백 년도 더 살겠어" "시집 한 번 더 가겠네" 하며 부러운 마음을 감추지 않았다. 백 년도 더 살겠다던 할머니, 시집 한 번 더 가겠다던 할머니는 시집은커녕 한 달도 더 살지 못하셨다. 이사를 며칠 앞두고 모두가 잠든 밤, 아무도 모르게 천국으로 발길을 돌리셨다. 소리 없이 지는 벚꽃처럼 그렇게 홀연히 떠나가셨다.

할머니의 짐이 나가던 날, 하나밖에 없던 아들과 며느리가 몇 번을 오가며 짐들을 내어 갔다. 빌딩 앞에 세워 둔 작은 트럭 위로 연분홍 벚꽃 꽃잎이 떨어져 쌓였다. 평소에 끼고 다니시던 성경책과 앨범을 담은 종이 상자 위에도, 라디오와 뜨개실이 담긴 바구니 위에도 꽃잎이 쌓였다. 시간이 흐르면서 이삿짐 트럭은 연분홍 꽃상여로 변해 가고 있었다. 이별의 말 대신 향기를 남기고 가신 르노라 할머니의 짐은 아들이 가져온 작은 픽업트럭에 모두 다 실어졌다. 한 사람이 사는 데 필요한 물건은 그 조그만 트럭 하나로 충분했다. 마지막으로 방 안을 둘러보던 아들이 문 옆에 기대져 있던 지팡이를 집어 들었다. 손잡이가 반들반들해진 손때 묻은 지팡이였다. 그때까지 담담하게 짐을 나르던 아들이 "난 이렇게 매번 늦었어" 하며 누르고 있던 감정들을 뚝뚝 떨어지는 눈물과 함께 쏟

서쪽으로 난 창

아 내었다. 그렇게 자식들은 매번 늦고 부모님은 매번 용서하신다. 부모는 자식이 넘어지면 열 번 아니라 백 번도 일으켜 세우시건만 자식은 한 번 넘어진 어머니를 일으켜 세우지 못했다. 트럭에 올라앉은 아들은 한참이나 지난 후에 시동을 걸었다. 할머니의 짐을 실은 트럭이 천천히 빌딩을 빠져나갈 때였다. 입주민들의 창이 하나 둘 열렸다. 창 밖으로 떠나가는 트럭을 향해 어떤 이는 손을 흔들었다. 어떤 이는 꽃상여가 되어 떠나가는 이삿짐 트럭을 멍하니 바라다보았다.

올해도 어김없이 봄이 왔다. 4월은 이미 지고, 우리 엄마가 좋아하는 벚꽃도 지고 있다. 눈처럼 떨어져 쌓이는 벚꽃 사이로 탱자나무 하얀 꽃잎이 하나 둘 고개를 내민다. 세상 쉬운 핑계에 밀려나신 우리 엄마. 엄마의 등허리에 심은 탱자나무 가시 사이로 하얀 탱자꽃이 핀다. 언제 파종했는지 나도 모른다. 가지마다 돋아난 가시는 지키지 못한 약속 앞에 변명을 꺼내 놓을 때면 "양심도 없냐?" 하며 쿡 찌른다. 앉았다가, 누웠다가 긴긴밤을 홀로 뒤척이시는 엄마를 '어쩔 수 없는 일'이라 툭 뱉어 내고 누우면 "네가 지금 잠이 오냐?"라며 또 한 번 찔러 주고 가는 탱자나무 가시. 봄이 지는 이 밤에 나는, 만개한 탱자나무 하얀 꽃잎을 흔들어 본다. 뒷집 아이 돌이도 이렇게 흔들었겠지. 이렇게 아픈 꽃잎을….

수상한 외출

"남자 인생에서 돈과 여자 말고 더 중요한 거 있어?"

모든 대화 끝에 "남자 인생에서 돈, 여자 말고 더 중요한 거 있어?" 하시는 에드 할아버지께서 황급히 빌딩을 빠져 나오고 계셨다. 서둘러 주차를 하고 "어디 가세요?" 했다. "내가 어디 가겠어, 여자 만나러 가지, 같이 갈래?" 하셨다. 아직도 너무 예쁜 아내와 재미나게 살고 계신 할아버지께서 아내를 두고 여자를 만나러 가신단다. 한때는 '돈'을 전지전능한 '신'으로 모셨고, 뭐니 뭐니 해도 여자는 예뻐야 한다고 말씀하시는 분이다. 따라가고 싶은 마음이야 굴뚝같지만 '목구멍이 포도청이란 말은 이럴 때 쓰는 거겠지?' 하며 "제가 쉬는 날 데려가세요" 했다.

매일 아침 중절모에 배낭을 메고 어디론가 외출하시는 할아버지는 2년 전 겨울, 이곳 리타이어먼트 홈에 입주하셨다. 하모니카 연주가 일품인 아내 오드리와 기타 연주가 특기인 할아버지께서는 입주민을 위한 연주 봉사도 하시고 레슨도 하며 재미있고 보람된 시간을 보내고 계신다. 두 분의 싱 어롱(Sing-along) 타임이 되면 할머니께서 하모니카 연주를 시작하시고 할머니 연주가 끝나면 할아버지께서 기타 연주를 하

서쪽으로 난 창

신다. 할아버지 기타 반주에 맞춰 할머니께서 노래를 부르시면 할머니를 바라보시는 할아버지 눈동자 속엔 장미꽃이 만발한다. 54년을 함께 사셨지만 "내 아내는 아직도 너무 예뻐" 하시는 할아버지는 순정 만화에서나 만날 법한 투명 인간이시다. 너무 솔직해서 속이 다 들여다보이지만 부끄러울 것 없는 투명함이 할아버지의 재산이다.

"돈은 인격이고 힘이야" 하시는 할아버지는 돈을 벌고 싶었다. 가능하면 많이 벌고 싶었다. 돈과 자존심 중 하나를 택해야 할 땐 "당연히 돈을 택한다"는 것이 당신의 신념이었다. 돈을 향한 갈망이 얼마나 컸던지 돈 많은 여자와 결혼을 하면 좋겠다고도 생각했다. 정작 돈만 많은 여자가 나타났을 때는 "아무리 돈이 좋아도 결혼을 돈과 할 수는 없지" 했다. 부자가 꿈이었지만 결혼하고 싶은 여자는 따로 있었다. 까다롭지 않았고 자신의 처지를 잘 아는 남자였기에 조건은 딱 세 가지밖에 없었다. 첫 번째 조건은 "예뻐야 한다" 두 번째도 "예뻐야 한다" 세 번째 역시 "예뻐야 한다"가 조건이었다. 할머니께서는 그 어려운 조건 세 가지 모두를 갖추고 계셨다.

예쁘기도 하지만 할아버지라면 끔찍이도 아끼시는 할머니, 그런 할머니에게 푹 빠져 사시는 할아버지께서 매일 아침 아내 아닌 다른 여자를 만나러 가신다. 입주 후부터 여태까지 폭설이 내렸던 지난겨울 며칠과 주말을 빼고는 아침 일찍 나가셨다가 오후 두 세시가 되면 돌아오신다. 특별한 이유 없이 입주민에게 사적인 질문이나 개인적인 방문을 할 수가 없다. 회사 규정상 궁금해도 먼저 말씀을 해 주지 않는 이상 내가 먼저 질문을 할 수가 없는 것이다. 그러니 가끔은 답답해 숨이 넘어가지만 기다리는 수밖에 다른 방도가 없다.

할아버지는 4남 1녀 중 세 번째로 위로부터 세 번째 아래로부터도 세 번째로 태어나셨다. 순서나 성별에 상관없이 소중한 것이 자식이었지만 "난 있어도 그만 없어도 그만인 존재였어" 하셨다. 자그마한 잡화점을 하셨던 부모님은 첫째는 첫째여서 막내는 막내여서 그리고 바로 아래 여동생은 하나밖에 없는 딸이어서 관심을 주셨다. 늘 혼자였고 혼자 힘을 내야 하는 자신은 몇 날 며칠 학교를 가지 않아도, 나무에서 떨어져 팔이 부러지고 코피를 쏟으며 들어와도 걱정은커녕 오히려 말썽을 부리고 다닌다며 혼이 날 뿐이었다.

초등학교 시절, 한번은 같은 반 친구가 생일 선물로 받은 축구공을 가지고 왔다. 모두가 함께 공을 차고 놀면서 에드는 끼워 주지 않았다. 집에서 부모 형제들의 관심도 받지 못하는 초라한 행색에, 남의 과일이나 따 먹고 다니는 에드는 친구들에게도 따돌림당하는 외톨이였다. 공놀이를 포기하고 뒤돌아서는 에드를 향해 축구공이 날아와 뒤통수를 때렸다. 그 순간, 영혼 없이 던지는 한마디 "미안"과 함께 "공이 왜 네 머리로 날아가냐?" 하며 사과 아닌 사과를 해서 오히려 놀림거리로 만들어 놓았다. 약이 오를 대로 오른 에드가 자신은 그보다 훨씬 좋은 축구공을 사고 말 거라며 주먹을 쥐어 보였다. 공교롭게도 그날 축구공이 없어졌다. 모두가 하나같이 에드를 범인으로 지목했다. 아무리 부인해 봐도 소용이 없었다. 무조건 믿어 주는 부모가 필요했지만 부모님까지도 자신의 결백을 믿어 주지 않았다. 남의 정원의 과일이나 부모님 가게의 사탕은 훔쳤지만 먹는 것 외엔 남의 물건을 탐하거나 훔치는 일은 하지 않았다. 먹을 것도 없고 친구도 없어 늘 혼자였던 에드는 폐가에 숨어 사는 고양이들의 친구였고 지붕이나 나무 위에 올라가 행인들을 구경하며 혼자서도 잘 노는 아이였다. 그런데도 불구하고 동네에서 뭔가 없어지거나 차유리창이라도 깨져 있으면 모두가 에드를 의심했다. 그러니 똑같은 공을 사고 말 거라 주먹까지 쥐어 보인 에드가 당연히 범인이었다.

누명을 쓰고 집으로 돌아와 아버지로부터 매질까지 당한 에드는 몇날 며칠을 학교도 못 가고 외출 금지에 집안일을 도맡아 하며 지냈다. 얼마나 억울하고 서러웠던지 교회도 나가지 않던 에드가 "범인을 잡아 주시면 다시는 남의 것을 훔치지도 않고 훌륭한 사람이 될 터이니 꼭 누명을 벗겨 주세요" 하고 기도했다. "그런데 협상은 잘 이루어지지 않았어" 하시며 껄껄 웃으셨다. 그렇게 쉬이 느끼던 허기도, 식욕도 잃었다. "그냥 죽어 버릴까, 가출을 할까" 하고 고민할 때였다. 바로 밑의 여동생 다이앤이 "누가 뭐라고 해도 난 오빠를 믿어" 하면서 빵 한 덩이를 손에 쥐어 주었다. 동생이 가져다준 빵을 다 먹고는 공책 한 장을 찢어 그날의 각오를 써서 침대 머리에 붙여 놓았다. '나는 백만장자가 될 것이다'라고.

그러고는 다시 한번 방 청소를 하고는 굴러다니던 책을 읽었다. 배고픔을 잊기 위해서라도 뭔가에 집중해야 했지만 할 수 있는 건 공부밖에 없었기에 형들이 읽던 책은 물론이요 신문, 잡지, 광고지 할 것 없이 닥치는 대로 읽었다. 고등학교를 졸업할 때에는 졸업생 대표로 연설을 하고 장학금을 받으며 대학 공부를 마친 에드는 화학 선생님이 되어 교단에 섰다. 너무 가난해서 받았던 수모 때문에 돈이 벌고 싶었다. "돈은 인격이며 최고의 가치"라 믿었지만 같은 학교 교사였던 지금의 아내 오드리를 만나면서 가치관이 바뀌고 삶의 목적이 바뀌었다. 그녀는 교과목이나 성적보다 정직과 신의를 강조했고 편견의 위험을 가르쳤다. 영어 단어 Prejudice(편견)의 뜻을 몰랐던 내가 Prejudice가 뭐냐고 물었을 때 "편견은 경솔함과 무지가 만들어 낸 색안경"이라며 친절한 설명을 덧붙여 주셨다.

"부정적 편견은 죄"라 하시는 할아버지께서 편견 없는 여자를 만나 보겠냐고 하셨다. 할아버지의 여자가 궁금했던 나는 '케이크를 사 갈까? 스카프를 한 장 살까? 아니 꽃이 좋겠다'며 설렘으로 채운 일주일을 보냈다. 약속한 날 아침, 서둘러 꽃을 사다 포장을 하는데 할아버지로부터 전화가 걸려 왔다. "미안해, 오늘은 나 혼자 가야 할 것 같아" 하셨다. 다음 날 출근을 하는데 눈 주위에 시퍼런 멍이 든 할아버지께서 나를 보며 멋쩍게 웃어 보이시고는 아무런 말씀도 없이 빠른 걸음으로 외출을 하셨다. 궁금했지만 물어보지도 못하고 할아버지 뒷모습만 좇으며 또 한 주가 흘렀다. '내일은 물어봐야지' 하며 잠자리에 드는데 할아버지께서 전화를 하셨다. "얼마 안 남은 것 같아" 하시며 이야기를 시작한 할아버지는 여자와의 긴긴 사연을 조곤조곤 들려주셨다.

할아버지께서 매일같이 찾아가는 여자는 "오빠를 믿어" 하던 여동생

서쪽으로 난 창

다이앤이었다. 남편과 사별을 한 여동생은 치매 환자 전용 시설에 2년째 살고 있다. 최근에 부쩍 심각해진 치매는 달맞이꽃같이 얌전하고 조용하던 동생을 집어삼키고 엉겅퀴꽃을 토해 놓았다. 남에게 싫은 소리 한 번 한 적 없는 다이앤이 갑자기 난폭해져서 직원, 가족 할 것 없이 아무에게나 욕설과 주먹을 휘두른다고 하셨다. 그렇게 증상이 악화될 경우 가족 외에 외부인의 방문을 금지하고 방문자 수와 시간을 제한하게 된다. 난폭함이 사라지자 이젠 하루 대부분의 시간을 잠을 자며 지내신다. 밤낮없이 잠을 자고 깨어 있을 때에는 자꾸만 피곤하다며 누워 계신다. 할아버지 말씀처럼 지상에서의 시간이 얼마 남지 않은 것이다. 나에게 전화를 하시던 엊그제, 잠자는 동생의 귓전에 "너무 힘겹게 싸우지 말고 이제 편히 쉬렴, 내 걱정일랑 말고……"라고 속삭이셨지만 차마 놓을 수 없는 여동생의 손을 붙잡고 "내일 또 올게" 하고 돌아오신 거였다.

"고마웠다고, 사랑한다고 좀 더 많이 좀 더 일찍 말해 줄 걸 그랬어" 하시던 할아버지께서 오늘도 외출을 하셨다. 일기예보를 보니 오후엔 비가 온다는데 우산도 없이 나가셨다. 무심히 부는 바람, 가을을 쓸고 가는 창 밖에 비가 내리고, 어둠이 드리울 때까지도 할아버지는 돌아오시지 않았다.

흔적

남편 팔에 머리 얹고 지는 여자가 제일 무섭다

그녀가 일어섰다. 바다를 딛고서 드디어 일어선 것이다. 제트스키어가 올려다 놓은 바다 꼭대기, 몇 개의 파도를 보내고 그녀가 선택한 건 아파트 6층 높이의 거대한 파도였다. 브라질 출신 서핑 여제 마야 가베이라가 전 세계 서퍼들의 성지인 포르투갈 나자레(Nazare)의 파도를 타고 달려 나오자 여기저기서 카메라 셔터와 환호성이 터져 나왔다.

유튜브 알고리즘이 밀어다 놓은 많고 많은 동영상 속 서퍼들은 아무 파도에나 몸을 맡기지 않는다. 자신의 목숨을 던지고서라도 타고 싶은 파도가 나타날 때까지 기다리고 또 기다린다. 바로 이거다 싶은 순간, 삼킬 듯 달려드는 파도 위에 두 발을 올린다. 파도가 만든 동굴 속을 바람처럼 드나드는 튜브 라이딩을 하는가 하면 파도를 등 뒤에 놓고 타는 백 사이드 라이딩, 파도의 꼭대기에서 빠르게 회전하는 오프 더 립 등, 갖가지 화려한 기술을 자랑하며 거친 바다를 누빈다. 가만히 들여다보니 서핑은 처음부터 끝까지 타이밍이다. 타이밍을 강조하시는 할머니 '벨라'도 파도타기 선수였다. 서퍼를 바다 정상에 끌어다 주는 제트스키

서쪽으로 난 창

어도 없고 관중도 없는 외로운 서퍼였다. 아무리 높고 거친 파도가 밀려와도, 카메라를 들이대거나 손뼉 쳐 주는 이가 없어도 하얗게 부서지는 생의 파도를 넘어 삶의 한가운데로 꼿꼿이 달려 나오셨다.

이제 더 이상 파도타기를 하지 않아도 되는 할머니는 가끔 빨래를 하신다. 부서지는 파도처럼 하얀 침대 시트가 베란다에서 배를 부풀리며 춤을 추면 벨라 할머니 댁에 '자고 갈 누군가가 오는구나' 짐작한다. 힘들지 않냐고 물으면 자신을 자랑스럽게 했던 일이고 가장 열심히 하던 일이니 눈을 감고도 할 수 있는 일이라 하신다. 건물 내에 준비된 게스트 룸과 식당을 이용하면 편할 것을 군이 손수 시장을 보시고 정갈한 잠자리를 준비하신다. 그런 할머니 댁을 찾은 방문객은 하루 종일 햇살을 받아 보송보송해진 새하얀 시트를 깔고 햇살로 데운 포근한 이불을 덮고 몇 날 며칠 준비한 각별한 마음을 대접받고 가신다.

이토록 정성껏 손님을 맞이하시는 78세 할머니 벨라는 밴쿠버 아일랜드에서 B&B를 운영하셨다. 그 덕에 눈은 침침하고 손가락 마디마디 안 아픈 데가 없지만 침구 정리쯤은 눈을 감고도 하시는 거다. 29년 동안 했던 그 일은 할머니 나이 서른에 시작한 일이었다. 스무 살에 토피노의 해변에서 청혼을 받고 결혼한 동갑내기 남편은 스물아홉의 가을, 바다로 가 돌아오지 않았다. 낚시를 좋아하던 남편을 파도에 빼앗기고 애통해할 겨를도 없이 살길을 찾아야 했다. 젊고 예쁜 미망인이 아니라 초등학교를 다니던 두 딸과 젖먹이 아들까지 세 명의 엄마였기에 "그땐 내가 일을 해야 할 타이밍이었어" 하셨다. 다행히 방이 네 개나 되던 집이 있었고 아이 셋을 데리고 할 수 있는 최고의 일이 B&B였기에 서둘러 시작한 일이었다.

집은 사시사철 서퍼들이 찾아드는 해변에서 그리 멀지 않은 곳에 위치해 있었다. 경치 좋고 온화한 날씨로 관광객이 많이 몰리는 여름 동안은 밥 먹을 틈조차 없었다. 요리 솜씨도 좋고 깔끔하게 꾸민 집은 입소문을 타고 해마다 손님이 늘었다. 늘어난 손님만큼 문제도 많고 일도 많았다. 구입할 때부터 낡은 집은 끊임없이 고치고 바꿔야 했다. 욕실은 시도 때도 없이 물이 새거나 막혔고 한창 더운 여름날 냉장고가 고장이 나는가 하면 방문이 내려앉아 문이 닫히지 않았다. 여기를 고치면 저기가 고장 났다. 이제 다 고쳤나 싶으면 아이들이 사고를 치거나 아팠다. 어떤 날은 밤을 꼬박 새우며 막힌 배관을 뜯어내고 오물을 치우다 식탁에 앉아 잠든 날도 있었다. 그렇게 새벽부터 밤까지 흘린 땀방울로 주택 대출금을 갚고 아이들이 자라던 기쁨에 빛나는 청춘을 거기에다 모두 묻었다. 풍족하진 않았지만 감사하며 살았다.

아이들이 모두 독립을 하자 뒤돌아볼 틈 없이 살아온 섬 살이를 접고 육지로 이사하셨다. "이제는 벨라의 삶을 살아갈 타이밍이야" 하며 남편을 데려간 바다가 싫었지만 삶에 떠밀려 살아야만 했던 곳을 미련 없이 떠나오셨다. 아들, 딸에 손자, 손녀가 사는 육지에서의 삶도 쉽지는 않았다. 통속소설 속 주인공처럼 사랑에 속고 우정에 배신당하며 또 몇 년의 시간이 흘렀다. 남편을 잃고도 포기하지 않았던 생을 바다에 던져 버리고 싶은 날도 있었다. 그래도 '사람은 함께 살아야지' 하는 마음으로 리

서쪽으로 난 창

타이어먼트 홈에 입주하셨다. 나 빼고 모두가 행복할 것 같은 사람들의 불행과 불운을 보며 위로받았고 생명 줄이 된 한 문장, "절대 너를 떠나지도 버리지도 않겠다"는 성경 말씀을 붙잡으면서 새 삶이 시작되었다.

생명 줄을 잡은 할머니 벨라가 자신을 던져 버리고 싶었던 그 바다로 가신다. 남편을 데려가 버린 바다와 바다 근처 도로는 쳐다보고 싶지도 않았지만 이제 그 바닷가 마을로 이사를 가신다. 생필품을 구입할 일이 있을 때에도 10분이면 갈 길을 한 시간도 더 돌아가야 하는 먼 길을 택하던 그곳으로…. 할머니는 그렇게 돌아다니던 무섭고 아팠던 길, 그 길을 이제는 설레는 가슴을 안고 찾아가신다. "어디를 가든 '너는 내 것이라' 하는 이가 계시는데 두렵고 무서울 게 있겠어?" 하시며 쉽지 않았던 48년의 시간을 돌아 "드디어 돌아갈 때"라 하셨다.

미련 없다 했던 그곳, 자신이 태어나고 남편을 만나 사랑했고 아이들을 키운 섬으로 되돌아가신다며 상기된 할머니 얼굴이 열 다섯 살 소녀 같았다. 스물아홉 살 벨라의 남편을 빼앗아 가고 세 아이를 키워 낸 바다, 그녀가 딛고 일어선 바다. "바다도 무섭고 자식도 무서웠지만 남편 팔에 머리 얹고 자는 여자가 제일로 무섭더라" 하시던 할머니. 나는 물기 없는 눈동자를 들어 먼 곳을 바라보실 때, 할머니 눈동자 속에 빛나던 산을 보았다. 바다처럼 깊고 푸른 할머니 눈동자 속에서 반짝이는 희고 고운 소금 산을, 나는 보고 말았다. 너무 아프지만 소중한 것을 남기고 증발해 버린 바다가 남긴 흔적을….

내게 남은 시간

남은 시간이 많은 줄 아는 사람들

비 내리는 새벽, 종소리를 들으며 눈을 뜬다. 보랏빛 종 모양의 작은 꽃을 빗방울이 두드려 내는 소리다. 몇 해 전 같이 작품 활동을 하던 이선옥 화백이 꽃향기가 좋다며 가져다주신 오동나무가 지난봄 기다리던 꽃을 수백 송이나 달아 놓은 것이다. 오동꽃은 미니멀 라이프에 발을 들여놓으면서 넓어진 집 안을 향기로운 소리로 채워 주었다. 바람이 드나드는 공간에 청아한 소리를 내는 종 하나만은 걸어 두고 싶었는데 그런 내 소망에 꽃이 핀 것이다.

내가 종소리를 소망하게 된 건 그리 멀지 않은 과거다. 이민의 레슨비를 톡톡히 치르고 있을 때 갱년기가 함께 찾아왔다. 짙은 안개 속에 홀로 선 듯한 그때, 염치없이 딸 등에 업혀 유럽으로 날아갔다. 아무런 기대 없이 도망치듯 떠났던 여행은 나에게 길을 일러 주었고 다시 일어설 힘을 주었다. 그 힘은 도시 전체가 거대한 박물관 같던 파리에서 만난 여인 모나리자도, 화려함의 극치 베르사유 궁전도, 이탈리아의 맛난 음식과 웅장한 건축물도 아니었다. 미명의 새벽, 나를 깨우던 종소리였

서쪽으로 난 창

다. "딸아! 내가 너를 사랑하노라, 내가 너의 눈물을 닦아 주리라" 하면서 울려 퍼지던 종소리. 내 깊은 상처와 고통을 만지는 님의 손길이요 숨결이었다.

님의 숨결 같던 종소리는 스위스 융프라우를 오르기 전 이틀을 묵었던 호텔 팩스 몬태나에서 눈을 뜨던 새벽에 만났다. 호텔 앞쪽은 평화로운 알프스의 전원이 그림처럼 펼쳐져 있고 뒤편은 짙푸른 녹음이 우거진 높다란 산봉우리가 마을을 내려다보고 서 있었다. 그 산 중턱에 자리한 하얀 회벽 칠을 한 교회는 스무 명이나 들어갈까 싶은 아무런 장식도 없는 작고 소박한 건물이었다. 뾰족한 첨탑 끝에 십자가 하나만이 교회당이라 말할 뿐이었다. 서늘한 새벽 공기를 가르고 뿜어져 나오던, 음계의 변화도 없이 댕댕 울리던 종소리는 내 영혼 깊은 곳에 닻을 내렸다.

종소리의 여운을 말하려면 이탈리아 출신 84세 로렌조 할아버지를 빼놓을 수 없다. 할아버지는 종지기 아들이었다. 소작농으로 어렵게 가계를 꾸려 나가던 로렌조의 아버지는 성당의 종지기를 자처해 40년 넘게 종을 치셨다. 우리나라도 그러했지만 시계가 귀하던 옛날에는 이탈리아에서도 교회나 성당의 종소리가 시계를 대신하던 시절이었다. 로렌조 할아버지는 어려서부터 부모님을 도와 농사일과 양 떼를 돌보았다. 아버지가 치는 새벽 종소리를 듣고 일어나 양 떼를 몰고 산으로 들로 나갔고, 학교로 갔다. 저녁 종소리를 들으며 양 떼를 몰고 집으로 왔고 종소리에 맞춰 미사에 참석하기 위해 서둘러 성당으로 달려갔다. 새벽부터 밤까지 종소리가 일러 주는 대로 움직이는 단조로운 시골 생활이었

지만 첫사랑 소녀를 만나는 기쁨으로 천국 같던 시절이었다. 그런 기쁨
도 잠시, 온 세상이 그녀로 인해 빛나던 로렌조를 두고 소녀가 돈 많은
남자와 결혼을 하면서 천국의 날은 끝이 나고 말았다. 가난도 싫었고 자
신의 이름 앞에 따라붙는 종지기 아들이란 수식어가 더 싫던 십 대의 로
렌조는 부모님의 반대를 무릅쓰고 큰 도시 피렌체로 달려 나갔다. 피렌
체에서 프랑스로 프랑스에서 스페인으로 수없이 떠돌며 방황한 끝에
정착한 곳이 바다 건너 이곳 밴쿠버다.

  돈이 되는 일이면 살인과 절도 외엔 다 했다. 할아버지 삶의 목적은
오로지 돈이었고 금의환향해서 부모님을 모시고 떵떵거리며 살고 싶었
다. 사랑 대신 돈을 선택한 그녀 앞에 돈으로 쌓은 성을 짓고 싶었지만
한 달 한 달이 버거웠던 젊은 로렌조는 성 쌓을 벽돌 한 장 굽지 못했다.
타고 갈 금송아지가 없는 할아버지는 단 한 번도 고향을 찾아가지 않았
다. 늙으신 부모님은 돈 자루가 없어도, 너덜거리는 신발을 신고라도 돌
아와 줄 아들을 위해 가장 고운 밀가루로 빵을 굽고 가장 멀리까지 날아
가도록 종을 울리며 애타는 기다림의 세월을 보냈을 것이다. 고향으로
돌아가지 못한 할아버지는 마흔을 훌쩍 넘긴 나이에 당신의 아픔을 나
눠 가지겠다는 넉넉한 여자를 만나 자신을 꼭 닮은 아들 하나를 낳았다.
잘생긴 이탈리안의 피를 이어받은 덕에 깎아 만든 조각상 같은 아들과
푸근한 아내가 있는 이곳 밴쿠버가 제2의 고향이 되었다.

  지난해 가을, 다녀가는 아들을 배웅하시던 할아버지와 마주쳤다. 허
리 수술 이후 거동이 불편해진 할머니께서는 늘 방에서 배웅을 하시고

서쪽으로 난 창

할아버지는 언제나 주차장까지 따라 나와 배웅을 하셨다. 아들의 차가 모퉁이를 돌아 사라진 지 오래건만 사라져 간 아들의 뒷모습을 하염없이 바라보고 계셨다. 조용히 다가가 할아버지 왼쪽 팔에 팔짱을 꼈다. 할아버지는 팔짱 낀 내 손을 다른 손으로 붙들고 잠시 걷자 하셨다. 쏟아 내고 싶은 이야기가 있는 것이었다. 살아온 세월만큼 쌓인 한과 사연이 많은 노인들은 흔들어 놓은 콜라 병이다. 로렌조 표 콜라 병뚜껑이 열리는 순간이 온 것을 직감한 나는 쏟아져 나올 콜라를 다 받을 큼지막한 잔을 준비했다. 팔짱 낀 내 손을 잡은 할아버지의 손을 내 다른 손으로 붙잡고 84년 걸어오신 할아버지의 산책로에 발을 들여놓았다.

할아버지는 첫사랑 소녀, 부모님, 추억이 되어 버린 고향의 종소리를 동화책 읽듯 조용조용 들려주셨다. 몇 달 사이 부쩍 야위어지신 할아버지는 가난한 종지기 아들이 싫어서 떠나 버린 종지기 아버지와 가난했지만 가족들을 배고프게 한 적 없는 부지런한 어머니가 자꾸만 꿈으로 오신다고 하셨다. 저녁 6시가 되면 마지막 종을 치고 돌아오시던 아버지와 가족을 위해 올리브유를 듬뿍 넣은 파스타와 통밀 빵을 굽던 어머니는 이미 오래전에 돌아가셨다. 십여 년 전 99세의 일기로 소천하신 아버지와 어머니의 묘지가 있는 고향의 언덕이 "어제 본 듯 선명해" 하셨다. 하늘을 올려다보시던 할아버지의 눈빛이 가을 들녘에 누운 마른 풀처럼 처연했다.

할아버지의 산책로로 나를 초대하던 그날 저녁, 늙은 아버지가 된 로렌조는 다시 볼 수 없을지도 모를 아들을 보내며 그 옛날 자신을 떠나보내던 아버지의 마음을 더듬고 계셨다. 마을에 아기가 태어날 때, 결혼식이나 장례식이 있을 때도 로렌조의 아버지는 밧줄을 당겨 온 마을 구석구석까지 종소리를 날려 보냈다. 그 경건하고 아름다운 일을 부끄러워했던 철부지의 참회는 뜻을 알 수 없는 이태리어였지만, 내 가슴에 큼지막한 파문을 일으켰다. 심령으로부터 길어 올린 참회는 모국어가 아니고는 표현할 수도 숨길 수도 없는 통곡 같은 것이니….

　몇 주 전이었다. 기온이 뚝 떨어진 새벽 "내게 남은 시간이 많은 줄 알았어" 하시던 할아버지께서 산책길에 쓰러지신 뒤 병원으로 후송되어 가셨다. 사흘째 되던 날, 한 많은 이생에 이별을 고하고 머나먼 길을 떠나가셨다. 고단한 육신을 벗고 한 마리 나비가 되어 훨훨 날아가신 것이다. 그렇게 육신을 떠나보낸 할아버지는 네모난 액자 속에서 미소를 짓고, 남은 시간이 많은 줄 아는 사람들은 할아버지 영정 사진 앞에 꽃을 가져다 놓았다. 그 사람들 속에 나도 서 있었다.

　　　　　　　　　　　　　　　　　　　　　서쪽으로 난 창

어떤 이별

누구나 한번은 스위스 치즈가 된다

디지털시계에 켜진 빨간색 아라비아 숫자 11:55, 어느새 반나절이 다지나가고 있었다. '일어나야지' 하면서도 세탁을 해서 보송보송한 흰색리넨 이불을 온몸으로 돌돌 말며 돌아누웠다. 그때, 잠들기 전에 읽으려고 침대 옆에 두었던 책 한 권이 침대 밑으로 툭 떨어졌다. 일 년 치 일어날 사건 사고가 한꺼번에 몰려온 듯 분주했던 일주일 동안 표지만 쓰다듬다 잠이 들던 책, 림태주 시인의 《이 미친 그리움》이었다. 책갈피속엔 내 영어 이름 '레이첼'이라고 쓰인 봉투가 끼워져 있었다.

삼 년 전 겨울, 크리스마스를 앞두고 삼십여 명으로 구성된 합창단이찾아왔다. 검은색 연미복에 빨강 나비 타이를 맨 은발의 신사도 있었고다소 젊어 보이는 남자들도 있었다. 빨간 꽃 한 송이를 가슴에 단 여자단원들은 모두가 검은색 긴 드레스에 우아한 오류십 대로 구성되어 있었다. 두 시간여에 걸쳐 펼쳐진 공연 동안 할머니 할아버지들은 노래를따라 부르는가 하면 음악에 맞춰 춤을 추셨다.

삼백 명이 넘는 거주자가 함께 살아가는 곳이라 눈여겨보지 않으면 누가 빠졌는지 알아차리기가 쉽지 않은 곳이다. 그런데 내 두 눈에 선명하게 들어오는 사람이 있었다. 객석 맨 뒷줄 구석 자리에 석고상처럼 앉으신 랄프 할아버지. 그 즈음의 할아버지는 아무런 이유 없이 자주 식사를 거르셨다. 식사 시간에 테이블에 앉아서도 소량의 음식을 주문하시고 그것도 다 드시지 않았다. 늘 마음이 쓰이던 분이었다. 한겨울 눈 속에서 찾은 매화가 그만치 반가울까? 그 어떤 공연이나 행사에 단 한 번도 참석한 적 없는 할아버지는 190센티미터가 넘는 키에 허리나 등이 굽지도 않으셨으며 청력과 시력, 거기에 정신까지 맑으셔서 102살이라고 믿기가 쉽지 않은 분이셨다. 깡마르긴 했지만 덩치도 크고 과거도 대단해서 "자이언트 랄프"란 별명이 붙은 분이셨다. 나는 조용히 다가가 할아버지 옆자리에 앉았다. 잠시 숨을 고르고는 마른 고사리 같은 할아버지 손 위에 내 손을 가만히 올려놓았다. 한참 뒤, 할아버지께서는 다른 쪽 손을 내 손 위에 가만히 올려놓으셨다. 그렇게 두 손을 포개고 공연을 지켜보는 동안 할아버지도 나도 서로의 체온으로 따뜻해져 있었다.

공연이 끝나자 합창단과 입주민들은 집으로 돌아가고 조명도 말소리도 없이 직원들의 부산함만 남아 있었다. 그때까지 혼자 구석 자리에 앉아 계시던 할아버지께 "이제 그만 방으로 돌아가세요" 했더니 "누가 나를 기다린다고……" 하시며 말끝을 흐리셨다. 이미 밤은 깊었고 큰아이를 픽업해야 했기에 더 이상 시간을 지체할 수가 없었다. 방까지 모셔다드릴 테니 일어나자 했다. 할아버지께서 특유의 낮고 조용한 음성으로 "혼자 갈 수 있어" 하시기에 "See you tomorrow" 했더니 "I don't have

　　　　　　　　　　　　　　　　서쪽으로 난 창

a tomorrow" 하시고는 긴 다리를 옮겨 엘리베이터를 향해 걸어가셨다. 나에게 내일은 없다 하시는 할아버지는 뒤도 돌아보지 않고 가셨다. 할아버지와 달리 나는 쉽게 그 자리를 떠나올 수가 없었다. 뭐라고 표현할 수 없는 어떤 기운이 내 발길을 붙들었던 것이다. 102년의 희로애락을 등에 지고 걸어가는 뒷모습이 딸아이를 픽업해서 집으로 돌아오는 내내 나를 따라왔다.

그날이 마지막이었다. 표현할 수 없었던 그 기운은 슬픈 예감이었다. 언제든 슬프고 불길한 예감은 나를 배신해도 좋으련만 빗나가지도 않고 과녁의 정중앙으로 날아가 꽂혔다. 그로부터 이틀 뒤 크리스마스이브에 심장마비가 왔고 앰불런스에 실려 병원으로 호송돼 가셨지만 다시 리타이어먼트 홈으로 돌아오시지는 못했다. 할아버지께서는 이미 오래전에 천국행 열차표를 예매해 두고 계셨다.

이곳에 입주 시, 입주자들은 자필로 서명한 입주자 카드를 제출하게 된다. 생년월일과 병력을 꼼꼼하게 기술한 신상명세서다. 특이 사항란에는 인위적인 생명 연장술에 대한 사전 선택권도 명기한다. 생명 연장술이란 심장마비 등 위급 상황이 발생했을 때 심폐소생술이나 인공호흡기 사용, 약물 투여나 인공 영양제 투입 등 인위적으로 하는 의료 행위를 말한다. 할아버지도 DNR(Do Not Resuscitate), 즉 어떠한 생명 연장술도 받지 않겠다는 본인의 의지를 표기하셨다. 밥 세 끼 먹으려고 사느냐고, 모두가 떠난 뒤 홀로 남겨진 이 세상에 미련 따윈 없다고, 이제 지쳤다며 하루바삐 사랑하는 아내 곁으로 가기를 고대하시더니 그 뜻을 이루셨다.

얼마 전, 그림 소재를 찾다가 우연히 들어간 갤러리에서 할아버지를 연상케 하는 그림을 만났다. 19세기 독일의 초기 낭만주의 화가이며 '뒷모습의 인물'이란 용어를 유행시킬 만큼 뒷모습을 많이 그린 카스파 다비드 프리드리히의 〈안개 바다 위의 방랑자〉라는 작품이다. 가파른 벼랑 위에서 안개 바다를 내려다보며 고독하게 서 있는 뒷모습의 남자는 할아버지와 많이 닮았다. 연세가 말해 주듯 할아버지는 1차 세계대전과 2차 세계대전을 거치며 파란만장한 인생을 살아 낸 역사의 산증인이었다. 한때 뉴욕의 월 스트리트를 활보하며 부와 명예를 거머쥐고 세상을 호령하던 화려했던 시간은 세월 속에 묻혔다. 뒷모습의 방랑자처럼 안개 속으로 사라져 가 버린 부모, 형제, 친구들과 세 명의 자녀, 그리고 사랑하는 아내까지 먼저 보내고 홀로 남겨져 견뎌야 하는 하루하루가 어쩌면 고통의 연속이었을 것이다. 여든, 아흔 고개를 넘기면서 삶은 떠나가고 생존만 남은 분들을 어렵지 않게 만난다. 구멍이 숭숭 뚫린 스위스 치즈 같은 가슴을 안고 혼자서 오래도록 살아남기만을 바라는 사람이 있을까. 같은 시대를 살아온 친구들과 형제자매는 물론, 젊은 시절부터 동고동락하며 함께 자식을 낳아 기른 배우자와 엇비슷한 시기에 맞이하는 죽음으로 이 세상과의 인연을 정리할 수 있다면 이 또한 축복이 아닐까?

할아버지 장례식 후 딸이 방문했다. 일흔을 바라보는 막내딸 트레이시였다. 환하게 웃는 그녀 손에는 한 묶음의 카드가 들려 있었다. 할아

서쪽으로 난 창

버지 생전에 함께했던 모든 스태프들에게 전해질 감사 카드였다. 진심으로 고맙게 생각한다며 나에게 카드를 건네줄 때는 잡은 내 손을 한동안 붙잡고 놓지 않았다. 나는 한 손으로 그녀의 손을 잡고 다른 쪽 손으로는 그녀의 등을 꼭 끌어안았다. 친애하는 레이첼로 시작된 카드에는 "우리들의 아버지는 기쁘게 떠나셨습니다. 마지막 시간을 함께해 주신 모든 분들께 감사드립니다. 특별히 당신이 보여 준 미소를 우리는 기억하고 있습니다. 그 미소는 무료한 우리 아버지의 일상 중 커다란 기쁨이었습니다. 언젠가 당신이 우리 아버지 볼에 키스해 준 것에 대해서도 여러 번 말씀하셨습니다. 우리 아버지에게 유일하게 키스해 준 당신의 사랑에 깊이 감사드립니다"라고 적혀 있었다. "기쁘게 떠나셨다"는 첫 문장을 읽고 또 읽었다. '죽음은 끝이 아니라 또 다른 삶의 시작'이라는 믿음에 도달한 할아버지와 자녀들의 마음이 이 한 문장 안에 모두 담겨 있었다.

《이 미친 그리움》으로 나를 미치게 한 림태주 시인의 그리움을 빌어 나는 한 번도 가 본 적 없는 주소지로 편지를 쓴다. "받으셨는지요? 어제는 청매화 꽃잎으로 쓴 엽서를 부쳤고, 오늘은 해 질 녘 불어오는 아카시아 향으로 할아버지께 안부를 여쭙습니다. 더 이상 외롭지 않아도 되는 그곳에서 할머니 만나 행복하시지요?"

저 초원에 여름이 오면 당신이 돌아올까?

아름다운 균형

이곳 인디펜던트 리타이어먼트 홈 2층에는 넓은 다이닝 룸이 있다. 서향인 이곳은 벽 전체가 커다란 통유리 문으로 되어 바깥 풍경이 한눈에 들어온다. 유리문 밖 패티오에는 새빨간 제라늄이 각양각색의 작은 꽃들과 어우러져 봄부터 가을까지 피고 진다. 안쪽엔 검은색의 대형 그랜드피아노가 놓여 있고 그 앞으로 8인용 원형 테이블 20개가 두 줄로 나란히 놓여 있다. 그곳에 앉아 바라보는 바깥 풍경은 함박눈이 내리는 날은 말할 것도 없고 벚꽃이 피는 아침도, 하늘하늘 꽃잎이 지는 봄밤도 참 좋다. 그중 "최고 좋은 때가 언제냐?" 물으면, 나는 주저 없이 늦여름의 황혼이라 말한다.

지난해, 여름이 가을로 옮겨 가던 날이었다. 아침에 소나기가 시원스레 쏟아져 내리더니 해 질 녘 서쪽 하늘이 온통 분홍빛으로 물들었다. 수백만 송이 분홍 장미를 따다가 흩뿌리면 그렇게 고운 하늘이 될까. 은은한 회색으로 바탕을 칠하고 그 위에 연분홍빛 꽃잎을 점점이 그려 넣은 듯 아름답고 신비스러운 석양이었다. 넓디넓은 창으로 넘어온 노을은 노인들의 은빛 머리카락이며 파란색, 회색, 갈색 눈동자를 모두 장밋빛으로 물들여 놓았다. 누구 한 사람 호들갑을 떠는 사람이 없었다. 한 번의 붓질로 소리 없는 탄성을 자아내게 하시는 창조주 앞에 모두가 엎드린 순간이었다. 노을을 등지고 앉은 사람은 등을 지고, 마주하고 앉은 사람은 마주 앉은 채로 조용히 저녁 식사를 했다.

  접시에 포크와 나이프가 부딪치는 소리만 날 뿐 모든 분들이 고기 한 점 입에 넣고 노을 한 번 바라보고 당근 한 조각 입에 넣고 노을 한 번 바라보고, 말이 없었다. 어둠이 몰려와 천천히 노을을 밀어내자 하늘에는 하나둘 별들이 고개를 내밀었다. 조용히 식사를 마친 분들이 느릿느릿 각자의 방으로 돌아가기 시작했다. 그때 87세 할머니 이디스가 창가에 놓인 잘 닦아 반짝거리는 피아노 앞에 앉았다. 굽어진 등허리, 시력과 청력도 좋지 않아서 근래 들어 피아노 앞에 앉는 날이 잘 없었다. 그렇지만 일단 손가락을 건반 위에 올려놓으면 마법에라도 걸린 듯 손가락은 춤을 춘다. 연주가 시작되자 방으로 돌아가시던 할머니 몇 분이 피아노 옆으로 모여들었다. 서로의 어깨를 안고 반주에 맞춰 노래를 부르기 시작했다.

  "여름은 가고 장미는 시들었군요
  당신은 가야 하고 나는 기다려야 하군요
  꽃들이 시들어 가면 언젠가 당신이 돌아오겠죠
  그리고 난 싸늘히 죽어 있겠죠
  저 초원에 여름이 오면 당신이 돌아와 줄까?

계곡이 숨을 죽이고 눈으로 뒤덮일 때면 돌아와 줄까?
오 대니 보이, 오 대니 보이 난 당신을 사랑해요"

아일랜드 민요 〈대니 보이〉였다. 끊어질 듯 이어져 가는 가냘픈 할머니들의 합창 소리가 노을 진 하늘을 날아올라 멀리멀리 퍼져 나갔다. 세월이 파 놓은 할머니들의 얼굴 위의 깊은 골짜기로 굵은 눈물방울이 흘러내렸다. 감동 그 자체였다. 현란한 기교도, 화려한 장식이나 무대도 필요치 않았다. 한 번에 한 걸음씩 걸어온 세월처럼, 꾸밈없고 성실한 목소리 하나로 충분했다. 이디스 할머니만 빼고 모두 혼자가 되신 분들이었다. 소피아, 로즈, 에블린, 로레인, 그녀들에게도 스무 살이 있었고, 그녀들에게도 사랑하는 남편이 있었다. 언제 그런 시절이 있기나 했는지…, 거짓말처럼 세월은 흘러 오월의 장미처럼 아름답고 빛나던 시절은 가고 사랑했던 이들도 하나둘 떠나갔다. 이제는 병든 육신과 외로움을 견디는 것 외엔 특별히 기대하는 것도 신날 일도 없는 매일을 서로 기대고 위로하며 남은 생을 그렇게 살아 내고 있는 것이었다.

이디스는 고등학교 음악 선생님이었다. 같은 학교 수학 선생님이셨던 잭을 만나 결혼했다. 원하던 자식은 끝내 갖지 못했지만 한쪽 눈을 잃은 골든레트리버를 입양해서 자식처럼 사랑을 쏟으며 사셨다. 13년을 함께 살아 정이 들 대로 들었던 개를 잃었을 때 아프고 우울했던 시기를 빼고는 62년을 큰 다툼 없이 서로만 바라보며 행복하게 살았다. 젊은 시절의 부부는 산을 좋아해서 주말이면 등산을 가고 주중에도 틈만 나면 개를 데리고 산책을 하셨다. 요리를 좋아하셨던 할아버지께서는 매일 저녁 아내를 위해 요리를 하셨다. "잭의 비프스튜 맛을 보지 않고는 비프스튜를 논하지 마" 하시는 할머니는 귀엽다 못해 사랑스러울 지경이다. "날마다 최고의 요리사라고 칭찬받는 기분을 알아?" 하시는 할아버지 또한 단물이 뚝뚝 떨어지는 분이셨다.

은퇴를 하신 뒤 체력의 한계를 느끼면서부터 산은 바라만 보는 대상이 되었다. 그토록 오랜 시간을 같은 취미를 가지고 행복하게 살아온 부부라고 해서 모든 것을 함께하지는 않았다. 같이 있을 때는 영화를 보거나 체스 게임을 하며 시간을 보냈다. 각자의 공간에서 할아버지는 독서를 하거나 목공예품을 만드셨고, 할머니는 뜨개질을 하시며 몇 시간씩 기나긴 음악을 감상하셨다. 이렇듯 한 공간에서 서로의 공간을 인정하는 아름다운 균형을 유지하며 오랜 시간을 함께하셨다. 어느 한쪽으로도 기울지 않고 수평을 이룬 천칭처럼….

7년 전 이곳에 입주하였고 6년을 함께 사셨다. 세 살이 많으신 할아버지께서는 파킨슨병을 앓으셨는데 증세가 심해지기 시작한 지난해 봄, 더 많은 도움을 받을 수 있는 곳, 롱텀 케어 홈으로 거처를 옮기셨다. 할아버지께서 떠나시자 할머니 건강이 급작스레 나빠지셨다. 시력도 체력도 떨어지셨지만 매주 목요일이면 서둘러 할아버지를 만나러 가신다. 제일 먼저 미용실에 들러 머리를 만지고 정성스레 화장을 하신다. 평소에 입던 바지 대신 치마를 입고 할아버지께서 좋아하시는 은은한 장미 향까지 입고 가신다. 비가 오나 눈이 오나 빠지지 않고 가신다. 만나서 뭐 하시냐고 물으면 "밥 같이 먹고 오지" 하신다. 온몸의 근육이 굳

어 가는 할아버지와 시력과 청력을 잃어 가는 할머니가 만나서 식사를
하시는 거다.

할아버지는 떨리는 손으로 할머니의 커피 잔에 설탕과 크림을 넣고
저어 주었을 것이다. 할머니는 스테이크를 먹기 좋게 잘라 할아버지 앞
에 밀어 주었을 것이다. 같이 계시던 동안은 식사 시간이면 늘 그렇게
서로를 챙기셨다. 식사가 끝나면 할머니가 먼저 일어나서 옆에 세워 둔
워커를 가져다주셨다. 워커를 밀고 가는 키 큰 할아버지가 휘어진 등으
로 인해 작은 키가 더 작아진 할머니와 나란히 걸어가셨다. 복도 맨 끝
에 위치한 방이었으므로 한참을 걸어가셨다. 나는 그렇게 걸어가시는
두 분의 뒷모습을 오래도록 바라다보곤 했다.

오늘은 목요일, 새벽부터 세찬 빗줄기가 창을 두드린다. 일기예보를
보니 오후엔 비가 그친단다. 비가 그치면 서쪽 하늘 가득 연분홍빛 노을
이 하늘을 물들일 것이다. 매주 만나도 매번 설레고, 만남이 거듭될수록
더 애틋하다는 할머니 이디스가 할아버지와 마주 앉아 '밥 먹고 오시는
날'이다. '혹여 이번이 마지막이 아닐까?' 싶어 차마 돌아서지 못하는 할
머니를 노을이 안아 주리라. 쓸쓸한 그녀의 휜 등허리를 분홍빛 노을이
안아 주고 가리라.

서쪽으로 난 창

잃은 후에 선명해지는 것

9회 말 홈런

넘을 수 없는 아내

게임은 지금부터다. 4대 4 동점이던 9회 말 2아웃 상황에서 추신수가 타석에 올랐다. 메이저리그 최강의 마무리 투수 중 한 명인 크레이그 킴브렐은 97마일에 이르는 직구를 쏘았다. 추신수의 야구 방망이는 힘차게 원을 그리며 총알처럼 빠른 공을 받아 냈고 "딱" 소리와 함께 날아가는 공은 이미 홈런 볼이란 걸 모두가 알았다. 그는 한국 시각 2013년 5월 8일 중견수를 넘기는 시원한 끝내기 홈런 한 방으로 소속 팀에게 5대 4 역전승을 안기며 영웅이 되었다. 야구는 9회 말 2아웃부터라는 말을 실감하는 순간이었다.

9회 말 2아웃에서 자신은 물론 그 누구도 상상하지 못했던 초대형 홈런포를 쏘아 올리신 할아버지 빅터의 생일날 아들이 찾아왔다. 컴퓨터는 물론 스마트폰 조작이나 TV를 켜는 일조차 어려운 아버지를 위해 신세대 아들이 노트북을 들고 왔다. 90세 생신이라 성대한 파티를 계획했지만 코로나가 태클을 걸자 줌을 연결해 인터넷 생일 파티를 하기로 한 것이었다. 온라인 파티를 끝내고 나오시는 할아버지와 아들을 복도에서 마주쳤다. "얘가 바로 홈런이야" 하시며 아들 에반을 소개하셨다. 귀하지 않은 자식이 있을까마는 홈런 보이 에반은 그야말로 쥐면 부서질까 불면 날아갈까 눈에 넣어도 아프지 않을 귀한 아들이다. 에반은 형제자매 없이 외동아들로 자란 할아버지의 첫아들이자 유일한 자식이었다.

빅터는 결혼을 하면 많은 자식을 가지고 싶었다. 아내가 동의해 준다면 아들딸 9남매를 낳아 야구팀을 만들고 싶었다.

스물두 살 어린 나이에 사랑하던 여자와 결혼을 했고 감독이 될 준비를 했다. 부모님이 물려주신 큰 집과 좋은 직장이 있었고 건강한 부부였으니 아이만 태어나면 될 터였다. 아무런 문제가 없던 부부였지만 기다리던 아이는 10년이 넘도록 생기지 않았다. 할아버지는 입양을 생각했지만 아내의 반대로 입양을 하지 못했고 자식 문제로 깊어진 부부 사이 갈등의 골은 끝내 이혼이라는 선택을 하게 했다.

이혼을 하고 아내가 먼저 재혼을 했다. 재혼한 아내는 3년 사이 두 명의 아이를 낳아 행복한 삶을 이어 나갔다. 할아버지도 서로가 마음이 있었지만 말하지 못했던 고등학교 친구와 재혼을 하셨다. 마흔에 한 결혼이었다. 자식을 간절히 원하던 할아버지와는 달리 아내는 전남편과의 사이에 두 명의 딸이 있었고 나이가 많다는 이유로 아이 생각은 접고 둘이 행복하게 살자며 결혼할 때 했던 약속을 없던 걸로 하자고 했다. 두 번째 결혼은 4년 만에 끝이 났다. 두 번의 이혼으로 지칠 대로 지친 빅터는 자식도 결혼도 포기하고 아버지로부터 물려받은 비즈니스에 열정을 쏟으며 살았다. 55세가 되던 해에 스물여섯 살 아래 비서였던 케이든의 구애로 세 번째 결혼을 했다. 스물아홉, 나이답지 않게 마음도 넓고 사교성 좋은 그녀를 부모님도 친구들도 모두 좋아했다. 비즈니스맨의 배우자로 한 남자의 아내로 흠잡을 데 없이 완벽하고 사랑스러운 여자였다.

세 번째 결혼은 앞서 했던 두 번의 결혼 생활과는 모든 것이 달랐다. 자신의 나이를 인식하고 자식에 대한 집착을 버리고 나니 아내는 그냥 사랑스럽고 고맙기만 했다. 아내와 단둘의 삶도 충분히 행복했고 비즈니스 파트너를 영입해서 일과 가정을 균형 있게 가꾸며 살아가는 하루하루가 기쁨이었다. 그렇게 천천히 나이 들고 늙어 아내 품에서 죽는 복을 누린다면 더 바랄 게 없었다. 그렇게 살다 갈 수 있다면 많지는 않지만 아내에게 주고 갈 재산이 아깝지 않았다. 모든 걸 다 주고 싶던 이해심 많고 평온하던 아내가 마흔을 넘기면서 조금씩 변하기 시작했다. 갑자기 불같이 화를 내는가 하면 급격한 우울증에 빠지고 한밤중에 일어나 샤워를 하곤 했다. 갱년기가 찾아온 것이었다. 여자의 갱년기를 들어 알고 있었지만 아내의 갱년기는 낯설고 당혹스러웠다. 식탐이 없던 아내가 차 안이고 침대 옆이고 할 것 없이 집 안 구석구석 먹거리를 사다 쌓아 놓았다. 아이스크림 통을 끼고 살았고 짠 오이 피클을 병째 들고 앉아 먹곤 했다.

서너 달 사이 급격하게 살이 찐 아내가 한밤중에 일어나 숨쉬기가 곤란하다며 배를 움켜잡고 복통을 호소했다. 앰뷸런스를 타고 응급실로 갔다. 피를 뽑고 이것저것 바쁘게 검사를 했다. 링거액을 꽂고 잠이 든 아내 옆에서 꼬박 밤을 새운 뒤 새벽에서야 검사 결과를 들을 수 있었다. 닥터는 "임신입니다" 하고는 아무 말이 없었다. 할아버지는 "뭐라고?"라며 연거푸 되물으셨다. 지금도 그때 그 의사의 음성이 신의 목소리처럼 신비하고 생생하게 들린다는 할아버지는 69세에 초대형 홈런볼을 날리신 거였다. 늦은 나이에 가진 아이라 혹여 장애를 가지고 태어나지 않을까 걱정했다. 그렇다 해도 기적처럼 주신 생명을 위해 자신이 가진 모든 것을 다 바치리라 다짐하며 설렘 속에 출산을 기다렸다. 손가락 개수와 상관없이 생명 자체로 소중하기에….

제왕절개수술로 태어난 아들은 열 개의 손가락과 열 개의 예쁜 발가락을 고물거리며 빅터를 아버지로 만들어 주었다. 부부는 아들을 신의 선물이란 뜻을 지닌 이름 "에반"이라고 불렀다. 스물여섯 살의 나이를 극복한 결혼이었고 자식 복은 없다고 생각했던 빅터에게 아들까지 안겨 준 마흔세 살의 아내는 출산을 하고도 여전히 아름다웠다. 아내 얼굴에 하나둘 주름이 생기기 시작했지만 남자들의 시선을 끌기에 부족함이 없었다. 아들이 초등학교에 들어가면서 외출이 잦아졌고 눈치를 보고 거짓말이 늘어났다. 아들을 핑계로 각방을 썼고, 돌아누운 아내의 등은 넘을 수 없는 에베레스트였다. 그렇게 돌아눕기 시작하면서 아내는 지구를 한 바퀴 돌아야 갈 수 있는 멀고 먼 나라가 되었다.

많이 사랑했다. 그녀의 품에서 눈감는 것이 소원이었지만 너무 젊고 아름다운 아내의 행복을 위해 또 한 번의 결단을 내려야만 했다. 옆에 두고 미워하는 것보다 놓아줌으로 영원히 함께할 수 있다고 생각했다.

당신의 목숨보다 소중한 아들은 할아버지가 키울 수도 있었지만 아이는 엄마가 키우는 것이 아이를 위한 길이라 생각했다. 하루라도 안 보면 병이 날 것 같은 열세 살 아들의 양육권을 아내에게 주고 대신 만나고 싶을 땐 언제든 만날 수 있도록 했다. 붙잡고 싶지만 사랑하는 이를 위해 나의 아픔을 감내하고 기꺼이 내어 주는 것, 그것이 할아버지의 사랑법이었다.

80세가 되던 해에 54세이던 아내를 보내고 이곳 리타이어먼트 홈으로 들어오셨다. 다음 해에 비슷한 또래의 남자와 재혼한 아내는 행복한 가정을 꾸렸다. 약속대로 할아버지가 원할 땐 언제든 에반을 데려오고 데려갔다. 의붓아버지도 에반을 진심으로 사랑해 주었고 그늘이나 상처 없이 잘 자란 에반도 지척에 산다. 가끔 케이든 부부는 집으로 할아버지를 초대해서 식사도 하고 서로의 생일도 챙기며 가족처럼 지내고 있다. 서양인들이라고 해서 이혼한 부부가 모두 이들처럼 살지 않지만 이들에겐 봄이 되면 꽃이 피고 강물이 흘러 바다로 가는 것처럼 자연스러운 일이다.

"내 인생의 가장 큰 행운은 아내 케이든을 만난 것이고 내가 가장 잘한 일은 아들 에반과 함께 케이든을 놓아준 것"이라는 할아버지를 만나면 마스크를 쓰고서도 숨쉬기가 얼마나 수월한지 모른다. 50세가 된 친구 아들이 직장을 잃고 집까지 은행에 넘어갔다는 말을 들으시곤 "이제 후반전 시작이야, 아직 게임은 끝나지 않았지, 누가 알아? 그 녀석이 9회 말 홈런을 날릴지"라고 하셨다. 췌장암이라는 73세 폴 할아버지에게

"우린 아직 다 안 살았어, 누가 알아? 기적이 일어날지" 하시고 평생 독신으로 사신 바브라 할머니께는 "그대는 아직 날 설레게 한다오" 하시곤 껄껄 웃으신다.

추신수가 9회 말 2아웃에서 역전극을 펼쳤듯 얼마든지 판을 뒤집을 수 있는 것이 9회 말이다. 할아버지 빅터는 많은 이들이 끝났다고 생각하는 순간에 '놓아줌'으로 3점짜리 대형 홈런을 날리며 홈(리타이어먼트 홈)으로 들어오셨다. 내가 이기면 네가 져야 하는 게임이 아닌 세 사람 모두를 승리자로 만든 할아버지만의 전술이었다. 9명의 자식을 낳아 야구팀을 만들고 감독이 되고 싶었다는 할아버지는 에반 하나로 충분한 팀의 명감독이었고 생은 아직 끝나지 않았다. 누가 알겠는가? 또 한 번 사랑이 찾아올지. "그대는 아직 날 설레게 한다오" 하시는 할아버지 사랑의 전설은 아직 끝나지 않은 현재, 진행형이다.

그렇게 가시복이 된다

인내는 미덕이지만 인내의 끝이 반드시 성공과 행복을 가져다주지는 않는다

내가 캐나다로 떠나오던 해였다. 목련이 막 피던 시기였으니 2003년 봄이었나 보다. 같은 대학에서 첼로를 전공했던 친구 S가 연락을 해 왔다. 잘 지내냐며 안부를 묻더니 대뜸 "복국 먹을래?" 하며 점심을 먹자고 했다. 복어 독이 무서워 시도조차 해 보지 못한 소심한 내가 "그래, 좋지" 했다. 대학을 졸업하자마자 결혼을 한 뒤 소식을 끊었던 친구였기에 복어가 아니라 악어를 먹자고 했어도 좋다며 달려 나갔을 것이다.

덕수궁에서 만나 전시회도 보고 이런저런 이야기를 나누며 걷다 보니 북창동에 위치한 복어 전문 식당에 도착해 있었다. "혹시라도 먹고 죽음 어떻게 해?" 하자 친구는 "죽는 게 무섭구나" 했다. 유치원생을 둔 엄마가 죽는 게 무섭지 않다면 어떤 상황일까? 나는 묻고 싶은 맘을 꿀꺽 삼키고 "그래, 까짓 한 번 죽지 두 번 죽어? 오늘, 너 죽고 나 죽자" 하며 복어탕을 주문했다. 복어 지리탕 속에 미나리와 콩나물을 건져 양념장에 찍어서 먹고 쫄깃하고 담백한 복어 살은 국물과 함께 떠먹었다. 맑고 개운한 국물은 후루룩 소리까지 내어 가며 먹었다. 얼마나 맛있던지 국물

서쪽으로 난 창

까지 싹 다 먹어 치웠지만 우리는 죽지 않았다. 죽기는커녕 불끈 힘이 솟은 내가 "너는 죽는 게 무섭지 않아?" 하고 물었고 친구는 "잃을 게 없는데 무서울 게 있겠어?" 했다.

학창 시절 청바지에 흰 면 티셔츠를 즐겨 입던 그녀는 멀리서 봐도 한눈에 들어오는 미모의 음대생이었다. 졸업 후 유학을 떠나겠다던 친구는 아버지의 사업이 힘들어지자 첼리스트의 꿈을 접고 담장이 높은 집으로 시집을 갔다. 모두의 부러움을 사며 간 시집은 담장만 높은 게 아니었다. 시부모님도 시누이도 모두가 넘어야 할 산이었다. 중매를 한 이모도 알지 못했던 냉랭한 집안 분위기에 질식해 가던 때에 남편의 외도까지 눈감으라는 시어머니의 명령은 한계선 없던 인내심에 선을 그어 주었다.

딸의 양육권까지 빼앗기고 홀로 서야 하는 그녀는 첼로 대신 칼을 들었다. 십 년 넘게 칼 가는 일로 하루를 시작하는 그녀는 요리사가 되었다. 인내는 미덕이지만 인내의 끝이 반드시 성공과 행복을 가져다주지만은 않는다. 포기하는 용기를 택하며 "모든 걸 다 가질 수는 없잖아?" 하던 친구가 사진을 몇 장 보내왔다. 아무런 장식품도, 값비싼 가구도 없는 깔끔한 원룸 아파트에 16년 만에 찾아온 딸과 찍은 사진이었다. 딸은 온 집 안을 향기로운 꽃밭으로 만들었다. 나란히 앉아 냉면을 먹는 모녀는 환하고 탐스러운 수국 같았다.

많이 가지지는 못했지만 소박한 밥상을 마주하고 웃는 내 친구 S는 세상을 다 가진 행복한 얼굴이었다. 냉면 한 그릇을 앞에 두고 활짝 핀 꽃 같은 내 친구와 달리 넘치도록 가지고도 허기를 느끼고, 꽃잎은커녕 가시만 빼곡히 세우고 살아가는 사람들도 어렵지 않게 만난다. 아흔을 바라보는 메리 할머니가 그런 사람들 중 한 분이시다. 비싼 휠체어에 값비싼 보석으로 치장했지만 언제나 배가 고픈 할머니는 빈속을 풍선처럼 부풀린 복어 같다. 말로 쌓은 금자탑과 왕년으로 부풀린 배는 누가 봐도 독 오른 가시복이다. 자신의 눈에 조금이라도 거슬리게 되면 돌봐 드리는 직원이든 같이 사는 입주민이든 그 누구도 상관없이 가시를 꺼내신다. 커피가 뜨거우면 뜨거워서, 조금 식으면 식었다고 찌른다. 옆자리 할머니 옷이 화려하면 화려해서 거슬리고 검소하게 입으면 궁상스럽다며 핀잔을 주신다. 그러다 보니 뾰족한 가시에 찔리고 싶지 않은 꽃들은 가시가 없는 곳에서 웃음꽃을 피운다.

왕년에 나는 손끝에 물 한 방울 안 묻혀도 밥을 먹었고, 왕년에 나는 드레스만 입었고, 왕년에 나는 나밖에 모르던 잘나가는 남편이 있었다며 왕년에, 왕년에 하시는 할머니에게 현재는 없다. 그렇게 알뜰히 왕년을 안고 살다 보니 '내가 누군 줄 알아?' 하는 마음에 배고픈 가시복이 되고 말았다. 언제나 혼자인 할머니는 식사 시간만 빼고는 건물 입구에 놓인 소파에 앉아 창 밖을 내다보신다. 부유한 집에 태어나 부잣집 외동아들과 결혼했고, 변호사였던 남편에 유명 인사가 된 딸까지 있다며 '잘나가던 왕년'을 노래하셨다. 노랫말대로라면 나밖에 모르던 남편이라도 찾아와야 하건만 살아 계신다는 남편은커녕 이름만 대면 다 안다는 딸도, 지척에 사는 동생도 찾아온 걸 본 적이 없다. 하루 종일 오지도 않는 누군가를 기다리다 방으로 들어가는 저녁엔 날 세운 가시는 온데간 데없이 사라지고 번쩍이던 휠체어도 빛을 잃는다. 그런 할머니 모습이 천천히 내 눈에 들어오기 시작했다. 언제부터였나. 기억은 나지 않지만 코로나가 퍼지기 전엔 퇴근할 때 "이제 날이 저물었으니 그만 방으로 가세요. 내일 또 만나요" 하며 손을 잡아 주고 나왔었다.

한동안 신체 접촉은 물론이요 개인적인 대화는 할 수가 없는 상황이 었다. 지금도 코로나는 더 심각하게 퍼져 가고 있건만 할머니 할아버지들을 계속해서 방과 제한된 공간에서만 머물라 할 수는 없다. 방문을 열어야 했고 가족의 방문을 허용해야 했다. 감옥 아닌 감옥 같은 생활은 노인들의 정신과 육체에 치명적인 해를 끼친다. 가족도 친구도 없이 백년을 사느니 하루를 살아도 가족을 만나고 친구들을 보겠다는 입주민들의 원을 반영하고 정부의 승인하에 제한적 방문을 허용하게 되었다. 몇 달 사이 기억력, 판단력, 체력이 얼마나 떨어지셨는지 모른다. 산책도 허용되고 각자의 방으로 배달되던 식사도 다이닝 룸을 다시 오픈해서 함께 웃으며 식사를 하실 수 있게 되었다. 8명이 앉던 테이블에 3명만이 앉을 수 있고 테이블 간의 간격도 넓혔다. 얼굴을 마주하고 대화를 하며 식사를 하게 되자 노인들의 얼굴이 환해지면서 잃었던 활기와 건강을 회복하셨다.

며칠 전, 퇴근하던 길이었다. 몇 달 사이 부쩍 여위고 늙으신 메리 할머니께서 또다시 입구 옆 소파에 앉아 창 밖을 내다보고 계셨다. "혹시 누구 기다리세요?" 했다. 너무 조용해서 낯선 목소리가 "나도 너 같은 딸이 있어" 하셨다. 언제나 당당하고 까다롭기만 하던 할머니 속에도 한없이 부드럽고 애처로운 엄마가 들어 있었다. 그렇게도 자존심 강하고 뾰족한 메리는 어디로 가고, 늙고 나약한 어미만 남아 오지 않는 딸을 기다리고 있었다. 그 순간 가시 뽑힌 복어 한 마리가 할머니 어깨 위로 헤엄쳐 갔다. 복어가 가슴을 부풀리는 건 위협적인 존재로부터 자신을 보호하기 위한 보호 본능에서 나온 행동이라 한다. 할머니 또한 위험으로부터 자신을 보호하고 싶었고 업신여김당하지 않으려는 필사의 몸부림이었으리라.

할머니를 모시고 가 출입문을 열었다. 열고 보니 입구서부터 잡다한 물건들이 빼곡히 들어찬 할머니 집은 빈 공간이라곤 없었다. 값비싼 가구며 화려한 장식품은 물론이요 찾아올 손님도 없는 집에 장식장 가득 쌓인 찻잔, 접시, 와인 잔들로 숨이 막혔다. 유명지에서 찍은 사진과 화려했던 과거는 거실 벽에도 벽난로 위에도 자랑스럽게 걸려 있었다. 그 중앙엔 큼지막하게 뽑은 할머니의 사진이 자리하고 있었다. 잘 차려 입은 메리는 차가운 눈매에 콧대 높은 부잣집 마나님이었다. 그렇게 쌓아둔 물건과 사진 속의 젊은 마님은 버리지 못한 메리의 왕년이었다.

본의 아니게 작은 집으로 옮기게 되면서 나는 많은 것들을 내다 버렸다. 일 년에 한두 번 앉을까 싶은 손님용 소파, 식기, 침구, 장식품까지 나누고 팔고 버리며 종이 한 장 더 사지 않겠다고 결심했다. 결심대로 살 수 있으면 얼마나 좋을까마는 몇 년 사이 나도 모르게 늘어난 물건들이, 자랑할 무엇도 없는 왕년이 나를 째려본다. 그럴 때면 '시'처럼 살고

있는 내 친구 S와 '왕년'을 지고 사는 할머니 메리가 조용히 말을 걸어온
다. "너, 버릴 거 없니?"

용서

다시 시작하라고 지어 준 이름

가을이면 포플러 나뭇잎이 노랗게 물드는 콜로라도 주 '아스펜'. 그곳은 언니 부부와 함께 로드 트립 중 잠시 들른 곳이다. 덴버에서 자동차로 서너 시간 떨어진 이곳은 이름도 예쁜 '베일'과 더불어 스키 리조트로 유명하다. 겨울이면 세계 각국에서 몰려든 스키어들로 인해 이 조용할 것 같은 산간 마을이 몰려든 인파로 북적이는데 우리가 찾아갔을 땐 초여름이었다.

아스펜 다운타운은 아기자기한 카페며 아트 갤러리, 최고급 브랜드의 상점, 원색의 화분들을 내다 건 레스토랑과 호텔들이 얼마나 예쁜지가 본 사람이라면 누구라도 사랑에 빠지고 만다. 리조트로 발길을 들여놓으면서부터 이미 사랑에 빠진 내가 "여기는 미국이 아니야 난 지금 분명 유럽의 한 모퉁이를 관통하고 있는 거야"라고 중얼거렸다. 흔하고 뻔하게 보던 미국의 여느 도시와 다른 유럽 향이 물씬 풍기는 이 도시는 여름에도 한가할 수 없는 매력적인 곳이었다. 때마침 주말이어서 커피한 잔을 사는 데도 한참을 줄을 서서 기다렸다. 십 분 가까이 기다린 끝에 커피를 손에 쥔 우리는 가족, 연인, 삼삼오오 무리 지어 이동하는 관광객들을 피해 한적한 곳으로 차를 돌렸다. 한참을 달리자 열어 놓은 차창 안으로 솔바람과 함께 산새 소리가 날아들었다. 산속으로 올라가자 포플러 군락 속에 백 년은 넘음 직한 키 큰 판다로사 소나무가 여기저기 섞여 자라고 있었다. 그 울창한 숲속에 더도 덜도 말고 딱 한 달만 살아 보고 싶은 예쁜 집들이 갖가지 나무와 더불어 늙어 가고 있었다. 시간 속에 늙어 가는 집과 함께, 늙어 가는 정원수가 어우러져 카메라를 들이대는 곳마다 그림이었다.

"이렇게 예쁜 산은 발로 걸어야 제맛"이라며 햇살에 반짝이는 포플러 잎사귀들의 환영을 받으며 숲으로 난 길을 따라 올라갔다. 포플러 나무들 속에서 화이트 바크와 도토리나무가 사이좋게 초여름 햇살을 즐기고 있었다. 군데군데 말라 죽은 고목들이 뿌리를 드러내고 있었는데 옅은 오렌지빛 나뭇등걸인 걸로 보아 판다로사임에 틀림이 없었다. 이삼십 대 건장한 청년 같은 숲속에서 나무들이 죽어 넘어져 있다는 게 참 이상하다 싶었다. 나중에 안 사실이지만 콜로라도 주는 숲이 딱정벌레들로 골머리를 앓고 있었다. 그 아름다운 판다로사며 화이트 바크, 랏지, 폴 등 모든 종류의 소나무들이 딱정벌레의 공격에 쓰러져 가고 있다는 것이다. 백 년, 이백 년 수많은 폭풍과 폭설에도 끄떡없던 소나무들이 보잘것없어 보이는 한낱 조그만 벌레의 공격에 죽어 가고 있었다.

그녀 에이프릴도 그랬다. 한 마리 작은 딱정벌레가 우아하고 건강했던 그녀를 갉아먹어 까칠한 껍질만 남겨 놓고 있었다. 유복한 가정에서 태어난 그녀는 젊은 시절 승마 선수였으며 의상 디자이너였다. 빛바랜 흑백사진 속의 그녀는 그늘 한 점 없이 밝고 행복해 보였다. 유난히도 콧대가 오뚝하고 눈매가 그윽한 그녀가 자신의 애마 위에 앉아 미소 짓는 모습이 그랬고, 여왕으로 분장한 가장행렬 속 그녀의 자태가 그랬다. 가족들의 축하 속에 케이크를 얼굴에 잔뜩 묻힌 채 웃는 그녀는 아무것도 더 바랄 것이 없어 보였다. 그렇게도 아름답고 밝은 그녀가 도대체 어떤 연유로 얼음처럼 차갑고 비수처럼 날카로운 여인이 되어 버렸단 말인가. 아흔을 넘긴 그녀의 눈과 혹여 마주치기라도 하노라면 분노로 가득한 눈빛을 그 누구도 피해 갈 수가 없다. 자신도 아는지 늘 말없이 바닥만 바라보고 다니셨다. 당연히 누구도 말을 거는 사람이 없었으며 언제나 혼자였다.

한번은 점심 식사를 마치고 테이블에서 일어나시기에 "남은 오후도 즐겁게 보내세요"라고 평소처럼 인사를 했다. 내 말이 떨어지기가 무섭게 휙 돌아보며 "네가 어느 나라에서 왔건 네 나라로 돌아가 버려"라고 소리치시더니 바쁘게 자리를 떠나셨다. 뭔가 심술이 나셨구나 생각하며 하던 일을 계속했다. 그런데 그 말을 들은 남녀 입주자분들이 있을 수 없는 일이라며 나에게 대신 사과를 하시고 관리자에게 신고를 했다. 문제가 커질 터였다. 자칫하면 에이프릴은 한동안 다이닝 룸 출입 금지 조치가 내려질 수도 있게 된다. 입주민과 직원 상호 간의 예의와 존중을 가장 중시하기에 상호 간에 무례한 태도나 발언은 있을 수 없는 일이다. 그것도 인종차별적인 발언은 강제 퇴거를 당할 수도 있는 큰 문제였다. 정말이지 절대로 그런 일이 일어나선 안 되었다. 이번만 그냥 넘어가자고 간곡히 부탁했고 할머니의 정신과 처방전과 나의 간청이 받아들여지면서 우려했던 일은 일어나지 않았다.

그 일이 있은 후 에이프릴은 내 주변을 맴돌기 시작했다. 쳐다보는 할머니의 눈빛과 몸짓이 단둘이 있을 기회를 보는 것 같다는 생각이 들었다. 나는 여느 때처럼 웃으면서 물었다. "에이프릴! 내게 할 말 있어요?" 했더니 잠시 주저하다가 고개를 떨어트리며 말을 이었다. "미안해, 너에게 한 말이 아니야, 용서해 줄래?" 하셨다. "저도 알고 있어요" 하며 엉거주춤 서 계신 할머니를 안고 등을 쓸어 드렸다. 그 한 번의 포옹으로 웃지 않던 그녀가 나를 보면 미소를 보였고 우리 사이에 우정 비슷한 감정이 생겨났다. 할머니 미소는 정말이지 너무 매력적이고 너무 예쁘다. 그렇게 예쁜 미소를 만나 본 사람이라면 이분법을 좋아하지 않아도 이분법으로 편 가르기를 하지 않을 수가 없다. 그녀의 미소를 본 사람과 보지 못한 사람으로.

미소를 지으실 때와 찡그리고 계실 때의 모습이 너무 다른 할머니를 보고 있노라면 미소가 최고의 화장이란 말은 아마도 그녀의 미소를 보고 나온 말이 아닐까 싶을 정도니 말해 뭐 하랴. 미소도 예쁘지만 얼굴의 중심을 잡고 있는 오뚝한 콧날 덕에 "아흔을 넘긴 할머니가 이렇게 예뻐도 돼?" 싶을 만큼 예쁘시다. 그런데 그 예쁜 코가 그녀에겐 암초였다니 믿을 수가 없었다. 스무 살에 결혼을 하고 스물두 살에 딸을 낳았다. 사업차 일본으로 갔던 남편이 돌아와 첫딸을 안고 한 말이 "코가 당신 닮아 코끼리 코네"였다. 세상 모든 여자들이 남편의 사랑과 보살핌

속에 아이를 낳는 건 아니지만 혼자 낳고 힘들었을 아내에게 해 줄 말이 그것밖에 없었을까. 한국이나 캐나다나 여자에게 있어 임신과 출산은 세상 무엇과도 바꿀 수 없는 기쁨과 보람이지만 가장 낯설고 두려운 경험이기도 하다. 외롭고 힘들었을 아내는 거짓말이라도 "예쁜 딸 낳아 줘서 고맙고 옆에 있어 주지 못해 미안해" 그 말이 듣고 싶었을 것이다.

몇 달 만에 만난 부부는 하루도 싸우지 않고 지나가면 입안에 가시가 돋칠 듯 잦은 말다툼을 했다. 나중에 안 일이지만 일본에 함께 사는 여자가 있었던 남편은 자신과 어린 딸을 버리고 냉정하게 떠나 버렸다. 그랬다, 첫사랑이었던 남편이 떠난 후 자신의 높은 코를 미워하고 외모에 자신감을 잃고 분노와 비탄의 삶을 살았다. 부유한 집안에서 태어나 미모와 재능을 겸비하고, 세상을 코 아래로 내려다보며 자신감 넘치던 그녀의 영혼을 속속들이 갉아먹고, 한 여자의 인생을 송두리째 삼켜 버린 딱정벌레는, 다름 아닌 용서하지 못한 마음이었다. 용서할 수 없는 대상은 남편이었을까? 아니면 용서하지 못한 자신이었을까?

이제 곧 사월이다. 그녀의 이름 April은 언제든지 봄처럼 사월처럼 다시 시작하라고 지어 준 이름일 거라고 우기면서 정원으로 나갔다. 작년 봄에 사다 심은 몇 포기 프리뮬러가 기꺼이 겨울을 털고 일어나 연노랑 꽃잎을 꺼내 놓았다. 나는 곱디고운 그 빛깔이 내 심장을 노랗게 물들일 때까지 바라보다가 겨우내 엎어 둔 토분 하나를 골라 제일 튼실한 것으로 옮겨 심었다. 내일 아침 출근길에 들고 나갈 참이다. 혼자 볼 때 예쁜 꽃 프리뮬러, 함께 보면 더 예쁠 것이다.

서쪽으로 난 창

두 번의 봄, 두 번의 겨울

때로는 침묵이 최선, 제발 묻지 마라

회색 남방의 남자가 LP판 하나를 턴테이블 위에 올려놓았다. 그 위에 카트리지를 내려놓자 검은색 레코드판이 빙글빙글 돌아가며 뜻 모를 노래가 흘러나왔다. 오페라 《피가로의 결혼》 중 여성 이중창 〈산들바람이 부드럽게〉였다. 두 번의 종신형을 선고받고 쇼생크에 수감 중인 남자 앤디는 스피커의 볼륨을 끝까지 올렸다. 그러자 운동장에 나와 있던 수십 명의 죄수들은 모두가 빨려 올라갈 듯, 노래가 흘러나오는 곳을 올려다본다. 그 순간, 무엇을 노래하는지도 모르는 죄수들의 얼굴은 새가 되어 하늘을 날아오른다.

한 곡 노래가 가진 힘을 군더더기 없이 깔끔하고 담백하게 보여 준 영화 《쇼생크 탈출》의 한 장면이다. 종신형을 받은 두 명의 죄수가 절망 속에서 희망과 싸우며 자유를 찾아가는 과정을 그린 명작으로 많은 이들이 인생 영화로 꼽는 작품이다. 너무나 유명해서 설명이 필요 없는 이 장면 덕에 좀처럼 속내를 드러내는 법이 없고 다가서기 힘든 할머니 클레어의 방문턱을 넘었다.

3년 전 봄이었다. 점심 식사를 마친 분들이 모두 방으로 돌아가신 뒤 테이블을 정리하다가 의자 뒤에 떨어진 쿠션을 발견했다. 흰색 바탕에 빨간색 새 두 마리가 그려진 쿠션은 할머니 클레어가 들고 다니시던 쿠션이었다. 점심을 먹기 전에 쿠션부터 가져다드려야겠기에 맨 꼭대기 층에 위치한 할머니 방으로 가서 가볍게 두 번 노크를 했다. 아무런 기척이 없으시기에 벨을 두 번 눌렀다. 그래도 대답이 없으시기에 혹시나 하고 문고리를 돌렸다. 문은 잠겨 있지 않았다. 방문을 열자 봄 햇살이 훤히 들어오는 거실은 쇼생크의 죄수들에게 잠시 잠깐 자유를 맛보게 하던 그 노래 "저녁 산들바람은 부드럽게 불어오고"로 가득 채워져 있었다. 거실 한쪽에 놓인 턴테이블 위에서 검은색 LP판이 빙글빙글 돌아가고 있었다. 그 바로 옆 소파에 창을 등지고 앉은 할머니께서 쿠션을 들고 있는 나를 바라다보셨다.

쿠션을 건네드리며 노래 제목을 기억해 내려고 뱅뱅 도는 LP판을 따라 머리를 돌리고 눈을 돌려 봐도 도대체 기억이 나지 않았다. 나는 그 유명하고 아름다운 아리아를 원어로는 몰랐던 것이다. "피가로 피가로, 모차르트, 쇼생크 탈출" 하며 암호 같은 단어를 나열해 놓았다. 할머니는 작고 차가운 입술로 "Che Soave Zeffiretto" 하며 앉으라고 하셨다. 얼음송곳 같던 할머니의 방문을 넘어 먼지 한 톨 없는 할머니의 소파에 앉은 그날, 점심을 건너뛰고도 자꾸만 부풀어 오르던 내 배와 가슴을 손바닥으로 쓰다듬고 또 쓰다듬었다.

영화에서 아내와 정부를 살해했다는 누명을 쓴 앤디는 은행가였다.

서쪽으로 난 창

그의 도움으로 동생의 유산을 세금 한 푼 내지 않고도 챙길 수 있게 된 간수가 뜨거운 땡볕 아래 지붕 공사를 하던 죄수들에게 맥주를 나눠 준다. 물론 앤디의 요청이었다. 쇼생크 역사상 가장 악질 간수가 제공한 맥주를 마시는 동안 앤디는 뜻 모를 미소를 짓고, 레드는 차가운 맥주 한 병의 기쁨을 왕이 된 기분이라 말한다. 나는 할머니의 방을 드나들며 아무도 열어 보지 못한 금은보화가 가득한 금고의 암호를 나만 알게 된 듯 미소를 지었고, 왕좌가 부럽지 않았다. 일상을 탈출한 나는 파바로티의 연인이었고 마리아 칼라스, 브라이언 아담스, 로베타 플랙, 그들의 친구로 행복했다.

내가 "마법의 성"이라 이름 붙인 할머니의 거실은 움베르토 에코의 소설 『장미의 이름』에 나오는 수도원 장서관을 떠올리게 했다. 비밀을 간직한 금서인 양 아무에게도 열어 보인 적 없는 수백 장의 레코드판들로 채운 그곳은 할머니의 추억과 사연으로 빼곡했다. 장님 수도사 호르헤가 지키려 했던 금서처럼 할머니 외엔 그 누구도 건드려선 안 되는 곳이 할머니의 음향 기기와 음반들이었다. 그곳만큼은 청소도 직접 하셨다. 사연 없는 LP는 한 장도 없을 듯, 보여 주신 재킷마다 어떤 건 잉크로, 또 어떤 건 볼펜으로 쓴 추억이 예쁜 필기체로 기록되어 있었다. 턴테이블 위에 레코드판을 올려놓기 전엔 빛바랜 기록 중 몇 꼭지를 읽어 주셨다.

한번은 40년의 시간과 추억이 묻은 재킷을 꺼내셨는데 "10월 29일 토요일, 1983년, 결혼기념일, 내 사랑스러운 아내에게 루카스"라고 적혀 있었다. 또박또박 읽어 주시고는 조심스레 꺼낸 음반을 가볍게 닦아 턴

테이블 위에 올려놓으셨다. 가늘고 긴 손가락으로 천천히 카트리지를 들어 올리자 꽃잎에 나비가 내려앉듯 살포시 얹어진 바늘이 가늘게 패인 골을 읽으며 음악이 흘러나왔다. 영화 《사관과 신사》의 주제가 〈Up Where We Belong〉이었다. 이 한 곡의 노래가 흘러나오기까지 행해지는 할머니의 느리고 섬세한 동작들은 이미 나를 감동시키고 있었다. 무슨 의식이라도 치르듯 아름답고 경건하기까지 해서 그 누구라도 아무런 말도 할 수가 없었을 것이다.

그러자고 약속한 것도 아니었는데 우리는 음악이 흘러나오면 그 곡이 멈출 때까지 소파 깊숙이 몸을 기대고 앉아 말없이 음악만을 들었다. 영화음악을 들을 땐 함께 보던 추억 속의 인물들이 옆자리에 와서 앉았고, 오페라가 흘러나오면 희극과 비극의 여주인공이 되어 울고 웃었다. 한 달에 한두 번, 어떤 날은 일을 시작하기 전 30분, 또 어떤 날은 일을 마치고 1시간을 함께했다. 그렇게 비밀스러운 우리들의 만남은 할머니께서 돌아가시기 전 두 번의 봄과 두 번의 겨울 동안 계속되었다.

음악 감상을 하면서 묻고픈 이야기도 많았고 살아온 시간이 그 어떤 분보다 궁금했지만 묻지 않았다. 레코드를 꺼낼 때 재킷에 적어 놓은 기록을 읽어 주시면 그것으로 할머니의 친구와 가족 관계를 짐작했고 좋아하시는 음악과 영화, 여행지까지도 메모를 보며 알았다. "1964년 7월 9일 브로드웨이, 멜리사"라고 읽어 주시면 '1964년 7월에 멜리사와 브로드웨이에 계셨구나' 생각했고 "1971년 9월 21일 아들 로버트"라고 읽어 주시면, 찾아온 적 없지만 '아들도 있으시구나' 짐작했다. 그런 식으로

서쪽으로 난 창

할머니의 90년 역사를 훔쳐보았고 덮어놓은 고통과 상처를 조금씩 들여다보게 되었다. 〈Up Where We Belong〉이 흘러나올 때 슬쩍 바라본 할머니 옆얼굴에서도 나는 읽을 수 있었다. 남편 루카스를 많이 사랑했고 40여 년 전 그날이 어제처럼 떠오른다는 것을.

궁금했지만 짐작만 하고 있던 할머니의 남편에 대해 묻지 않았다. 때로는 모르는 것이 최선일 때도 있다. 모두 다 안다고 모든 것을 이해할 수도 더 가까워지는 것도 아니니⋯. 분명한 건 음악을 함께 듣는 시간이 쌓이면서 얼음송곳 같던 할머니의 눈빛이 따뜻하고 부드럽게 변해 갔다는 것이다. 묻지 말고 따지지도 말고, 좋아하는 음악을 함께 들어 줄 누군가가 필요했던 할머니는 영화, 팝송, 재즈를 꺼내 놓았고 오페라 볼륨을 높였다. 그렇게 꺼내 들은 음반의 수가 늘어나면서 웃을 줄 모르시던 할머니는 깔깔 소리까지 내며 웃으셨고 나는 아무에게도 보여 준 적 없는 아픔을 할머니 주름진 손등 위에 꺼내 놓았다.

한 곡의 노래로 죄수들에게 자유를 선물한 영화 《쇼생크 탈출》의 원제목은 'The Shawshank Redemption'이니 직역하면 '쇼생크 구원'이다. 할머니 클레어를 구원하고 나를 구원한 노래 '산들바람이 부드럽게' 불어오는 봄밤에, 나는 바람처럼 왔다가 바람처럼 떠나가신 할머니 계신 하늘에 글씨를 쓴다. '이것이 이 세상에서의 구원이 아니면 무엇이 구원이겠는가?'라고.

장민호는 내 아들이다

당신도 꽃인데 꽃인 줄도 모르고

"장민호는 내 아들이야. 가출한 내 막내아들이 틀림없어" 하시는 타라 할머니 방에 어린 민호가 웃고 있었다. 누렇게 바랜 흑백사진 속에서 한 아름 생일 선물을 안고서. 나는 "어머나 세상에나"를 연발하며 "어쩐지 한국 남자에게서 버터 냄새가 진동하더라니" 했다. 할머니께서 "그렇지?" 하시며 또 한 장의 사진을 보여 주셨다. 삭발을 해 푸르스름한 머리의 청년 민호가 나를 지나 내 뒤 어딘가 먼 곳을 바라보며 서 있었다.

조그마한 체구, 희고 작은 얼굴에 하얀 곱슬머리를 짧게 자른 들깨꽃 같은 할머니 타라는 독일계 캐나디안이시다. 한국에는 가 본 적도 없지만 한국인 손자며느리를 보신 이후로 한국 문화와 드라마에 관심을 가지면서 한국 문화 예찬론자가 되신 분이다. 듣고 돌아서면 잊어버리지만 손자며느리와 인사말 정도는 해야지 하는 마음으로 시작한 한국어 공부에도 재미를 붙이셨다. 그러던 차에 내가 입사를 하자 연습할 상대가 생기신 할머니는 쉽지 않은 발음을 몇 번이나 묻고 되풀이하는 열정을 보이셨다.

우리가 처음 만나던 날 할머니께서 제일 먼저 하신 말씀도 한국말이었다. "안논, 난자" 하시는데 한국말을 하실 거란 상상도 못 하고 있던 나는 도대체 무슨 말이신지 몰라 나도 따라 "안논, 난자 닌자?" 하며 고개를 갸우뚱했다. "안녕, 낭자"라 하셨는데 둔한 내 귀가 감지를 못했던 것이다. 어디서 그런 예쁜 단어를 배우셨나 물으니 드라마에서 배우신 거라 하셨다. 손자며느리 덕에 보기 시작한 한국 드라마와 예능 프로그램에 푹 빠져 사신다. 《주몽》, 《대장금》, 《해를 품은 달》, 《선덕여왕》 등 나도 보지 못한 사극까지 두루 섭렵하셨다. 그렇게 좋아하시던 사극도 《내일은 미스터트롯》에서 장민호를 보시고는 인연을 끊고 트로트 광팬이 되셨다. 하나같이 예쁘고 사랑스럽다며 아미를 자처하시던 BTS도 그 예쁜 낱말 '낭자'를 가르쳐 준 사극도 뒷전으로 밀려나고 말았다. "민호, 내 아들 민호" 하시는 할머니에게 실컷 보시라고 아들이라 하시는 장민호 사진을 몇 장 가져다드렸다. 당신 아들 헨리가 살아 있다면 이런 모습이었을 거라시며 프린트로 뽑은 사진을 아들 보듯 하셨다. 사진을 꺼내 들고 장민호가 부르는 〈상사화〉까지 웅얼웅얼 따라 부르신다. 잠시 스쳐 지나갈 팬심이려니 했던 내 생각이 틀렸다는 건 아들 헨리의 사진을 보던 날부터 알았다. 그날 이후, 빌딩 내의 유일한 한국인이었던 나에게 모자 상봉이라도 시켜야 할 것 같은 부채감이 빚 문서처럼 따라다녔다. 빚을 갚는 마음으로 할머니의 사연을 꼼꼼히 적었다. 키스 대신 꼭 가닿기를 바라는 염원으로 봉하고 할머니께서 챙겨 보시는 《사랑의 콜센타》로 편지를 보냈다. 사연을 보내고 혹시나 하고 답장을 기다렸지만 회신은 없었다.

오십을 바라보는 아들 헨리는 스물일곱에 여행을 간다며 집을 떠났다. 철학을 전공하고 철학 박사 과정 중이던 어느 날, 갑자기 학업을 중단하고 떠난 것이다. "좀 오래 걸릴 것"이라는 말을 남기고 떠난 여행은 알고 보니 출가(出家)였다. 2년여의 시간이 흐른 뒤 "언젠가 다시 만나게 될 것"이라는 몇 줄의 편지와 함께 삭발을 한 아들의 사진이 도착했다. 언젠가는 인도를 걷고 있다 했고 또 언젠가는 중국의 고비사막을 지난다는 짤막한 엽서가 왔다. 그러던 어느 해 가을, 기별도 없이 아들이 돌아왔다. 갑작스레 찾아온 아들을 위해 세상의 모든 어미가 하듯 정성을 다해 더운밥을 지었다. 육식을 즐겨 하던 아들이라 큼지막한 스테이크와 어릴 적 실컷 먹이지 못한 닭 날개를 튀겼다. 잘 먹지 않던 야채들도 구운 감자와 함께 차려 놓았다. 불자가 된 아들은 스테이크와 닭 날개는 눈으로만 먹고 야채와 구운 감자를 껍질까지 깨끗하게 먹었다. 그것이 두 사람 사이의 마지막 밥상이었다. 어머니 손을 놓고 돌아설 자신이 없었는지 힘겨울 어머니를 생각했는지 아니면 그 둘 다였는지 아들은 다음날 새벽안개처럼 사라지고 없었다. 단정하게 정리된 침상 위에 "모든 것은 오직 마음이 지어낸다(Everything depends on the mind)"는 숙제를 남겨 두고서….

백 번 동의하지만 너무 유명해서 진부하다고 느끼는 문구 "모든 것은 마음먹기에 달려 있다"라는 일체유심조(一切唯心造)는 불교 경전 중 하나인 화엄경의 핵심 사상이다. 슬픔도 기쁨도 내 마음에 달린 것이고 세상만사 모든 것이 마음에 달렸다 하시는 할머니께서는 숙제를 끝내셨다. 모든 건 "마음먹기 나름"이라는 화엄경의 핵심을 알았다고 해서 마음먹은 대로 살아지는 것도, 핏줄로 이어진 인연을 단번에 자를 수도 없는 것이 인생이고 인연이다. 숙제를 다 하셨지만 끝내지 못한 아들을 향한 그리움과 죄책감을 노래 속에 감춰 두신 할머니께 여쭈었다. 〈상사화〉가 무엇을 노래하는지 아시냐고. "그립단 말 아니겠어? 피는 꽃 속에 지는 꽃 속에 자기가 있단 말 아니겠어, 눈을 보면 몰라?" 하시는 할머니 눈에 그렁그렁 아들이 고였다가 주르르 흘러내렸다. 할머니는 다 듣고 있었다. 혹여 부르면 아플까 부르지도 못한 아들의 이름 "헨리", 마음껏 부를 수도 없는 이름을 피는 동백꽃 속에, 지는 모란꽃 속에 묻고 살았다.

어떤 이는 피 끓는 모정을 피고 지는 꽃잎 속에 묻고, 어떤 이는 아들의 발자국 위에 뿌렸다. 어머니나 아들이나 서로에게 갚을 빚이 없다고 애써 부정하던 이청준의 소설 『눈길』에서 아들의 발자국 위에 뿌리던 노모의 소리 없는 통곡이 다시금 들려온다. 아들을 태우고 횅하니 떠나버린 버스를 바라보다가 아들과 함께 걸어온, 여전히 어두운 그 길을 홀로 되돌아오던 어머니의 허망하고 처참한 마음이 타라의 볼에도 흘러내리고 있었다.

할머니 타라는 대학생이던 20세에 같은 대학 같은 과를 다니던 22세의 남편을 만났다. 결혼이 뭔지도 모르고 혼인신고만 하고 시작한 결혼 생활은 처음엔 경제적인 문제로 나중엔 잠자리 문제로 잦은 말다툼을 했다. 날이 갈수록 심각한 부부 싸움으로 발전한 말다툼은 브레이크가 고장 난 폭주 열차 같았다. 아이들 앞에 가재도구를 던지며 폭언과 폭력을 주고받았다. 방치된 브레이크는 막내아들의 열 살 생일에 완전히 터져 버리고 말았다. 아들의 생일날 남편은 사랑에 빠졌다며 열여섯 살 아래 제자와 가출했다.

남편이 떠나면서 아버지의 자리까지 채워야 하는 삶은 쉽지 않았지만 집안엔 평화가 찾아왔다. 그것도 잠시, 남편의 가출로 정리된 줄 알았던 그들의 관계는 끝나지 않았다. 남편은 '실수였다'며 용서를 구했고 잊을 만하면 찾아와 온 집안을 휘저어 놓고 떠나기를 반복했다. 그런 부모를 이해하기엔 아이들은 너무 어렸다. 책임감 없고 감정적인 남편을 받아 줄 수 없었던 엄마를 원망했고 자식을 버린 아버지를 증오했다. 위의 두 아들은 자라면서 아픈 소리를 쏟아 내기도 했지만 결혼을 하고 가정을 가지면서 엄마를 이해하고 아버지를 용서했다. 지금도 가까이 살며 자주 찾아와 말벗이 되고 살뜰히 챙긴다. 유달리 마음이 여리고 어렸던 막내아들만은 학교생활도 친구들과의 관계도 원만치 않았다. 말수가 적었고 아무 곳에도 마음을 붙이지 못한 외톨이로 책 속에 숨어 살았다. 자식들에게 아버지도, 경제적인 안정도 주지 못한 죄책감에 할머니는 떠나는 아들을 붙잡지도 돌아오라 소리쳐 부르지도 못했다.

'부르다 내가 죽을' 아들의 이름을 가슴에 묻은 할머니는 당신도 꽃인데 꽃인 줄도 모르고 산 세월을 장민호가 부르는 〈상사화〉 속에 쏟아 내신다. 너무 작아서 겨우 보이는 들깨꽃 같은 할머니가 웅얼웅얼 노래를 부르시면, 나는 할머니 속에 흐르는 눈물을 가만가만 듣는다. 할머니는 산비둘기만 푸르르 날아올라도 아들의 넋인 줄 뒤돌아보던 『눈길』의 어머니처럼 한 마리 나비만 날아들어도 행여 아들인가 창 밖을 내다보신다. 인연이란 끈을 놓고 아들은 떠나갔지만 어머니는 단 한 순간도 보내거나 잊은 적이 없다. 해도 뜨지 않은 눈 길을 어머니의 배웅을 받으며 떠난 아들은 어머니로부터 받은 게 없다며 어머니를 외면했건만 어머니는 아들의 발자국 위에 눈물을 뿌리며 아들의 행복을 기도하셨다.

　나의 여름이 진다. 까맣게 타들어 간 모정을 꽃잎 아래 숨긴 할머니 타라의 여든네 번째 여름도 진다. 언제라도 서리가 내리면 단번에 지고 마는 들깨꽃 같아도, 세상의 어머니는 자식의 발자국 위에 기도를 바친다. 어머니의 가슴을 밟고, 어머니의 기도를 딛고 일어서고도 자신의 능력인 줄 아는 자식들은 들깨꽃보다 옹색한 변명을 자신의 가슴에 바치게 되리라. "어머니! 그때는 몰랐습니다. 내가 밟고 선 자리가 어머니 가슴인 줄, 그때는 몰랐습니다"라고 동백꽃보다 붉은 눈물을 바치게 되리라.

사랑은 죄

"너 하나만 보이는 순간이 있어"

사진을 촬영할 때 피사체만 선명히 드러내고 배경은 흐릿하게 찍는 것을 [1]'아웃 오브 포커스(Out of Focus)'라 한다. 피사체가 꽃잎일 땐 다른 모든 것은 희미해지고 오직 꽃잎만을 또렷하게 부각시키는 촬영 기법이다.

사진을 찍을 때처럼 살다 보면 세상의 모든 것이 희미해지고 오직 한 사람만 보이는 순간이 있다. 《엘비라 마디간》의 두 연인 식스틴과 엘비라가 바라본 세상이다. 그들은 서로 사랑했지만 불륜이었기에 환영받지 못했다. 사람들로부터 숨어야 하는 비극적인 그들의 사랑은 아이러니하게도 르누아르의 그림처럼 아름답고 평화로운 영상으로 제작되었다. 영화보다 배경음악으로 사용한 모차르트 피아노 협주곡 21번 2악장에 붙은 별칭인 '엘비라 마디간'으로 더 유명해진 영화다. 스웨덴의 귀족 출신이었고 가정이 있던 육군 장교 식스틴과 곡마단에서 줄을 타는 소

---

1   아웃 오브 포커스(Out of Focus): 인물이나 꽃, 동물 등 피사체만 부각하고 배경은 흐릿하게 하는 촬영 기법으로 정확한 영어 표현은 Selective Focus(선별 초점)이다.

녀 엘비라의 신분과 관습을 초월한 사랑은 실화다. 불륜을 옹호하고 싶은 마음도 그들의 용기가 부러운 것도 아닌데 오래전에 본 영화의 장면들이 가끔 떠오르곤 한다. 모차르트의 피아노 선율과 함께….

그토록 아름다운 영상과 달리 1880년대, 사회적 책임과 도덕적 관습을 사랑의 힘만으로는 뛰어넘을 수 없었던 그들의 선택은 동반 자살이었다. 마지막 장면에서 나비를 잡으러 다니던 엘비라가 두 손으로 잡았던 나비를 놓는 순간 화면이 멈추고 한 발의 총성이 울린다. 연이어 또 한 발의 총성이 울리고 영화는 끝이 난다.

영화에서처럼 꽃잎 하나만이 온 세상이던 73세 할머니 앤이 자수를 하셨다. 정원의 꽃을 훔쳐 간 사람은 자신이라며 사과를 했고 여기저기서 들려오던 쑥덕거림도 사라졌다. 해마다 봄이면 정원 일을 좋아하시는 할머니 몇 분이 이른 봄부터 갖가지 꽃모종을 사다 화단을 가꾸실 때 할머니께서는 물 한 번 준 적 없을 만큼 무관심했다. 새잎이 돋아나고 꽃봉오리가 맺히고 꽃이 피는 과정이 주는 기쁨도 크지만 활짝 핀 꽃을 바라보는 것 또한 그 못지않은 기쁨을 주건만 그런 일상의 행복을 누군가 자꾸만 꺾어 가는 바람에 할머니들은 화가 많이 났었다. 수백 개의 눈과 수십 대의 보안 카메라가 설치된 이곳에서 범인이 누구인지를 모르고 싶어도 모를 수가 없다. 다만 범인의 체면을 생각해 '나는 당신만을 위한 꽃이 아니랍니다'라는 메모지를 붙여 놓았고 다행히 큰소리 없이 문제가 해결되었다.

앤 할머니는 1년 전까지만 해도 꽃 같은 것에는 관심도 없고 잘못한 일이 있어도 먼저 사과하는 법이 없으셨다. 대신 자신의 주장은 끝까지 관철시키고 마는 강인한 의지와 지고는 못 사는 승부욕에 물욕까지 골고루 갖추고 사셨다. 행복한 노년을 보내려면 "지갑은 열고 입은 닫아야 한다"라고 했건만 할머니는 그 반대로 실천하며 사셨다. 본 것과 들리는 모든 소문과 소식은 물론 생각하는 것까지 세밀화를 그리듯 상세하게 설명하신다. 모두가 습관처럼 하는 고맙다, 미안하단 말은 아껴 쓰시고 당신의 자녀들은 물론 입주민, 직원, 만나는 모든 사람들은 '당신이 가르쳐야 하는 대상'이었다. 돈 싫다는 사람이 있을까마는 [2]어머니 날에 꽃 대신 돈을 받아야 기뻤고 그것이 자랑이던 분이셨다. 그런 할머니께서 할아버지 방 앞에 가져다 놓기 위해 꽃을 훔치신단 소문을 듣고 '사랑이 죄'구나 했다.

말로 시작해 말로 끝나는 할머니의 일상을 귀담아듣는 이 없어도 할머니의 말 사랑은 줄어든 적이 없었다. 그런 할머니께서 [3]할아버지 토니가 입주하시고부터 말수가 줄어들고 고맙다, 미안하다고 하시는가 하면 토니 할아버지의 말에는 귀까지 기울이셨다. 두 번의 식사 시간에 매번 옷을 갈아입고 나오시는가 하면 파티 때도 하지 않으시던 커다란 귀걸이, 목걸이를 하셨고 화장을 하고 매니큐어로 손톱까지 단장하고 다

---

2 어머니 날(Mother's Day): 한국에서 부모님의 은혜에 감사하는 날로 '어버이날'이 있지만 한국과 달리 캐나다는 '어머니 날'과 '아버지 날'(Father's Day)이 따로 정해져 있다. 어머니 날은 5월의 둘째 일요일이고 아버지 날은 6월의 셋째 일요일이다.

3 '여자는 늪이다'에서 낸시 할머니와 결혼하신 할아버지.

니셨다. '누가 무슨 짓을 하나' 감시하던 눈빛은 부드럽게 변했고 언제나 할아버지 토니를 따라다니셨다. 할아버지께서 소풍에 참가하시면 소풍을 가셨고 빙고 게임을 하시면 빙고 게임에 참가하셨다. 여자의 가려운 곳을 잘 알고 계셔서 인기도 많던 할아버지 마음엔 낸시 할머니가 있는다는 걸 모두 알고 있었지만 앤 할머니 눈엔 온통 할아버지밖에 없었다. 온 우주 공간이 그 한 사람으로 채워지고, 풀꽃 한 송이 흐르는 구름 한 점까지도 그 사람에게로 흘러가고 '너밖에' 보이지 않는….

그러던 중 토니 할아버지께서 뇌졸중으로 쓰러지는 일이 발생했고 손발의 움직임과 언어 구사에 문제가 생겼다. 시간이 흐르면서 할아버지 방 앞 꽃병에 늘 싱싱하게 꽂히던 꽃이 사라졌다. 식사 시간이면 언제나 토니 할아버지와 같은 테이블에 앉으시던 할머니는 "토니에겐 낸시가 있지" 하시며 쿨한 척 멀찌감치 떨어진 코너 쪽으로 자리를 옮겨 앉으셨다. 또 얼마의 시간이 흐르면서 건강을 회복하신 할아버지께서는 할머니 낸시의 손가락에 진주 반지를 끼워 주시며 청혼을 하셨다. 고통과 아픔의 상징이어서 결혼 예물로는 잘 쓰지 않는 진주를 신부의 손가락에 끼워 준 것이다. 외부에서 들어온 이물질을 성가시다며 내뱉지 않고 체액으로 덮고 품어 탄생시킨 진주처럼 지극정성으로 간병하고 기다려 주신 낸시 할머니에게서 빛나는 진주를 찾아내신 것이리라.

청혼 소식이 알려지면서 할머니 앤은 문밖으로 나오시지 않았다. 빌딩 내에서 유일하게 자신의 말을 들어주고 챙겨 주시던 분이 낸시 할머니였는데 그런 낸시 할머니와의 왕래까지도 끊으셨다. 함께 모여 하시던 식사도 방에서 혼자 드셨다. 건강상 특별한 이유 없이 방에서 식사를 제공받으실 경우 별도의 비용이 발생하지만 할머니께서는 돈 대신 자존심을 선택하셨다. 단 한 명 있던 친구를 잃고 사랑도 잃은 할머니는 우편물을 가져오실 때 말고는 방 밖으로 나오시지도 않더니 멀리 떨어진 시설로 옮겨 가셨다. 담당 직원 외엔 아무도 모르게 준비하신 이사였기에 거의 모든 분들은 할머니께서 떠나신 후에 알게 되었다.

쓸쓸히 떠나가셨을 앤 할머니 생각을 하며 카메라 렌즈 너머로 세상을 본다. 아웃 오브 포커스로 찍을 때 들어오는 꽃잎 하나만이 다가 아닌, ⁴팬 포커스로 찍은 세상을 들여다본다. 실바람에 누웠다 일어나는 들풀 사이로 '넌 또 언제 피었니?' 싶은 야생화를 본다. 느닷없이 쏟아지는 소나기를 보고, 뜨거운 여름을 견디며 익어 가는 넝쿨 아래 탐스러운 포도와 꽃잎 한 장 너머에 펼쳐진 아름답고 다채로운 세상을….

---

4 팬 포커스(Pan Focus): 일반 풍경 사진을 찍을 때 사용하는 기법으로 조리개를 조여 전체적인 풍경을 선명하게 하는 촬영 기법을 말한다.

서쪽으로 난 창

다섯 번째 편지

"인생은 원래 불공평한 거야"

이곳 리타이어먼트 홈에서는 원하는 분들에 한해서 일 년에 두 번 소풍을 간다. 훈풍이 불어오는 오월과 찬 바람이 불기 전 구월의 햇살이 좋은 날을 골라 단체로 준비한 도시락을 가지고 공원으로 간다. 스트로베리, 블루베리, 라즈베리, 베리가 한창일 때는 베리 농장으로 소풍을 간다. COVID19의 확산되고부터는 소풍은 꿈도 못 꾸는 상황이 되었다. 지난해 봄 베리 농장으로 소풍을 가기로 한 날이었다. 오전 열 시에 출발하기로 되어 있었다. 모두들 시간도 되기 전에 버스에 올라 좌석 벨트를 하고 앉아 아이들처럼 들떠 있었다. 마지막으로 한 번 더 인원 점검을 했다. 확인한 지 5분도 안 지났는데 한 분이 사라지셨다. "누가 없죠?" 하고 물었다. 할머니 한 분이 "칠면조가 없어" 하셨다.

칠면조는 82세 바브라 할머니의 별명이다. 이름을 부르고 둘러보니 정말 사라지고 안 계셨다. 아무도 어디 가셨는지 모른다고 했다. 처음엔 화장실을 한 번 더 가셨겠거니 하고 기다렸다. 5분이 지나고 10분이 지났다. 도우미들과 간호사들이 건물 안으로 들어가 찾아봤지만 건물

내에는 안 계신다고 했다. 나는 5층 할머니 방으로 달려갔다. 커다란 거울 앞에 서 계신 할머니는 의외로 여유로웠다. 이 모자도 써 보고 저 모자도 써 가며 입은 옷과 어울리는 모자를 찾고 계셨다. 처음에 쓰고 내려온 모자가 맘에 들지 않으셨던 것이다. 보청기를 빼놓고 모자 삼매경에 빠지신 할머니께서는 전화벨 소리도 못 들으신 것이다.

할머니는 모자 쓰는 것을 정말 좋아하신다. 그 모자 덕에 나도 할머니의 옷 방을 구경하게 되었다. 단 몇 분 동안 주어진 기회에 내 눈동자는 바빴다. 모두 세어 보지는 않았지만 얼핏 본 모자는 백 개도 넘어 보였다. 각양각색의 구두와 핸드백 또한 얼마나 많은지 옷 방 한쪽 벽에 설치된 선반은 핸드백과 신발로 가득 메워져 있었다. 더 놀랄 일은 옷이었다. 색깔별로 계절별로 분류해서 걸어 둔 옷들이 옷 방 가득 차 있었다. 걸어 둔 옷 밑으로 접어서 정리해 둔 옷들 또한 숨 쉴 공간 하나 없이 빼곡하게 쌓여 있었다. 몇 벌이나 될지 짐작도 할 수 없을 만큼 많았다.

할머니의 패션 센스는 눈여겨보지 않아도 모두가 인정하는 코코 샤넬이다. 평소에도 구두서부터 옷과 핸드백, 모자까지 완벽하게 코디해서 차려입고 다니시는 할머니는 웨딩드레스 디자이너였다. 모르긴 해도 할머니 손으로 만든 드레스를 입고 결혼한 신부가 못 돼도 400명은 되지 않을까? 40년 넘게 그 일만 하셨으니…. 처음부터 디자이너로 일을 한 것은 아니었다. 열여섯 살이 되던 해에 생계를 위해 들어갔던 드레스 샵에서 청소와 허드렛일을 하고 다림질을 했다. 시간이 지나면서 수선을 도왔다. 드레스를 수선하고 다리는 일은 보람도 있었고 재미도 있었다. 오 남매 중 둘째로 태어난 그녀는 가난한 부모님을 도와야 했고 열심히 살았다. 아무리 좋아하고 돈이 따라오는 일이라 해도 늘 즐거운 것은 아니었다. 그래도 부지런히 재봉틀을 돌리고 바느질을 했다. 하다 보니 어느 날 웨딩드레스 디자이너가 되어 있었다.

웨딩드레스를 만드는 일은 즐거웠다. 하지만 매일같이 반복되는 바느질과 펴지지 않는 집안 형편은 그녀를 지치게 했다. 그런 바브라 앞에 운명의 남자 조던이 나타났다. 손님으로 온 신부의 남동생 조던은 메말라 가던 그녀 가슴에 생기를 불어넣어 주었다. 어두운 샵에서 일에만 파묻혀 살던 그녀의 삶을 빛으로 채워 준 조던은 군인이었다. 그녀 나이 23세였고 조던은 22세였다. 자주 만날 수는 없었지만 전화선을 넘어 편지를 타고 그들의 사랑은 무럭무럭 자랐다. 사랑이 무르익을 무렵 조던은 월남전에 참전하게 되었다. 떠나기 며칠 전 한 아름 들꽃을 꺾어 들고 찾아온 조던은 바브라 앞에 무릎을 꿇었다. "나랑 결혼해 줄래?" 하면서 가느다란 금반지를 내밀었다.

조던을 보내고 바브라는 자신이 입을 웨딩드레스를 만들며 그의 편지를 기다렸다. 결혼해 준다면 꼭 살아서 돌아오겠다며 약속하고 떠난 조던은 편지 네 통을 보내고 소식이 없었다. 날마다 우체통만 바라보던 그녀에게 날아든 다섯 번째 편지는 두 명의 [5]CNO가 직접 건네준 편지였다. 그것은 조던의 전사 소식과 함께 받은 마지막 편지가 되었다. 조던의 사망 후 바브라는 미국을 떠나고 싶었고 국경을 넘어 정착한 곳이 밴

---

5 CNO(Casualty Notification Officer): 미군 유가족들에게 사망 소식을 전하는 군인

쿠버였다. 그와의 추억이 묻힌 땅을 떠나면 잊을 수 있다고 생각한 것이었을까? 그녀는 밤낮없이 바느질을 했다. 바늘 잡은 손가락에 물집이 생기고 피가 났다. 뻥 뚫린 가슴을 바느질로라도 메워야 했다. 손끝에 난 상처는 아물어 굳은살이 생겼지만 가슴에 난 구멍은 메울 수가 없었고 상처는 아물지 않았다. 평생 독신으로 살았다.

지금도 할머니는 바느질을 하고 재봉틀을 돌리신다. 자신이 입을 옷을 만드시는 것이다. 할머니가 입고 다니는 옷은 모두 그녀 손끝에서 만들어진 옷이다. 소박한 투피스 정장, 소매가 넓고 우아한 블라우스, 화려한 원피스 드레스, 정말이지 그 수를 셀 수 없을 만큼 많고 다양한 옷을 가지고 계신다. 할머니는 두 번의 식사 시간에 두 번 다 옷을 갈아입고 나오신다. 그때마다 통통한 몸매에 유난히도 발목이 굵은 할머니는 구두, 핸드백, 모자에 그녀가 만들어 입은 옷으로 치장한 언제나 화려한 외출복 차림이다. 그렇게 옷을 만들고 입는 일이 전부인 듯한 할머니에게 붙여 준 별명이 칠면조다. 통통하게 살찐 칠면조가 날개를 활짝 펴고 다니는 모습을 연상해서 붙여 준 것이라 짐작한다. 칠면조라 말하는 이들의 얼굴엔 슬그머니 비웃음이 지나간다. 할머니가 그녀의 생에 불을 밝혀 준 남자 조던에게로 날마다 가고 있다는 걸 그들은 모르는 것이다.

조던이 전쟁터로 떠나던 날 바브라는 하늘색 원피스 드레스에 챙이 넓은 흰색 모자를 쓰고 배웅을 나갔다. 조던은 "내가 돌아올 때도 그 모자를 쓰고 나와 줘"라고 했다. 할머니의 모자 사랑은 그렇게 시작되었다. 할머니 방엔 모서리가 낡은 오래된 종이 상자가 하나 있다. 상자를

서쪽으로 난 창

열면 챙 넓은 흰색 모자가 세월을 덮고 앉아 있다. 모자를 들어내면 조던에게서 받은 편지들이 나란히 누워 있고 편지를 들어내면 새하얗던 웨딩드레스가 누렇게 변색된 채 누워 있다. 조던과 바브라는 종이 상자 속에서 그렇게 부부가 되어 있었다.

눈 깜짝할 사이 지나가 버린 젊은 날, 조던을 향해 걸어가고 싶었던 웨딩드레스를, 때가 되면 수의처럼 입고 그에게로 갈 것이다. 억울하고 원망스러운 날도 많았지만 세월은 그녀의 눈물을 닦아 주고 아름다운 깃털을 달아 주었다. 이제는 더 이상 "내 인생은 왜 이러냐?"라고 억울해하지 않는다. "인생은 원래 불공평한 거야" 하며 화려함 뒤에 숨은 아픔을 꺼내 보이는 그녀의 눈빛은 원망도 슬픔도 없이 고요하게 흐르는 강물 같다. 그러니 그 누구도 바브라를 뚱뚱하고 못생긴 칠면조라 부르지 마라. 그녀는 아무나 흉내 낼 수 없는 빛깔, 에메랄드라도 갈아 뿌린 듯, 반짝이는 초록의 깃털을 펼치는 우아한 자태의 공작이다. 그런 그녀를 나는, 공작부인이라 부른다.

자주 웃는 사람이 승자다

할머니는 선수다

말하지 않는 당신 마음을 어떻게 아나요?

나는 치어리더다. 내가 기꺼이 치어리더를 자처하게 만드신 분은 86세의 할머니 로레인이다. 할머니께서는 지금 결승점을 향해 달리고 계신다.

작고 가녀린 몸매에 짧은 은발 머리를 검은색 실핀 두 개로 단장하고 다니시는 할머니는 세상의 모든 소리를 눈으로 듣는다. 작은 얼굴을 반이나 차지하는 커다란 검정 뿔테 안경을 끼고 다니시는데 그 모습이 흡사 대왕 잠자리 같다. 궁금한 것도 많고 호기심도 많은 할머니 눈은 언제나 바쁘다. 새 입주민이나 누군가 방문자라도 나타나면 얼마나 빠르게 움직이시는지 눈동자 구르는 소리가 들릴 지경이다. 성능 좋은 보청기를 했지만 별 도움이 안 되는 귀를 눈이 대신해야 하기 때문이다. 자신의 목소리가 들리지 않기에 빌딩이 쩌렁쩌렁 울리도록 큰 소리로 말씀하신다. 그 조그만 몸에서 그렇게도 큰 소리가 나올 수 있다는 것이 신기할 정도다.

그런 이유로 할머니와 같은 테이블에 합석한 사람은 빌딩 내 모든 사람들에게 신상이 털리고 만다. 이름부터 나이, 경력, 출신지까지 낱낱이 물어보신다. 잘 듣지 못하시니 대화를 하는 상대방은 최선을 다해 높고 커다란 소리로 대답해야 한다. 대답이 끝나면 상대방이 답한 것을 자신이 제대로 이해했는지 소리 높여 재차 물으시니 주변에 앉은 사람들이 대화의 내용을 모두 다 들을 수밖에 없는 것이다. 그러니 특별한 경우가 아니고는 모두가 할머니와의 합석을 꺼릴 수밖에 없다.

한번은 새로 들어오신 케리 할머니와 조 할아버지 부부께서 할머니 테이블에 합석하셨다. 그러자 오랜만에 누군가와 함께 식사를 하게 되어 신이 난 할머니는 호구조사부터 시작하셨다. 부부냐, 자식은 있냐, 언제 입주했냐, 몇 호실이냐 등 질문과 대답이 쉴 새 없이 오고 갔다. "응, 재혼했구나, 자식은 있어?" 하고 물으셨고 "딸 둘, 아들 하나예요" 답하셨다. 그러자 "딸 둘, 아들 하나라고?" 하며 목청을 높여 확인하셨다. 다이닝 룸에 앉은 모든 이들에게 두 분의 신상 소개를 단 한 번에 끝내 주셨다.

원치 않았던 개인사까지 깡그리 털린 두 분은 다시는 그 자리에 앉지 않았다. 사전에 정보를 입수해 아예 시도조차 안 하는 분도 있지만 함께 살아갈 공동체이니 인사라도 할 요량으로 한 번쯤 앉는 분이 대부분이다. 하지만 즐겁지는 않은 표정이다. 말하고 싶지 않은 개인사를 답해야 하는 불편함보다 목청을 높여 대화해야 하니 음식의 맛은커녕 고래고래 소리만 지르다 식사 시간이 끝나 버리기 때문이다. 직원들도 마찬가지다. 그러니 꼭 필요한 말이 아니고는 미소를 지어 줄 뿐 대화를 피한다. 솔직 담백한 성품이 잘 닦아 놓은 유리창 같은 할머니는 숨길 것도 숨기고 싶은 것도 없다. 그렇다고 자랑거리가 넘치는 인생도 아니었다. 말하지 않고, 두드려 보지 않고 건넌 돌다리가 가르쳐 준 교훈대로 살고 있을 뿐이다. "난 결혼을 두 번 했어, 첫 번째 남편과는 사별했고 두 번째 남편과는 이혼했어" 하셨다. 왜 이혼했는지 묻지도 않았건만 "아주 나쁜 놈이었거든" 하시며 나쁜 놈이라 하는 이유를 높다란 목소리로 시원하게 설명해 주셨다.

한 살 터울로 낳은 세 명의 아들이 초등학교를 다닐 때 첫 남편을 잃었다. 첫 남편과의 몇 년은 더없이 행복했다. 남편이 직장을 그만두고 햄버거 가게를 함께하면서부터 부부 사이에 금이 가기 시작했다. 잠시도 떨어질 틈 없이 붙어 있어야 하는 환경에 여과 없이 드러나는 서로의 일거수일투족을 보며 실망도 했고 사소한 의견 대립에 싸우는 날이 늘어갔다. 두 사람 모두에게 휴식도 필요했고 각자의 시간과 공간이 필요했지만 매일 마주해야 하는 현실에 부딪쳐 생각만 하고 살았다. 젊은 시절, 수줍음도 많고 말수가 적었던 로레인은 "언젠가는 알아주겠지" 하고 불만이 있어도 참고 할 말이 있어도 참았다. 그러다 보니 갈등의 골은 깊어만 갔다. 언젠가, 말하지 않아도 알아주는 날은 오지 않는다. 가끔 나도 내 마음을 모를 때가 있는데 말하지 않는 내 맘을 상대방이 어찌 알겠는가? 말을 해야 안다.

크리스마스가 다가오던 겨울, 사소한 문제로 크게 다툰 뒤 로레인은 아이들을 데리고 친정 집으로 갔고 로레인을 찾아가던 남편은 커브 길에서 넘어지고 말았다. 마음이 급했을까? 오토바이를 즐겨 타던 남편은 빙판길에 미끄러지면서 마주 오던 차와 충돌하는 끔찍한 사고사를 당했다. 남편의 사망 보험금과 집이 있었고 함께 운영하던 햄버거 가게가 있었지만 돈으로는 메울 수 없는 구멍이 있었다. 많이 싸웠지만 사랑했던 순간 또한 많았던 남편의 빈자리는 너무나 컸다. 혼자 하던 가게에 문제가 생겨 렌트비 내는 것이 버거웠고 아이들도 삐뚤어지기 시작했다. 모든 일을 혼자 감당해야 하는 로레인은 도와줄 누군가가 필요했다. 다급했던 그녀는 남편을 보내고 일 년 뒤 서둘러 재혼을 했다. 단골손님이었던 남자는 로레인의 사정을 누구보다 잘 알고 있었기에 그녀의 마음을 얻는 건 어렵지 않았다. 독신이었고 잘생긴 남자였다. 바쁠 땐 가게 일도 도와주고 아이들과도 잘 놀아 주는 자상함까지 고루 갖춘 남자였기에 두 번 생각할 것도 없었다. 급히 먹은 밥은 체하고 커브 길은 급하게 돌면 위험하다는 사실을 뼈아픈 대가를 치르고서야 알게 되었다.

결혼을 하자 남편은 햄버거 판 돈을 빼내 가기 시작했다. 콩깍지가 잔뜩 낀 눈과 귀 때문에 주변의 만류나 충고 따윈 들리지도 않았다. 집도 가게도 다 내어 주고 나서야 남편의 실체를 볼 수 있었다. 중장비 기사로 일을 한다더니 운전을 한 적은 있지만 알코올중독으로 해고당한 뒤 변변한 직업도 집도 없이 떠돌고 있었다. 그러다 우연히 들른 햄버거 가게에서 로레인을 알았고 그물을 던진 것이었다. 가져간 돈은 술과 술집에서 만난 여자들의 입에 다 쏟아부었다. 또 다른 희생양을 발견한 남자는 유유히 떠나 버렸다. 한때 남편이라 믿었던 남자는 코너에 몰린 여자를 아예 낭떠러지로 밀어 버린 '아주 나쁜 놈'이었다.

'나쁜 놈'과 이혼을 하고, 세 아이를 데리고 월셋집을 전전하던 그녀에게 튼튼한 울타리가 되어 주겠다는 남자가 나타났다. 재혼으로 인한 상처가 컸던 로레인은 결혼 생각은 꿈에도 하지 않았다. 4년이란 시간 동안 변함없는 사랑과 도움을 주던 로이가 안전한 돌다리라는 걸 확인하고 동거를 시작했다. 결혼식은 하지 않았지만 여느 부부 못지않게 서로를 위해 헌신하고 사랑하며 살았다. 로레인 할머니가 '내 남자 친구'라 표현하는 할아버지 로이는 전 재산을 32년을 함께 산 할머니에게 남기고 돌아가셨다. 할아버지께서 돌아가시자 일 년 넘게 소식 한 번 없던 둘째 아들도 '아주 나쁜 놈'도 할머니를 찾아왔다. 돈 냄새를 맡고 온 하이에나들이었다. "나 돈 있어, 그런데 너에게 줄 돈은 없어" 하고 쫓아 버리셨다는 할머니께서 호탕하게 웃으셨다. 그 시원스러운 웃음소리에 반해 버린 내가 "죽는 날까지 쓰고, 남은 돈은 싱글 맘을 위한 단체에 기부할 거야" 하시는 할머니의 치어리더가 되고 말았다.

인생도 자동차 경주도 승패의 관건은 코너링이다. 코너로 진입하기 전 미리 속도를 줄이고 앞뒤 차와의 거리도 확인하며 천천히 돌아야 한다. 두 번 넘어졌지만 세 번째 코너링에 성공한 로레인은 지금 결승점을 향해 달리고 있다. 선수는 결승점이 눈앞이라고 해서 긴장의 끈을 놓지 않는다. 할머니는 선수다.

서쪽으로 난 창

내 남자 친구의 결혼식

"Why so serious?"

초대장을 받았다. 초대장이라기보다 "내 결혼식에 와 줄래?" 하고 내 눈을 바라보며 물었다. 나에게 청혼했던 남자가 자신의 결혼식에 나를 초대한 것이다. "사랑한다" 하더니 "결혼하자" 하더니 겨우 몇 달 만에 나를 배신한 사람이다. 가는 사람 잡지 않고 오는 사람 막지 않는 나는 조금도 주저 없이 큼지막한 "예스"를 포옹과 함께 선물했다.

내 남자 친구가 결혼식을 하던 지난해 봄, 하늘은 높고 화창한 날씨에 피기 시작한 꽃들이 골프장 입구서부터 신랑, 신부와 하객들을 기쁘게 맞아 주었다. 골프장 클럽하우스에서 양가 가족과 절친한 친구 사십여 명만 초대해서 점심을 먹으며 치러진 조촐한 결혼식이었다. 76세의 신랑 제프는 검은색 양복 안에 흰 와이셔츠를 받쳐 입고 흰색 나비 타이를 단정히 매고 있었다. 살굿빛 롱 드레스에 진주 목걸이와 진주 귀걸이가 치장의 전부인 72세 신부 로라는 은은한 화장으로 기품을 더해 주었다. 결혼식은 주례도 주례사도 없었다. 백발의 신랑, 신부는 준비한 결혼반 지를 서로의 손가락에 끼워 주었고 머리가 희끗희끗한 할아버지의 큰

아들이 성혼 선언을 하는 것으로 두 사람은 부부가 되었다.

양쪽 모두 절친한 친구와 직계가족만 초대했다. 그러다 보니 신랑, 신부의 성격과 사정을 훤히 알고 있기에 뻔한 말이나 형식적인 표현은 없었다. 화기애애한 분위기 속에서 딱 맞는 축하 메시지로 두 사람의 결혼을 축복해 주었다. "우리 아버지는 키가 작다고 하면 삐쳐요" 하면서 말을 꺼낸 큰아들은 "그때는 시나몬을 듬뿍 넣은 사과파이를 만들어 주면 금세 풀어져요" 하며 파이만 열심히 구우면 만사형통이라 알려 준다. 그 말을 받은 로라의 딸이 "우리 엄마는 요리하는 건 좋아하지만 치우는 건 싫어하시니 설거지만 잘하면 행복한 결혼 생활을 유지할 수 있어요" 하며 행복의 비결을 일러 주었다. 할아버지 친구 폴은 자신보다 키도 작고 못생겼지만 타고난 돈복과 여자 복이 이해가 안 간다며 장난스럽게 말문을 열었다. 그러나 "어떤 상황에서도 유머를 잃지 않는 친구는 고난을 뚫고 성실하게 살아왔기에 누구보다 행복할 권리가 있다"며 진심을 담아 행복을 기원했다. 앉으려던 폴은 로라에게 다가가 그녀의 손을 잡더니 조용히 한마디를 덧붙였다. "돈은 많지만 쓸 줄 모르는 흠이 있으니 쓰는 법을 가르치며 살아요, 모르면 내가 가르쳐 주리다" 했다. 로라 할머니는 자신도 돈 쓰는 재주가 없으니 그것이 큰 문제라며 이혼을 생각해 봐야겠다고 농담을 했다. 그러자 제프 할아버지가 "내가 결혼식 날 이혼당하는 첫 번째 신랑이 되는 거야?" 하시며 맞장구를 치셨다.

가족도 아니고 친구도 아닌 사람들 속에서 불편해진 내가 소지품을 챙겨 자리에서 일어섰다. 일어나는 나를 보신 할아버지께서 그냥 갈 수 없다 하시며 내 손에 와인 잔을 쥐여 주셨다. 엉겁결에 받은 와인 잔을 들어 올리며 "나를 배신하고도 미안한 줄 모르는 제프! 당신을 용서할 수는 없지만 로라처럼 사랑스러운 여인에게 당신을 양보하는 거라서 기뻐요. 아들딸 많이 낳고 행복하게 사세요" 했다. 모두가 웃고 박수를 치는데 할아버지 아들이 심각한 얼굴로 벌떡 일어섰다. "아버지가 배신한 여자가 또 있었군, 아버지는 도대체 몇 명의 여자를 배신한 거야?" 하며 할아버지를 바라다봤다. 그 말을 듣고 가만 계실 리 없는 제프 할아버지가 "난 정말 나쁜 놈이야, 내가 레이첼을 배신하다니" 하시며 두 손으로 눈을 비비며 우는 시늉을 하셨다.

할아버지와 내가 이런 농담까지 주고받는 사이로 발전한 건 일 년 전의 일이다. 내가 이벤트 코디네이터에서 다이닝 룸 서버로 포지션을 바꿔 일한 지 얼마 되지 않았던 점심시간이었다. 그날 내가 할 일은 커피와 차를 나눠 드리는 일이어서 테이블을 옮겨 다니며 커피를 따라 드리고 있었다. 제프 할아버지가 앉은 테이블로 다가가 커피나 티가 더 필요하신 분이 있냐고 물었다. 한 바퀴 빙 둘러보다 제프 할아버지 얼굴에 내 눈길이 멈췄다. 할아버지 얼굴이 새파랗게 질린 채 꼼짝도 못 하고 계셨다. 기도가 막혔다고 직감했다. 그런 일이 발생하면 다이닝 룸에 대기 중인 간호사를 부르거나 없을 땐 비상 코드를 당겨 간호사를 불러야 한다. 둘러보니 간호사는 없었다. 비상 코드를 당기고, 간호사를 부르고 할 틈이 없다고 판단한 나는 할아버지 등을 세게 두드렸다. 몇 번을 두드렸는지는 기억에 없고 할아버지께서 연거푸 기침을 하시더니 거친 숨을 토해 내셨다. 그 사이 직원들과 간호사가 달려왔다. 그 광경을 보고 있던 분들은 "하나님 감사합니다"를 연발하며 안도의 한숨을 내쉬었다. 할아버지께서는 의무실에서 안정을 취하셨고 저녁 시간엔 다시 밝은 얼굴로 식탁에 앉으셨다.

그때부터 할아버지께서는 나를 만날 때마다 생명의 은인이라며 각별히 대우하신다. 나를 부르실 땐 내 이름 대신 "달링" 하신다. "달링" 할 때의 목소리는 가진 것 중 가장 달콤한 부분을 꺼내 쓰시는데, 뚝뚝 떨어지는 꿀물 때문에 옆에 계신 분들이 모두 혀를 내두르신다. 그런 할아버지께서 나에게 청혼을 하신 건 댄스파티에서다. 댄스파티나 특별한 행사가 있을 땐 할아버지와 결혼을 약속한 로라 할머니가 찾아와 늘 함께 즐기셨다. 로라 할머니는 딸과 함께 살고 있었는데 그날은 딸의 수술이 있던 날이라 못 오셨다. 하늘색 체크무늬 셔츠에 잘 다려진 검은색 바지를 단정하게 입고 오신 할아버지께서 로라 할머니 대신 나에게 춤을 청하셨다. 내가 일을 하는 중이니 1분만 시간을 드리겠다고 했다. 1분은 너무 짧다며 "레이첼! 우리 결혼하자, 그럼 밤새라도 함께 춤출 수 있잖아? 난 널 사랑해" 하셨다. 나도 그러고 싶지만 로라가 알면 내 머리털을 하나도 남김없이 다 뽑아 놓을 테니 그냥 내 남자 친구로 남아 달라며 장단을 맞춰 드렸다.

영문학을 전공한 박학다식한 할아버지는 절대로 지식 자랑이나 자신의 성공담 같은 건 꺼내지 않으신다. 오가는 대화 속에서 자신이 주연이 되고도 남지만 언제나 조연을 택하시고 트로피는 상대방에게 안겨 주신다. 그런 할아버지 곁에 많은 사람들이 모여들기 마련이고 즐거운 대화가 오가며 웃음꽃이 터질 수밖에 없는 것이다. 키 크고 잘생긴 분들도 계시지만 잘생기고 근엄해서 다가서기 힘든 분보다는 유머러스하고 편안한 할아버지를 좋아하는 것이다.

할아버지 친구 말처럼 제프 할아버지는 부자다. 금수저를 물고 태어난 것은 아니고 어려운 환경을 극복하고 자수성가하셨다. 가난을 견디지 못해 어린 두 아들을 남겨 두고 떠나 버렸던 아내를 용서했고 친구로 남았다. "용서하면서 많은 것을 얻었어" 하시는 할아버지가 부와 행복, 두 마리 토끼를 한 번에 잡을 수 있었던 것은 성실함 밑에 깔고 앉은 유머와 재치가 아닐까 한다. 유머는 마찰 부분을 부드럽게 돌아가게 하는 윤활유가 되었을 것이고 껄끄러운 사업 관계를 매끄럽게 만드는 촉매제가 되었을 것이다. 힘든 상황이 닥칠 때, 억울한 감정이 일어날 때에도 할아버지께서는 가벼운 유머로 대처하신다. 일생에 한 번이라도 심각해 본 적이 있었을까 싶을 정도로 모든 상황을 가볍게 대처하신다. 성공 비결과 좌우명을 묻자 비결도 좌우명 같은 것도 없다 하시며 하신 말씀, "Why so serious?, 난 그 말이 참 좋다"고 하셨다.

우주의 시간으로 볼 때 우리들 인생은 찰나에 불과하다는 걸 깨닫고부터 내 삶이 깃털처럼 가벼워지기 시작했다. 그러나 살다 보면 가벼워졌던 어깨에 다시 무게가 느껴지는 날이 있다. 그런 날에는 집 주변 산책로를 걷는다. 걸을 땐 우주의 나이와 할아버지 말씀을 주머니에 넣고 걷는다. 성공 비결도 좌우명도 아니었다는 그 말, "Why so serious?" 나도 그 말이 참 좋다.

사랑은 금으로

남의 패는 관심 없다, 내 손의 카드로 최선을 다할 뿐

새벽부터 내리던 비가 오전 아홉 시가 지나면서 함박눈으로 변했다. 온 세상이 하얀 설국이다. 오후가 되자 눈은 그치고 남쪽 하늘이 푸른 이마를 드러내었다. 멀리 봉우리마다 흰 눈을 덮은 산들이 오후 햇살을 받아 선명했다. 창문을 열고 산을 내려온 눈바람을 집 안으로 들여놓았다. 그 바람에 토분 가득 심은 수선화가 온몸을 흔들었다. 가녀린 꽃대, 그 끝에 만개한 황금빛 수선화는 차가운 바람에도 꽃잎 한 장 떨구지 않았다. 다만 바람에 몸을 맡긴 채 노란 춤을 출 뿐이었다. 가냘픈 체구의 그녀 캐롤과 많이도 닮았다. "오늘 기분 어떠세요?" 하면 "뷰우리풀"이라 답하고 "커피 드세요" 하고 커피 잔을 내려놓으면 "뷰우리풀"이라 답하는 캐롤. 그녀는 하루에도 몇십 번씩 뷰티풀을 외친다. 81년이란 세월이 보여 준 그녀의 세상은 그렇게도 아름다운 곳이었나? 말이란 본디 마음속에 가득 찬 것이 소리가 되어 흘러나오는 것이니.

두어 달 전이었다. 출근부에 사인을 하고 돌아서는데 출입문 옆에 놓인 소파에 앉아 있는 캐롤이 보였다. 평소처럼 "좋은 아침이에요" 하고

다가가서 보니 절대로 좋은 아침이 아니었다. 그녀는 울고 있었다. 자초지종은 이랬다. 이곳 리타이어먼트 홈에서는 점심과 저녁은 다이닝 룸에서 직원들의 서비스를 받으며 드신다. 아침은 다이닝 룸 옆에 위치한 '바'에서 원하시는 분들에게 셀프서비스로 제공된다. 갖가지 빵과 주스커피와 티가 준비되어 있는데 많아 봐야 이십여 분 정도가 이용하신다.

당연히 좌석도 지정되어 있지 않기 때문에 아무 때고 아무 곳에나 앉을 수 있다. 그런데 캐롤이 먼저와 앉아 있는 사람들의 테이블에 합석하려 하자 누군가 앉지 말라고 했다는 것이었다. 굳이 이유는 묻지 않았다. 할머니 손을 잡고 2층에 위치한 '바'로 올라갔다. 나는 내가 가진 것 중 최고로 성능 좋은 무기를 꺼냈다. 늘 쓰는데도 효과 만점에 고장도 나지 않는 미소를 앞세워 세상에서 제일 큰 "굿 모닝"을 외쳤다. 그리고는 "빌 할버지! 오늘 모자가 정말 잘 어울려요" "엔젤라 할머니! 스웨터 색상 아주 잘 고르셨네요 예뻐요" "크리스틴 할머니! 오늘 데이트 있으신가 봐요, 머리 하셨네요 멋진데요" 하며 일단 마취를 시킨 뒤에 바로 수술로 들어갔다. "우리들의 친구 캐롤이 여러분과 함께 아침을 드시고 싶어 하시는 데 반대하시는 분 안 계시죠?" 하고는 "땡큐"를 연발했다. 땡큐와 동시에 의자를 빼내어 할머니를 자리에 앉혀 드렸다. 합석은 시켜 드렸지만 돌아서는 내 마음은 편할 수가 없었다.

150센티미터나 될까? 자그마한 키에 왜소한 체격의 할머니는 시야에서 1미터 이상 벗어나면 사물의 식별이 어려운 원거리 장님이다. 또래 할머니들보다 십 년은 더 늙어 보일뿐더러 몇 개 없는 치아 때문인지 발음 또한 정확하지가 않다. 손가락은 심각한 류머티즘을 앓고 있다. 울퉁불퉁하게 뼈마디가 불거져 나오고 비틀어져서 흡사 고목의 뿌리 같다. 입성은 얼마나 검소한지 육칠 개월 전 입주하면서 입고 왔던 검은색 바지에 보라색 스웨터와 검은색 재킷을 번갈아 가며 입는다. 스웨터는 색이 바래고 군데군데 보푸라기가 뭉쳐져 있다. 소매 끝은 낡고 줄어들었는지 비슷한 보라색 실로 뜨개질을 해서 이어 내렸다. 요즘 세상에 그런 옷은 구경조차 쉽지 않다. 그러나 이것이 끝이 아니다. 더 많은 상상력을 필요로 하는 것은 신발이다. 모르긴 해도 자신의 발보다 두 사이즈는 더 클 것이다. 검은색 가죽으로 된 구두인데 얼마나 오래 신었는지 걸을 때 발등 쪽에 생기는 주름진 부분이 하얗게 색이 바래서 희고 검은 줄무늬를 만들었다. 뒤축의 반은 닳아 없어진 골동품이다. 그것도 바깥쪽으로 비스듬히 닳아, 걸을 때 좌우로 뒤뚱거리며 걷는다. 영락없는 아기 오리다. 좌충우돌 힘겨웠던 그녀의 삶이 만들어 준 걸음걸이일 것이다. 이십 년은 족히 신었을 듯한 이 낡은 구두만 봐도 고달팠을 그녀의 인생을 짐작하고도 남는다.

그런데 이상하지 않는가? 이런 시설에서 살려면 적지 않은 돈이 든다. 변변한 옷 하나 구두 한 켤레 살 형편이 안 되는 사람이 어떻게 입주했는지 의문이 생기지 않을 수가 없다. 아무리 궁금해도 회사 규정상 사적인 질문은 하지 못한다. 본인이나 가족이 말을 해 주기 전에는 그냥 짐작만 할 뿐이다. 남편도 자식도 없는지 일주일에 두 번씩 거르지 않고 찾아오는 그녀의 조카만 있을 뿐 그 외의 방문자는 본 적이 없다. 그 조카는 점심과 저녁 두 끼를 같이 먹고 밤늦게 돌아가는데 점심과 저녁 식사 후엔 '바'에 앉아 카드 게임을 한다. 언제나 똑같다. 캐롤은 사뭇 진지하게 게임을 한다. 카드만 손에 쥐면 주변에서 불이 나도 모를 만큼 강한 집중력을 보인다. 자신의 손안에 든 카드만 바라볼 뿐 상대방의 얼굴, 주변의 소음은 보이지도 들리지도 않는다. 상대방이 무슨 패를 쥐었는지 뭘 하는지는 신경도 안 쓴다. 그것이 그녀가 살아온 방식이리라. 반면에 조카는 지나가는 사람들과 눈을 마주치고 연거푸 커피를 마시는가 하면 가끔 하품을 했다. 캐롤이 유일하게 좋아하는 놀이가 포커였고 조카는 이모를 위해 재미도 없는 카드 게임을 하고 가는 것이었다. 작은 키에 통통하게 살이 오른 오십 대 후반의 그녀는 모난 구석이라 곤 찾아볼 수 없는 온화한 사람이다. 그녀 또한 언제나 소박한 차림을 하고 왔다. 예의가 바르고 푸근한 인상이 몇 년을 알아 온 이웃 같다.

캐롤의 내면만큼은 누구보다 아름다운 사람일 거라고 생각하고 있었지만 정말 뼛속까지 아름다운 사람이란 걸 그녀의 조카 캐틀린으로부터 전해 듣고 알았다. 여섯 살이 되던 해에 캐롤은 교통사고로 부모님을 잃었다. 한 살 아래 여동생과 캐롤은 농장을 가지고 계셨던 할머니 손에 자랐다. 할머니는 거칠고 냉정한 사람이었다. 자매는 끝없는 농장 일을 하며 외롭고 힘겨운 어린 시절을 보냈다. 두 사람은 무엇이든 함께했고 절대로 헤어지지 말고 같이 살자고 약속했다. 캐롤과 달리 키가 크고 예뻤던 동생은 열아홉 살이 되던 해에 결혼을 하고 농장을 떠나 버렸다. 동생이 떠난 후 캐롤은 외로움과 끝없는 농장 일로 지쳐 날마다 울었다. 누가 말했나? '불행은 혼자 오지 않는다'고. 동생은 딸 하나를 낳고 폐렴으로 죽고 말았다. 동생의 남편은 아이를 캐롤에게 맡기고 떠나 버렸다. 그렇게 남겨진 딸이 캐틀린이다.

캐롤은 결혼도 하지 않고 홀몸으로 조카를 키웠다. 온타리오에 있는 농장을 떠나 에드먼턴으로 에드먼턴에서 오카나간으로 오카나간에서 밴쿠버로 옮겨 다니며 온갖 허드렛일은 다 했다. 친딸보다 더 지극한 사랑과 희생으로 키웠다. 고아원에 보낼 생각은 단 한 번도 하지 않았다. 다행히도 캐틀린은 공부를 잘했고 착하고 성실해서 혼자 힘으로 대학을 졸업하고 회계사가 되었다. 그녀의 모습처럼 모나지 않고 둥글둥글한 성격이 그녀의 인생을 잘 굴러가도록 만들어 주었을 것이다. 캐틀린의 남편은 은행원인데 성실함에 반해 결혼을 했다. 아들 셋에 딸 하나 그리고 손자가 다섯이다. 올 여름엔 손자가 하나 더 생긴다며 기쁨을 감추지 않는 그녀가 참 예쁘다. 알아 갈수록 예쁜 그녀가 깜짝 파티를 준비 중이다. 다가오는 3월이면 82세가 되는 캐롤의 생일엔 모든 가족이 다 모일 거라고 했다. 캐롤은 얼마나 많은 "뷰우리풀"을 외칠지 벌써 상상이 간다.

자신이 누리는 모든 것이 이모 캐롤 덕분이라고 믿는 캐틀린과 자신이 살아야 할 이유와 희망이 조카 캐틀린이었다는 캐롤이 오늘도 포커를 했다. 살아온 모습이 이럴진대 어찌 눈치나 보고 속임수를 쓸 수 있겠는가? 어디 생각이나 해 봤겠는가? 남의 패는 관심도 없다 그저 내 손에 들어온 패를 가지고 최선을 다한다. 그렇게 자신의 길을 갈 뿐이다. 캐틀린 또한 마찬가지다. 생활비 몇 천 불 내준다고 생색을 내지도 아까워하지도 않는다. 검소하다고 하기보다는 초라한 이모의 행색이 부끄럽지도 않다. 하품이 나와도 받은 사랑을 되돌려 주듯 카드를 돌리고, 시간은 금이기에 금싸라기 같은 시간을 이모에게 바친다. 이 세상 모든 것이 변하고 사라져도 영원히 변하지 않는 황금빛 사랑을 써 내려가는 그녀들 뒤로 노란 수선화가 웃는다. 나도 웃는다.

세상에서 제일 좋은 와인

풍경이 되는 사람들

퇴근을 하고 집으로 들어서는데 버터와 레몬 향이 코끝에 날아 들었다. 콧등에 땀방울이 송골송골 맺힌 큰딸이 안심 스테이크와 스캘럽 구이를 하고 있었다. 새하얀 식탁보를 씌운 테이블은 정원에서 꺾어다 꽂은 분홍 장미와 가늘고 긴 분홍색 촛불까지 근사하게 세팅되어 있었다. 순간 '남자 친구가 생겼나? 인사하러 오려나? 승진했나? 뭐지?' 그 짧은 시간에 수많은 추측들이 내 머릿속에서 뛰어다녔다. 특별한 날 좋은 사람과 마시자며 깊숙이 넣어 두었던 와인 '샤토 드 페즈'까지 나와 있었기 때문이다. 내 뒤를 따라 들어온 작은딸과 남편도 "무슨 날이야?" 하며 토끼 눈을 하고 내 얼굴을 바라다보았다.

내가 일하는 리타이어먼트 홈에서는 '무슨 날'이 아니어도 저녁 식사 시간이면 많은 분들이 와인을 한 잔씩 들고 나타나신다. 다이닝 룸 옆에 있는 바에서 취향대로 사 오신다. 입주민을 위한 봉사 차원이다 보니 저렴한 가격에 판매되고 바텐더도 입주민들이 자원해서 돌아가며 하신다. 제일 자주 당번을 하시는 분은 비행기 승무원으로 오랫동안 일을 했던 81세 제라르 할아버지다. 매일 저녁 아내 제이미와 함께 제일 좋은 와인으로 식사를 시작하시는 할아버지의 피는 모두 와인으로 채워지지 않았을까 싶을 만큼 좋아하시고 즐겨 드신다. 그래서 그런지 할아버지의 말투, 모습, 인품은 잘 익어 향기로운 와인 같다.

할아버지는 와인의 역사는 물론이요 포도의 종류와 수확 시기, 와인 제조 과정과 오크통 제작에 이르기까지 와인에 관해 모르는 게 없다. 와인 좀 안다 하시던 분들께서도 제라르 할아버지의 해박한 지식 앞에서는 침묵하신다. 어려서부터 우유 대신 와인을 마셨다는 할아버지는 프랑스의 유명 와인 산지 중 하나인 보르도 출신이다. 할아버지 표현에 의하면 걸음마를 하면서부터 와이너리를 하시던 아버지를 도와 포도를 재배하고 수확해서 와인을 만들었다. 그랬던 제라르가 와이너리를 떠나 비행기 승무원의 삶을 사셨다니 어떤 사연이 숨어 있을지 늘 궁금했다.

한여름 땡볕 아래 달콤하게 익어 가는 탐스러운 포도를 따는 일은 영화나 소설에서 보는 것처럼 낭만적이지도 보람되지도 않았다. 부모님은 장남이었던 제라르가 와이너리를 물려받기를 바라셨지만 어린 제라르는 영글어 가는 포도나 익어 가는 와인에서 기쁨이나 보람 같은 건 찾을 수 없었고 도시로 나가 공부를 하고 온 세상을 구경하며 자유롭게 살고 싶었다. 한 병의 와인이 이름을 가지려면 긴 시간을 필요로 한다. 포도나무가 자라기를 기다리고 열매가 열리고 익기를 기다려 수확을 한다. 모든 와인이 그렇게 만들어지는 건 아니지만 오크통 안에서 2년의 숙성 과정을 거친 뒤에야 와인의 이름을 달고 세상으로 나온다. 세상에 기다림 아닌 게 뭐가 있을까마는 와이너리에서의 일상은 끝없는 기다림의 연속이었다. 늘 기다려야만 하는 일상은 성격이 급했던 어린 시절 제라르에게 영원처럼 느껴졌고 얼른 자라 독립하기만을 기다렸다.

고등학교를 졸업하고 모아 놓은 용돈 몇 푼을 들고 파리로 갔다. 부모님을 사랑했지만 두 남동생과 두 여동생이 있었기에 고향을 떠나 비행기 승무원이 되었다. 비행사에서 보내온 합격 통지서를 받고 날아갈 듯하던 심정은 기분에 그치지 않았고 오대양 육대주를 원 없이 날아다녔다. 좋은 곳, 맛난 것, 좋은 사람, 나쁜 사람, 수많은 위험의 순간과 마주했고 별의별 일을 다 겪었다. 기다림이 싫어 승무원이 되었건만 승무원이란 직업은 기다림이 전부였다. 비행 스케줄을 기다리는 것은 기본이고 비행시간을 기다리고 이륙 허가를 기다리고, 나타나지 않는 승객을 기다리면서 다시는 비행기를 타지 않겠다고 다짐하면서도 쉽사리 그만두지 못한 건 지금의 아내 제이미 때문이었다. 같은 비행사에서 근무하던 제이미는 동료와 승객 모두가 좋아하는 너그럽고 매력적인 여자였다. 오래도록 기다리고 구애한 끝에 결혼을 하고 30년 가까운 세월을 하늘에서 보낸 부부는 최종 착륙지로 제이미의 고향인 이곳 밴쿠버를 선택했다.

허리 디스크를 앓던 제이미는 53세가 되던 해에 은퇴를 했다. 우유 대신 와인을 마시고 자란 할아버지는 비행사를 퇴직한 뒤 에는 와인 소믈리에로 일을 했다. 손님들에게 요리와 어울리는 와인을 추천하고 대접하는 건 사교적인 할아버지의 성격과 잘 맞았고 놀이 삼아 일하셨다. 승

서쪽으로 난 창

무원으로 살던 시절도 좋았지만 레스토랑에서 소믈리에로 살던 시간이 더 좋았다는 할아버지는 "나는 나이가 들어갈수록 더 행복해" 하신다. 그런 할아버지 곁에 있노라면 행복 바이러스에 감염된 이들은 입꼬리는 올라가고 눈꼬리는 내려오는 신비한 체험을 하게 된다.

비행 일정에 맞춰진 삶을 살던 두 사람이 참 행복을 찾은 건 자신들의 시간에 세상을 맞추면서부터였다. 떠나고 싶을 때 떠나는 여행, 조카의 결혼식, 가족들의 생일, 친구들과의 만남 등 자신들이 선택한 시간에 맞춰 진행되는 모든 일상이 행복이었다. 매일같이 땅을 디디고 사는 것, 누구나가 다 하는 이 당연한 것이 그들에겐 커다란 기쁨이라는 부부는 매일 아침 주변에 늘린 축복의 땅으로 산책을 나간다. 한번은 세상에서 제일 좋은 와인이 뭐냐고 물었다. 뭘 것 같냐고 되물으시기에 들은풍월을 읊어 보았다. 페트루스냐고 물었다. 아니라고 하셔서 1945년산 로마네 콩티냐고 했다. 그것도 아니라 하셨다. 샤토 마고도 아니고 한 병에 3억 5천만 원이 넘는다는 1947년산 샤토 슈발 블랑도 아니라고 하셨다. 부드럽게 미소를 짓던 할아버지는 자라 나오기 시작한 하얀 턱수염을 손가락으로 두어 번 쓱쓱 문지르시고는 "내가 생각하는 세상에서 제일 좋은 와인은 말이야, 사랑하는 사람과 바로 지금 마시는 와인이야" 하셨다.

매일 저녁 세상에서 제일 좋은 와인을 마시는 부부는 식전에는 화이트 와인으로 식욕을 돋우고 메인 메뉴가 나오면 그에 어울리는 와인 한 잔을 추가하신다. 할머니 제이미의 와인 잔에 자신의 잔을 가볍게 부딪치며 그윽한 눈빛으로 아내를 바라보는 할아버지와 미소로 답하는 할머니……, 그 순간 [6]피노 누아만큼이나 향기롭게 익어 가는 노부부의 모습은 그 어떤 경치보다 아름다운 풍경이 된다. 노부부가 연출한 풍경을 뒤로하고 돌아온 그날 저녁, 아껴 두었던 샤토 드 페즈를 열었다. 짙은 루비 빛깔의 와인을 한 모금 삼키자 풍성한 과일 맛과 향기로운 꽃 내음이 부드럽게 목구멍을 타고 온몸으로 퍼져 나갔다. 남자 친구가 생긴 것도 승진을 한 것도 아닌 그날, 우리는 백 불도 하지 않는 세상에서 제일 좋은 와인으로 축배를 들었다. 가족 모두가 열심히 일하고 건강하게 돌아온 저녁, 다 같이 둘러앉아 늦은 저녁밥을 먹는 날, 아무 일도 일어나지 않아서 감사한 오늘을 위해….

---

6 피노 누아(Pinot Noir): 가장 우아하고 값비싼 와인을 만드는 것으로, 껍질이 얇고 포도 알이 작은 적포도로 재배와 양조가 아주 까다로운 품종이다. 모든 다른 포도 품종과 마찬가지로 기후와 토양 수확 시기에 따라 맛과 향이 다른 와인으로 만들어진다. 대체적으로 부드러운 여름 과일 풍미에 향기로운 꽃 내음이 어우러진 여성스러운 것이 특징이다.

떡밥 주는 남자

모든 것이 끝났을 때 다시 시작되는 것

나는 누구일까요? 나는 오르막길로는 다니지 않습니다. 반드시 내리막길로만 가지요. 아무리 급한 사정이 있어도 반드시 정해진 순서대로 한정된 인원수만 내려갈 수 있어요. 내려가는 시간을 단축시켜 보려고 노력해 보지만 한 번도 그 시간을 단축해 본 적이 없습니다. 그렇다고 게으름을 피우는 일은 쉬울까요? 그 또한 마음대로 되지 않습니다. 일단 출발선에 들어서면 누구라도 자동으로 그 길을 달리게 됩니다. 나는 누구일까요? 큰딸이 "정답" 하며 피식 웃는다. "모래시계입니다" 맞습니다. 모래시계입니다. 코로나 바이러스로 발은 묶였지만 이렇게라도 온 가족이 함께 모여 얼굴을 마주하는 시간을 감사한 맘으로 귀하게 쓰고 있다.

나는 컴퓨터 게임이나 셀 폰을 들고 하는 게임은 할 줄도 모르고 흥미도 없다. 아직도 책갈피 속에 끼워 두었던 마른 꽃잎이나 나뭇잎을 붙여 카드를 만들고 손 편지를 쓰는 심각한 올드 패션이다. 아이들이 대학을 졸업하고 직장인 된 지금도 스무고개를 하자고 떼 아닌 떼를 쓰는 대책 없는 철부지다. 다 큰 아이들이 시대에 떨어져도 한참 떨어지는 엄마와 스무고개나 하며 시간을 보내고 싶겠는가? 싫은 기색 하나 없이 놀이에 동참하는 딸들도 특이한 건 마찬가지다. 각자의 방으로 들어가는 아이들에게 "고마워" 하며 윙크를 던지자 "뭘 그까짓 걸" 하면서 하는 말이 걸작이다. "우린 그냥 모래시계를 거꾸로 돌려놓은 것뿐이에요" 한다. 그렇다. 시간은 앞만 보며 달리지 않는다. 아이들의 말처럼 모래시계를 뒤집어 흘러 내려온 모래를 다시 위쪽으로 쏟아 놓으면 현재가 되었던 모래가 다시 과거로 돌아가고 그것이 또 현재가 된다. 오늘은 어제의 반영이다. 그러하기에 지우고 싶어도 지울 수 없는 과거 때문에 발이 묶인 사람도 있고 충실하게 쌓아 놓은 과거가 계단이 되고 엘리베이터가 되는 사람도 있다.

엘리베이터 하면 빼놓을 수 없는 할머니 조안나는 올해로 81세가 되셨다. 할머니께서는 엘리베이터 타기를 좋아하신다. 3층에 거주하시는데 매일 오후엔 우편물 확인을 위해 우편함이 있는 1층으로 엘리베이터를 타고 내려가신다. 내려가시는 건 문제가 없는데 돌아가는 길은 쉽지가 않다. 직원들의 눈에 띄면 다행이지만 그렇지 않은 날이 많다. 그런 날에는 우편물을 가지고 3층으로 가서야 할 할머니께서 2층에도 나타나시고 5층에도 나타나신다. 대개는 한두 번 만에 방을 찾아가시는데 그렇지 못한 날은 여러 번 타고 내리고를 반복하신다. 사고 후유증으로 방향감각에 문제가 생기신 거다. 식사 시간에는 많은 분들께서 함께 왕래하시니 걱정을 안 해도 된다. 모든 분들께서 서로의 상황을 잘 알고 계시므로 상부상조하신다. 그렇지만 일거수일투족을 도움받을 수가 없

서쪽으로 난 창

기 때문에 혼자만의 볼일이 있을 때에는 여간 고역이 아니다. 한번은 목적지를 못 찾고 헤매시다가 나랑 눈이 마주쳤다. 내가 쳐다보고 웃자, "나 지금 운동 중이야" 하셨다.

할머니는 40년 동안의 간호사 생활을 접고 63세 되던 해에 은퇴하셨다. 자그마한 키에 볼록하게 나온 배가 작은 눈사람을 연상케 한다. 동그란 얼굴에 동그란 코와 입술, 모두가 동글동글하다. 심지어 목소리까지 동글해서 할머니 입에서 굴러 나온 말들은 구슬처럼 도르르 굴러다닌다. 성격은 워낙 밝고 붙임성이 좋아 누구든 그냥 지나치는 적이 없다. 무슨 말이라도 해야 할머니를 통과할 수 있다. 그러다 보니 할머니와 나는 눈만 마주쳐도 서로의 맘을 읽는다. 스스럼없이 장난도 하고 가족의 안부도 물으며 흉허물없는 사이가 되었다. 할머니는 나를 "빅 스마일"이라 부르고 나는 할머니께 "엘리베이터 걸"이라는 별명을 붙여 드렸다. 할머니께서는 그 별명을 아주 좋아하신다. 이력서 쓸 일 있으면 특기란에 "엘리베이터 타기" 취미란에도 "엘리베이터 타기"라고 쓰시라고 했다. 그렇게 해서 취직이 되면 '빅맥 콤보'를 사 주시겠다는 할머니와 또 한 번 배를 잡고 웃었다. 그렇게 할머니와 나는 눈만 마주쳐도 웃는다. 웃을 일이 있어서가 아니다. 웃다 보면 웃을 거리가 생기는 것이다. 웃음보다 더 좋은 치료제가 없다는데 살다 보면 웃을 일이 어디 흔하던가. 대부분의 할머니 할아버지들은 웃을 일도 없을뿐더러 웃지 못하시는 분들도 많다. 찾아오는 이도 많지 않을뿐더러 딱히 갈 곳도 없다. 반면에 늘 웃는 조안나 할머니는 얼마나 많은 사람들이 찾아오는지 모른다. 뿌린 만큼 거두는 진리를 보여 주고 계시는 거다.

할머니는 58년 전인 1962년도에 대학을 졸업하고 결혼을 했다. 사랑해서 한 결혼이었지만 삼 년도 못 살고 이혼을 했다. 도박 중독이란 걸모르고 결혼한 것이었다. 이혼을 하고 나니 남은 건 아들 하나와 산더미 같은 빚이었다. 다시는 결혼 같은 건 하지 않겠다고 맹세했다. 그런데 사람의 마음이란 게 어찌 마음먹은 대로 되던가? 사랑은 교통사고처럼 온다고 어느 날 갑자기 운명의 남자를 만났다. 열렬히 사랑했다 그리고 재혼을 했다. 남편은 건설 회사 엔지니어였는데 공사 현장에서 감독을 하다 손가락 두 개를 잃는 사고를 당했다. 그 사고가 맺어 준 인연으로 결혼까지 하게 된 것이다. 남편은 아내와 사별을 했고 혼자 힘으로아이 셋을 키우고 있었다. 아홉 살 연상의 남편은 십 대였던 딸 하나와초등학생이었던 쌍둥이 아들 둘을 선물했다. 할머니 표현이 그렇다. 그세 아이들은 선물이었다.

지금이야 웃으면서 옛이야기 하듯 하지만 그녀의 인생은 결코 웃을수 없는 고통과 인내의 시간이었다. 고삐 풀린 망아지 같던 십 대 딸의반항과 방황을 붙들어 주어야 했고, 하루라도 조용히 지나가면 오히려불안이 엄습하던 사고뭉치 쌍둥이 아들들의 광기를 잠재워야 했다. 그틈 사이에서 불안에 떠는 자신의 아들을 단단히 지켜야 했고 밥을 벌어야 했다. 포기하고 싶은 순간도 많았지만 남편은 매일 아침 밥을 만들어침대로 가져다주었다. 결혼을 하고 아내가 된 여자에게 더 많이 노력하고 더 좋은 사람이 되어 가는 자상한 남편을 포기할 수가 없었다. 정성껏 아내의 아침상을 차리는 남자, 잡힌 물고기에게 자꾸만 떡밥을 주는남자, 그 남자의 아내로, 네 아이의 엄마로 평생을 살았다.

서쪽으로 난 창

다행히 고등학교를 졸업한 딸이 정신을 차렸다. 사고뭉치 아들 둘은 마음을 다잡고 공부를 하고 대학을 들어갔다. 물론 하루아침에 개과천선한 것은 아니다. 변함없는 새엄마의 사랑에 감복한 아이들의 눈물의 회개가 자신들의 길을 활짝 열어 준 것이었다. 삐뚤어질 대로 삐뚤어진 딸이 고등학교 졸업식을 앞두고 끔찍한 교통사고를 당했다. 의사는 살아날 가능성이 없으니 마음의 준비를 하라고 했다. 조안나는 포기하지 않았다. 생사를 넘나드는 딸의 간호를 도맡아 했다. 6년이 넘는 투병 생활과 재활 치료 끝에 걷고 달리고 먹고 웃는 딸을 선물 받았다.

아이들은 모두 훌륭하게 자라 튼튼한 사회의 일원이 되었다. 딸은 자신의 경험이 약이 되어 청소년 심리 상담사가 되었고 쌍둥이 두 아들 중 하나는 건축 설계사, 다른 하나는 군인이 되었고 자신이 낳은 아들은 컴퓨터 전문가가 되었다. 할머니 조안나는 자신이 낳은 자식들조차 찾아오지 않는 노년의 외로움이 뭔지 모른다. 쌍둥이들 중 한 아들은 퀘벡에, 또 다른 하나는 영국에서 살고 있다. 딸은 토론토에서 살고 자신이 낳은 아들은 5분 거리에 산다. 그 아이들이 번갈아 가며 찾아온다. 6년 전에 할아버지가 돌아가시고 홀로 되신 할머니를 대하는 그들은 누가 봐도 친아들, 친딸이다. 매달 누가 와도 오고 5분 거리의 아들은 시도 때도 없이 찾아온다. 그들은 하나같이 그녀를 엄마 "Mom"이라 부른다. '엘리베이터 걸'은 그렇게 네 아이의 엄마가 되었다.

새벽까지 내리던 비가 그치고 밝은 태양이 환하게 떠오르는 아침, 모래시계를 뒤집어 햇살 좋은 창가에 놓았다. 고운 금가루 같은 모래 알갱

이가 내리막길로 쉼 없이 달려 내려간다. 과거는 사라지는 것도 지나가는 것도 아니다. 모든 것이 끝났다고 생각한 순간에 다시 시작되는 모래시계처럼 마지막일 것 같은 순간에 삶은 다시 시작된다. 영원히 순환하는 뫼비우스의 띠처럼.

향수, 남편, 거짓말

피어 있는 동안엔 꽃으로, 지고 난 뒤엔 향기로

아직 바람이 차건만 햇빛을 따라 나가신 할머니 쥴스가 테라스 벤치에 앉아 졸고 계셨다. 졸고 계신 할머니의 은빛 머리를 따뜻한 봄 햇살이 부드럽게 어루만지고 있었다. 나는 유리문을 열고 다가가 흘러내린 보라색 담요를 어깨 위로 살그머니 끌어올렸다. 할머니는 눈을 감은 채로 "레이첼, 너구나?" 하셨다. "죄송해요, 깨울 생각은 아니었는데" 하자, 초점 없는 회색 눈동자가 창을 열 듯 눈꺼풀을 들어 올렸다. 방해하지 않으려고 숨도 쉬지 않고 다가갔는데 할머니를 깨우고 말았다. 할머니께서 어떻게 나를 보신 걸까? 보지도 듣지도 않고 알아차리는 능력은 도대체 어디에서 온 걸까?

할머니는 빛과 어둠 그리고 아주 희미하게 물체와 공간을 구별하는 정도의 시력만 남은 87세의 시각장애인이다. 태어날 때부터 가진 장애는 아니고 시신경에 염증이 생긴 칠팔 년 전부터 한 걸음 한 걸음 찾아온 불청객이다. 매일 근처에 사는 딸이 와서 점심과 저녁 수발을 들고 돌아간다. 가끔 딸이 오지 않을 때가 있다. 그런 날에도 일상생활에 별

불편함을 못 느끼신다. 혼자 다이닝 룸에 나와 식사도 잘하시고 각종 행사에도 참석하신다. 도우미나 간호사들의 도움이 없어도 소리 없이 내리는 눈처럼, 소리 없이 피는 꽃처럼 조용조용 옮겨 다니신다. 할아버지께서 돌아가시기 전에 사용하시던 지팡이를 내비게이션 삼아 어디든지 가실 수 있다.

이왕 할머니를 깨우고 만 내가 "어떻게 저인 줄 알았어요?" 했다. 할머니는 "냄새"라며 단어 하나로 답하셨다. 순간 내 머리 위로 뜨거운 물이 와르르 쏟아져 내리는 것 같았다. 전날 저녁으로 먹은 삼겹살과 마늘, 김치 냄새가 훅하고 올라왔기 때문이었다. 할머니는 시뻘개진 내 얼굴까지 냄새를 맡았는지 서둘러 냄새의 정체를 밝히셨다. "너에게서 꽃향기가 나, 라벤더" 하시며 내 머릿속 마늘 냄새를 말끔히 털어 주셨다.

이곳 리타이어먼트 홈에서는 입주자든 직원이든 대부분의 사람들은 향수를 사용하지 않는다. 향수 알레르기와 호흡기가 약한 노인들의 건강을 위한 배려로 자율에 맡긴 규정이다. 나도 향수 애호가였지만 입사를 할 즈음 아로마 테라피에 관심을 가지게 되어 향수는 연중행사처럼 사용하고 있다. 향수 대신 기분이나 건강 상태에 따라 레몬, 로즈우드, 사이프러스, 라벤더 등을 손목이나 귀 뒤에 살짝 바른다. 주로 라벤더를 사용하는데 향수처럼 진하지도 않고 금세 날아가 버리는 특성 때문에 걱정 없이 바르고 다녔다. 소량이지만 매일 사용하고 디퓨저를 이용해 라벤더 향을 집 안에 채우는 날이 많다 보니 향기가 내 몸에 밴 거였다.

서쪽으로 난 창

보지 못해도, 듣지 않고도 향으로 나를 알아보신 할머니 쥴스는 요리사였다. 어릴 때부터 미각과 후각이 뛰어나 다른 사람이 맡지 못하는 미세한 냄새까지 맡았다. 5남매 중 유일한 딸이었던 쥴스는 엄마를 도와 요리하는 것을 좋아했고 좋아하는 요리를 직업으로 택했다. 쥴스의 음식은 많은 사람들을 행복하게 했고 그들을 바라보는 그녀 또한 행복했다. 가족, 친구 할 것 없이 모두가 할머니보다 할머니의 요리를 떠올리고 그리워한다. 여러 가지 요리 중에서도 작게 썬 닭고기에 당근, 감자, 완두콩을 넣고 만든 치킨 파이는 많은 이들이 감탄을 아끼지 않던 요리였다.

오빠 친구였던 게리도 쥴스의 치킨 파이를 무척이나 좋아했다. 게리는 갖가지 음식 재료와 향료 냄새가 뒤섞인 별로 향기롭지 못한 냄새가 신경 쓰이던 스물두 살 쥴스에게 "너에게서 나는 이 향기로운 냄새를 매일 맡게 해 줄래?" 하는 말로 청혼을 했다. 그 어떤 말보다 로맨틱했다는 쥴스가 "네가 원하면 치킨 파이를 평생토록 먹게 해 줄게" 했다. 특별하고 거창한 청혼 이벤트도, 자랑할 다이아 반지도 없었지만 살면서 서로의 보석이 되고 이벤트가 된 부부는 할아버지께서 돌아가실 때까지 57년을 맛깔나게 사셨다. 늦은 밤까지 식당 일을 하고 집으로 가면 생선 냄새, 양파 냄새, 갖가지 소스 냄새가 귓속까지 배인 그녀를 안고 "음, 오늘은 사과와 로즈메리 향이 섞였군"이라며 달콤한 거짓말로 하루의 피로를 씻어 주던 남편이었다. 할머니는 매일 들어도 매일 듣고 싶던 향기로운 거짓말쟁이 남편 게리를 잃은 칠팔 년 전부터 조금씩 시력까지 잃으셨다.

보지 못하는 세상은 어떤 곳이냐고 물었다. "냄새로 바라보는 세상도 여전히 아름다워" 하셨다. 더러는 눈 뜨고는 못 볼 더러운 광경을 보지 않아도 되니 고마울 때도 있다 하신다. 할머니는 입주하실 때 할아버지가 쓰시던 반쯤 남은 스킨로션, 가방, 모자, 돋보기, 그리고 손때 묻은 몇 권의 책을 가지고 오셨는데 할아버지가 그리우실 때면 할아버지께서 쓰시던 화장품 병을 꺼내신다. 스킨로션 병뚜껑을 열면 추억과 함께 올라오는 향으로 할아버지를 만나신다. 쓰시던 물건에 남아 있는 할아버지의 체취를 맡을 수 있는 아직 늙지 않은 후각에 기뻐하시고 잃은 시각을 아쉬워하지 않는다. 향기로 남은 기억 속에서 할머니께서는 언제나 할아버지와 함께 살고 계신다.

둘째 딸을 낳고 어렵게 마련한 집 정원은 온통 라벤더꽃으로 뒤덮여 있었다. 보라색을 좋아하는 할머니를 위해 할아버지가 심은 꽃이었다. 보라색의 향기로운 라벤더는 할머니가 좋아하는 꽃이었지만 벌레들은 싫어하는 향이니 라벤더는 탁월한 선택이었다. 부부는 봄부터 초가을까지 끊임없이 피고 지는 라벤더꽃과 잎을 따서 차로 마셨다. 늦가을이 되면 꽃이 지면서 남긴 꽃씨를 집 안 곳곳에 걸어 방향제로 사용하셨다. 향기로 채운 집에서 향기로운 차를 마시며 꽃씨 같은 아들딸 오 남매를 선물한 남편은 더도 덜도 아닌 꼭 라벤더 같은 남자였다. 피어 있는 동안엔 꽃으로, 지고 난 뒤엔 향기로 남는….

할아버지가 쓰시던 지팡이를 짚고 할아버지의 체취와 함께 향기를 따라 살아가시는 할머니가 "넌 무슨 향을 좋아해?" 하셨다. 엉겁결에 받은 질문에 "라벤더도 좋고 장미도 좋고…" 하며 무슨 향을 제일 좋아하는지 생각해 보지 않았던 나는 자신 없는 대답을 우물거렸다. 라벤더, 장미, 라일락, 갖가지 꽃 향에 과일 향, 산을 오를 때 따라오던 솔 내음과 풀 냄새, 커피 향을 비롯해 수많은 향과 더불어 살아가지만 정작 내가 가장 좋아하는 향이 뭔지는 생각해 보지 않았다. 내가 제일 좋아하는 향은 꽃 향도 과일이나 커피 향도 아닌 '빵 향기'라는 걸 알게 된 건 며칠 전의 일이다.

세계 각국의 음식과 빵, 떡 할 것 없이 요리하는 걸 좋아하고 솜씨도 좋은 둘째 언니가 연두색 완두콩을 넣고 찐 막걸리 빵 사진을 보내왔다. 순간, 막걸리 빵 특유의 냄새가 후끈 풍겨 왔다. 그 빵을 먹었던 게 언제였나 기억조차 가물거리지만 사진을 보는 찰나, 뜨거운 김과 함께 물씬 풍겨 오던 빵 냄새는 우리 엄마 냄새였다. 어릴 적 우리 엄마는 여섯이나 되는 자식들 먹거리로 빨간 강낭콩을 듬성듬성 넣은 막걸리 빵을 자주 쪄 주셨다. 학교에서 돌아오면 뜨거운 김이 무럭무럭 올라오는 커다란 솥 안에 먹음직스럽게 부풀어 오른 빵이 한 가득 들어 있었다. 엄마는 "배고프지?" 하며 뜨거운 면포에 쌓인 빵을 꺼내 찬물에 손을 식혀 가며 잘라 주셨다. 물부터 마시라는 걱정도 뒤로 하고 한입 크게 베어 무는 나를 바라보시던 엄마는 빵보다 더 푸근한 미소를 귀 뒤에 걸고 계셨다.

아침이면 화장대 앞에 앉아 아껴 쓰시던 엄마의 코티 분 향기도 그립지만 엄마보다 먼저 달려와 나를 반기던 빵 냄새는, 마음이 고플 때 내 영혼을 채우는 향수다. 향기는 기억을 부르고 기억 속에서 "누가 뭐라고 해도 너는 세상에서 제일 소중한 사람"이라 다독이는 우리 엄마 목소리가 살아 숨 쉰다. 그래서 나는 빵 냄새를 빵 향기라 부른다. 이처럼 추억을 부르는가 하면 식욕까지 불러일으키는 것은 향기가 가진 힘이다. 그런 향기의 힘을 사려는 사람들을 위해 세계 각국의 조향사들은 끊임없이 향수를 제조하고 우리는 그들이 만든 향기를 돈으로 산다. 사람의 마음을 유혹하는 것이 향수의 목적이니 "저 향을 입으면 나도 향기로운 사람이 될 수 있을까?" "저 향수를 뿌리면 누군가의 마음을 얻을 수 있을까?" 하는 마음이 적잖은 돈을 지불하고라도 집어 들게 하는지 모르겠다.

영화로도 제작된 파트리크 쥐스킨트의 소설 『향수』에서 주인공 그루누이가 살인까지 해 가며 향수 제조에 광적인 집착을 했던 이유도 사람의 마음을 얻기 위함이었다. 스물다섯 명의 생명을 빼앗아 만든 향수를 자신의 몸에 부은 살인자 그루누이가 사형장에 나타나자 뿌린 향수에 취한 수백 명의 군중은 그를 천사라 추앙하며 그의 발아래 무릎을 꿇었다. 향수 한 방울이면 이 세상 전부를 지배하고도 남을 만큼 강력한 힘을 제조한 것이다. 그 향기에 취해 자신을 향해 경배하는 군중을 바라보던 그루누이는 제일 먼저 죽인 여자를 떠올리며 눈물을 흘린다. 어머니에게조차 버림받고 단 한 번도 사랑받아 본 적 없는 그가 원한 건 결국 사랑이었다. 자신이 뿌린 향수 때문이 아닌 오롯이 자신의 본 모습 그대로 사랑받고 싶었던 것이다. 입맛 까다로운 입술로 쏜 화살이 날아올 때 튼튼한 방패가 되어 준 건 할아버지 게리의 달콤한 거짓말이었고, 세상이 시비를 걸어올 때 주눅 들지 않게 해 준 건 물부터 마시라는 걱정이 담긴 우리 엄마의 사랑이었다.

서쪽으로 난 창

일요일 오후, 밀가루에 설탕, 소금, 계란, 막걸리를 넣고 반죽을 했다. 잘 부풀어 오른 반죽 위에 삶아 둔 빨간 강낭콩을 톡톡 던져 올리고 가스 불을 켰다. 빵 반죽을 넣은 냄비에 뜨거운 김이 오르자 온 집 안에 막걸리 빵 냄새가 진동을 했다. 각자의 방에 흩어져 있던 가족들이 "이게 무슨 냄새지?" "처음 맡아 보는 냄샌데요?" "냄새 좋다" 하며 부엌으로 모여들었다. 나는 자꾸만 올라가는 입꼬리를 끌어내리며 큼지막하게 자른 빵 바구니를 자랑스레 꺼내 놓았다.

4

지구를 한 바퀴 돌아야
만나는 나라, 아내

코카인보다 중독성 강한 것

"나를 구한 건 그 누구도 아닌 나 자신이야"

도서실 앞 테이블 위에 누군가 꽃을 가져다 놓았다. 어디선가 본 듯한, 도대체 모르겠는 꽃. 다시 가서 자세히 보니 색깔만 다를 뿐, 몇 년전 미 서부 아이다호 주에서 보았던 감자꽃과 모양이 똑같았다. 사방을 둘러봐도 온통 감자밭이던 그곳, 하늘에 가닿은 지평선 끝까지 감자밭밖에 안 보이던 그곳에서 보았던 감자꽃. 색깔만 다를 뿐 연보랏빛 꽃잎이 별 모양으로 펼쳐진 중앙에 노란 수술이 도드라져 나온 것이 감자꽃이 분명했다. '도대체 누가 감자꽃을 가져다 꽂을 생각을 했지?' 하는데, 도서실에서 나오신 사이먼 할아버지께서 "오호라! 네가 꽃을 아는구먼" 하셨다. "감자꽃이죠? 흰색은 본 적이 있는데 보라색은 처음 봐요 참 예쁘네요" 했다. 할아버지는 코에 걸고 있던 돋보기와 성경책을 내려놓으시며 "그렇지? 내 마누라가 좋아하던 꽃이야" 하시며 테이블 위에 떨어진 노란 꽃가루를 손바닥으로 스윽 닦아 내셨다.

할아버지의 아내 루시는 감자 생산지로 유명한 미 서부 아이다호 주에서 감자 농장을 하던 대농의 딸이었다. 그녀는 18세가 되던 해에 어머니를 잃었다. 부자에다 잘생긴 아버지는 어머니께서 돌아가신 지 1년도 안 돼 여러 명의 여자 친구를 집으로 데려왔다. 번갈아 가며 찾아온 여자들 틈에서 새우처럼 등이 터져 가던 루시는 아버지를 떠나 솔트레이크시티로 갔다. 웨이트리스를 하며 별 희망도 없이 어렵게 살아가던 그때 미남에 성실한 사이먼을 만나 사랑에 빠졌다. 언제나 책을 끼고 살던 조용한 성격의 루시는 연애 시절에도 그러했지만 결혼 후에도 말하기보다 듣기를 잘하는 봄 햇살처럼 너그러운 여자였다. 해도 해도 끝없는 일, 표시도 안 나고 재미도 성취감도 없는 일일 때가 많은 집안일도 언제나 신나고 즐겁게 했다. 남편이 직장 일에만 전념할 수 있도록 다섯 아이들의 교육 문제, 각종 세금 내는 일에 청소, 빨래, 잔디 깎는 일까지 집안 모든 일을 도맡아 했다. 할아버지는 그런 아내를 두고 "불평불만 없이 묵묵히 해내는 가족밖에 모르는 천사 같은 아내였어" 하셨다. "불평불만 없는 천사"라는 대목에서 나는 메모하던 펜을 내려놓았다. 할아버지도 하시던 말씀을 멈추고 내려놓은 펜을 물끄러미 바라보셨다.

  그렇게 절대적으로 배려하고 지지해 주던, 천사 아내는 10여 년 전 감자꽃이 피기 시작한 봄, 다시는 돌아올 수 없는 강을 건너가셨다. 아내가 떠나고 할아버지는 할머니의 일을 이어받아 감자 농사를 시작하셨다. 루시는 아버지가 미워서 고향을 떠나왔지만 태어날 때부터 먹고 보고 자란 감자와 감자꽃을 좋아했다. 그녀의 어머니가 하던 것처럼 감자꽃이 피면 꽃을 꺾어 집 안 곳곳에 꽂아 두었다. 그렇게 아내가 하던 대로 할아버지는 봄이 되면 아름드리 커다란 화분에 감자를 심으신다. 입주하실 때 가지고 오신 붉은색 커다란 테라코타 화분은 구석구석 아내의 손때가 묻은 아내의 유품이다. 2월이면 감자를 심고 5, 6월이 되어 감자꽃이 피면 꽃을 꺾어 식탁 위에도 꽂고 침대 옆에도 꽂아 두신다. 해마다 봄이면 피어나는 아내를 닮은 감자꽃, 그중 한 송이를 도서실 앞 테이블 위에 올려놓으신 거였다.

오래도록 곁에 두고 아내 보듯 보고 싶을 꽃을 왜 꺾어다 놓았을까 생각하다가 이유를 여쭈었다. "감자꽃을 알아본 네가 그걸 모른단 말이야? 감자알이 굵어지려면 꽃을 따 줘야 해" 하셨다. 감자알을 키우기 위해 꽃을 딴다는 말을 들으며 손마디가 툭툭 불거져 나온 할아버지는 농부였음에 틀림없다고 생각했다. 그런 나의 확신이 확실히 빗나갔다는 건 할아버지께서 보여 주신 한 장의 흑백사진을 보고 알았다. 젊은 사이면이 흰색 반팔 티셔츠에 안전모를 눌러쓰고 여러 가지 공구가 달려 있는 넓적한 벨트를 허리에 차고 있었다. 한 손에는 커피 잔을 다른 한쪽 손은 수줍게 미소 짓는 여인의 어깨를 감싸 안고서 활짝 웃고 있는 사진이었다.

할아버지는 스무 살이던 69년 전 네덜란드에서 미국으로 이민 오신 이민자다. 무일푼으로 도착한 뉴욕에서 밤에는 수없이 많은 닭의 털을 뽑았다. 낮에는 빌딩 건축이나 도로 공사장 인부로 일을 하셨다. 부지런히 일하고 힘들게 일을 했지만 고국의 어머니께 생활비를 보내고 화장실도 없는 방 한 칸짜리 지하실 방 월세를 내고 나면 빈손이었다. 얼른 벌어 고국으로 돌아가야 하는데 한 달 한 달이 버거웠다. 그때, 목수일이 보수가 좋다는 정보를 들었다. 손재주가 좋았던 할아버지는 목수

　　　　　　　　　　　　　　　　서쪽으로 난 창

일에 관심을 가지고 배우면서 실력이 늘고 재미가 붙기 시작했다. 자신감이 생긴 할아버지는 같이 이민선에 올랐던 친구를 따라 스키 리조트 건설 붐이 일고 있던 유타 주 솔트레이크시티로 옮겨 가셨다. 도착하자마자 와사치 산맥에 있는 스키 리조트 건설 팀에 합류하게 되었다. 시작한 지 얼마 안 된 목수 일을 자신도 놀랄 만큼 빠르고 정확하게 해내면서 돈이 들어오기 시작했고 은행 잔고가 쌓여 가는 기쁨에 힘든 줄도 모르고 톱질에 망치질을 했다.

1950년대와 60년대 유타 주는 관광업이 중요한 사업으로 발전하던 시기였기에 일거리는 널려 있었다. 리조트 건설 현장에 나가지 않는 날에는 목수를 필요로 하는 사람들의 집으로, 사업장으로 달려가 울타리를 세우고 지붕을 고치며 받은 돈이 월급보다 더 많던 달도 있었다. "하루도 안 쉬고 일하셨어요?" 하자 "코카인(Cocaine)보다 중독성 강한 게 뭔 줄 알아?" 하셨다. 속으로 '헤로인가?' 하는데 내 속말이 끝나기도 전에 "돈! 돈보다 더 중독성 강한 놈은 없어" 하셨다. 가난 때문에 아버지를 잃었고 가난 때문에 조국을 떠나오신 할아버지는 돈 버는 일 외에는 관심이 없었다.

장남이었던 할아버지는 수입의 절반을 고국으로 보내고 절반의 절반을 떼어 저축을 하고 나머지 절반으로 숙식을 해결했다. 결핵을 앓으시던 아버지께서는 사이먼의 나이 13살에 약 한 번 제대로 못 드시고 돌아가셨다. 혼자가 된 어머니는 남의 집 일을 하고 닭을 키우며 동생 셋을 데리고 어려운 살림을 해 나가고 계셨기에 어머니께 돌아갈 날을 고대

하며 부지런히 일하고 알뜰히 저축했다. 고된 일상이었지만 쌓여 가는 은행 잔고를 바라보며 힘이 나던 1964년 봄, 고국에서 날아든 전보를 받은 사이먼은 서둘러 고향으로 달려갔다. 고향에 도착했을 땐 자신이 보내 주는 돈으로 생활은 나아졌지만 평소 기침을 달고 사시던 어머니께서 폐렴으로 돌아가신 뒤였다.

어머니의 장례식을 치르고 미국으로 돌아온 사이먼은 자신의 품에서 수줍게 웃던 여인 루시와 결혼을 했다. 몇 년 사이, 고국의 동생들도 모두 다 자라 결혼을 해서 각자의 삶을 살았다. 많지 않아도 벌어 놓은 돈도 있었고 벌이도 좋아 주말에 쉬어 가며 일을 해도 될 만큼 자리를 잡아 가고 있었다. 그런데도 불구하고 할아버지는 쉼 없이 일을 했다. 루시는 남편이 벌어온 돈으로 검소하게 생활하고 알뜰히 저축하며 살았다. 유명 브랜드 옷이나 예쁜 구두 한 켤레 없어도 투정하지 않았고 부러워하지 않았다. 아내의 단 한 가지 바람은 '온 가족이 함께 떠나는 여행', 그것뿐이었다. 심각한 돈 중독이던 할아버지는 "조금만 더 벌면, 조금만 더" 하며 돈 모으는 것에 모든 힘과 에너지를 바치셨다. 그렇게 아내의 바람을 바람결에 흘려 보낸 사이먼은 솜씨 좋고 정직하기로 소문난 목수이다 보니 일을 맡기려는 사람들이 줄을 서서 기다렸고 일한 만큼 돈이 들어왔다. 할아버지에게 있어 시간은 곧 돈이었다. 밥 먹는 시간이 아까워 하루 두 끼는 샌드위치나 햄버거를, 그것도 운전을 하면서 먹었다. 25전이면 한 박스를 살 수 있었던 콜라 한 병도 사 마시지 못하고 콜라 대신 수돗물을 받아 마시며 돈을 모았다. 유타에서 시애틀로 시애틀에서 밴쿠버로 돈을 쫓아 다니는 동안 다섯 명의 아이들은 모두 자라 독립해 나가고 감자꽃같이 예쁘던 아내는 어느새 할머니가 되어 있었다.

아내가 할머니가 된 줄도 모르고 매일같이 통장을 들여다보았다. "몇 년만 더 벌고 일을 그만둬야지" 하는데 말없이 자신의 옆을 지키던 아내가 피를 토하고 쓰러졌다. 위암이었다. 그것도 stage 4, 말기라 했다. 두터워지는 은행 잔고는 챙겨 보면서 타들어 가던 아내의 속앓이는 보지 못했던 것이다. 할아버지는 문을 걸어 잠그고 통곡했다. 자신 속 어디에 그런 소리가 숨어 있었는지 괴성을 지르며 짐승처럼 울었다. 그리고 따졌다. "하나님이 어디 있어? 나를 구한 건 그 누구도 아닌 나 자신이야" 하시던 할아버지가 무릎을 꿇고 하나님을 소리쳐 불렀다. 계신다면 증명해 보라고, 나에게 죄가 있다면 열심히 일한 죄밖에 없다고, 내 아내를 살려 내라며 따지고 애원하고 울부짖어 기도했다.

애원하고 울부짖던 어느 날, 충성을 맹세했던 돈 대신 아내에게 충성하고 맹세하는 자신을 발견했다. "죄가 있다면 열심히 일한 죄밖에 없다" 소리치던 자신이야말로 죄인 중의 죄인이라 고백했다. 창조주 앞에 엎드리면서 아내를 살릴 수 있겠다는 자신감과 희망이 생기기 시작했다. 마음을 다하고 정성을 다해 요리했다. 암 병동을 드나들며 수프 한 그릇 제대로 못 드시던 할머니는 식사량이 늘고 조금씩 건강을 되찾으셨다. 매일같이 신선한 재료를 이용해 주스를 만들고 기도하듯 요리를 했다. 아내를 살릴 수 있다면 뭐든 했고 할 수 있는 최선을 다했다. 틈틈이 암 관련 책을 보며 공부하고 자료를 정리하다 보니 면허증만 없을 뿐, 암 전문 의사가 되어 있었다. 그렇게 할아버지의 간호와 사랑을 받으며 6개월을 넘기기 어렵다던 할머니는 4년을 더 살다가 65세에 호흡을 멈추셨다. 암 수술을 하고 항암 치료를 하느라 병원과 집을 오가는 일이 살아 있는 날의 전부였고 늘 병상에 누워 지낸 세월이었지만 할머니는 "내 생애 가장 행복한 4년"이었다는 말을 남기고 할아버지 품에서 눈을 감으셨다.

할머니께서 돌아가시자 미국, 캐나다, 칠레로 흩어져 살던 자식들이 검은 옷을 입고 모여들었다. 온 가족이 모여 여행을 떠나는 대신 어머니 가슴팍으로 꽃을 던지고 흙을 뿌리며 아버지를 원망했다. 병상에 누워서도 봄이면 감자를 심으시던 할머니는 알 감자 같은 아들 넷과 딸 하나, 손자와 손녀까지 21명의 자손을 남기고 감자꽃처럼 살다 가셨다. 할아버지는 부지런히 벌어 아이들 차도 사 주고 손주가 생기면 손주들 데리고 놀이공원도 가고 싶었다. 아내와 단둘이 여행하며 아내가 좋아하던 아이스크림도 먹고 자신의 고국 네덜란드의 튤립도, 고흐의 생가도 보여 주고 싶었다. 살아온 이야기, 살아갈 이야기를 나누며 보낼 행복한 노후를 꿈꾸었건만 아이들도 아내도 할아버지를 기다려 주지 않았다. "몰라도 너무 몰랐어" 하시는 할아버지와의 긴긴 대화를 끝내고 일어나려는데 "넌 나처럼 살지 마" 하셨다. 그러고는 검지손가락으로 당신의 주름진 얼굴을 가리키며 "금세 이렇게 돼" 하셨다. 할아버지는 가족 여행은커녕 한 번도 아내와 단둘만의 여행을 가 본 적이 없으시다. '나중에' 쓸 돈을 모으느라 운전대를 잡고 햄버거 하나로 끼니를 때우며 보내 버린 누리지도 못한 젊음과, 사랑했던 아내와 자식 모두를 잃었다.

다행히 아내가 암 선고를 받고부터 같이 살게 된 속 깊은 막내딸이 아버지를 헤아리고 위로하며 6년을 함께 살았고 지금도 지척에 살고 있다. 결혼을 하고 오랫동안 아이가 없던 딸은 아내가 떠난 다음 해에 예쁘고 건강한 딸을 낳았다. 태어난 손녀의 이름은 아내의 이름을 따서 '루시'라 지었다. 할아버지는 매일같이 할머니 묘지를 찾아가셨는데 3년 전까지만 해도 딸 집에 들러 손녀 루시를 데리고 가시곤 했다. 건강상의 문제로 더 이상 운전면허증을 소지할 수 없게 되신 후로는 세 번이나 갈아타야 하는 버스를 타고 혼자 가신다. 오늘도 할아버지는 아내를 만나러 가실 것이다. 뚝 떨어진 기온은 올라갈 줄 모르고 바람까지 거세게 부는 2월, 나는 자꾸만 일기예보를 들여다본다.

연초에 한국은, 계속되는 폭설과 한파로 빙판이 된 도로와 끊긴 버스로 퇴근길 시민들의 발이 묶였다. 기상청에선 폭설을 예고하고 주의를 당부했지만 설마 하는 사이 도로가 막히고 버스가 끊어져 버린 것이었다. 겨우내 따뜻했던 밴쿠버도 2월 중순인 지금 봄을 코앞에 두고 다시 겨울이 되었다. 꺼내기 시작한 새싹도, 꽃봉오리를 내밀던 프리뮬러도 모두 꽁꽁 얼어붙고 말았다. 주말엔 눈까지 온다 하니 나도 더 늦기 전에 길을 나서야겠다. 밤은 깊어 새벽이 밝아 오지만 지금 출발하면 해 뜰 때쯤엔 엄마 같은 언니 집에 도착할 것이다. 만약 폭설이라도 내리면 길은 끊어지고 말 터이니….

척 보면 몰라?

지구상에서 제일 복잡한 미로

"모르겠다, 도저히 모르겠다" 하시며 자리를 털고 일어나시는 할아버지 한숨에 땅이 꺼진다. 한 번도 짜증을 내신 적 없는 닉 할아버지가 저녁을 드시다 말고 깊은 한숨을 내쉬며 일어나 방으로 가셨다. 같은 테이블에 앉으신 분들은 못 본 척 식사를 계속하셨고 할아버지의 아내 라일라 할머니께서는 할아버지 뒷모습을 멀뚱히 바라보고 계셨다.

닉 할아버지는 까다롭고 짜증 많은 할머니 비위를 맞추고 다독이며 큰소리 한 번 내지 않고 잘 살아오셨다. 금실 좋다 말할 수는 없지만 그렇다고 큰 문제가 있어 보이지도 않았다. 아내가 원한다면 하늘의 별이라도 따 오실 것 같은 할아버지는 언제나 허허 웃음으로 할머니의 짜증을 넘어가셨다. 그런 할아버지를 화나게 한 게 뭘까? 궁금해진 내가 호시탐탐 기회를 노리던 중 의무실 앞에서 할아버지와 마주쳤다. "어디가 불편하세요?" 했다. "소화가 안 돼서" 하시기에 기회를 놓칠 리 없는 내가 "어휴, 여자란…" 하며 이마에 손을 얹으며 고개를 절레절레 흔들었다. 할아버지는 특유의 사람 좋은 미소를 짓더니 화난 척 "너도 여자잖아?" 하셨다.

  사연은 이랬다. 매일 저녁 시간이면 할아버지는 삶은 계란 하나를 가지고 오신다. 언제나 할아버지는 수프를 드시고 할머니는 샐러드를 드시는데 하루도 빠짐없이 계란을 가지고 오셔서 할머니 드실 샐러드 위에 잘라 주셨다. 지극 정성이었다. 그런 할아버지께서 오전부터 병원에 들러 이것저것 검사를 받고 지친 탓에 계란을 잊으신 것이었다. 샐러드와 수프를 받고 기억이 나신 할아버지는 급히 방으로 가 계란 한 알을 들고 오셨다. 아무리 급히 가신들 할아버지 연세 아흔이신데 얼마나 빨리 가시겠는가. 계란을 가지고 테이블로 왔을 땐 메인 요리가 나왔고 옆으로 밀어 둔 샐러드 위에 계란을 잘라 올리자 "너나 먹어" 하며 할머니께서 버럭 화를 내신 거였다.

  그것으로 끝이 아니었다. 할머니께서는 케케묵어 곰팡이 냄새 나는 과거를 들춰내어 같은 테이블에 앉은 사람들까지 불편하게 만드셨다. 미안하다고 다음엔 절대로 잊지 않고 챙기겠다고 해도 특기인 잔소리를 멈추지 않으셨다. 첫아이 출산 달에 출장 갔던 죄, 퇴근 시간 늦은 죄, 친구와 다툴 때 자기편 들지 않은 죄, 알게 모르게 지은 죄명이 단두대 위로 줄줄이 끌려 나왔다. 딱 한 번 잊은 할머니 생일까지 데리고 나와 심판을 하니 하루 종일 검사 받느라 지친 데다 수프 한 술 입에 넣지 못한 할아버지의 인내심이 바닥이 나 버린 것이었다. 여자 마음을 보려고 화성 남자, 금성 여자도 만나 봤고 나름 여자 공부에 이력이 날 만큼 공부했건만 "아흔이 넘도록 여자를 모르겠다" 하신다. 어이할까나 나도 여자인 것을…. 나도 알게 모르게 상처 주었음에 틀림없는 여자인지라 할아버지의 하소연을 가만히 듣고만 있었다.

우연히 인터넷에 올려져 있는 "여자 심리 챕터 1"이라는 사진을 봤다. 챕터 하나가 열 권도 넘어 보이는 분량의 내용이었다. 정신분석학의 아버지라 불리는 지그문트 프로이트조차도 여자만큼은 도저히 이해가 안되는 동물이라 하니 그런가 보다 했다. 심리학의 아버지도, 아흔이 넘은 할아버지도 모르겠다는 여자 네 명과 할아버지 인생의 반도 살지 않은 남자 네 명이 여행 갔을 때 일이다. 나와 내 여고 동창생 3명이 부부 동반으로 간 여행이다. 밤늦도록 기타 반주에 맞춰 노래도 부르고 와인과 소주잔이 오가다 보니 분위기의 힘을 얻은 친구 남편이 "여자는 한번도 가 본 적 없는 미지의 세계"라 했다. 자동차 디자이너였던 친구 남편은 "여자는 내가 본 그 어떤 기계나 생명체 중 가장 복잡하고 센서티브하다"라고 했고 또 다른 친구의 남편은 "지구상에 존재하는 제일 복잡한 미로"라고 했다. 내비게이션이 없던 시기라 리조트로 오면서 길 찾기가 쉽지 않았던 또 다른 친구 부부는 한참을 헤매고 다투며 숙소를 찾아왔다. 길 찾느라 고생한 남편 왈 "여자란, 가도 가도 끝없고 표지판 하나 없는 비포장도로"라고 했다.

그 말을 들은 금성 여자들이 "절대로 이해 안 되는 남자"를 정의하기 시작했다. "내 남편은 눈앞에 치즈를 두고도 '어디? 어디?'를 수십 번씩 외치는 장님이다" 하니, 옆에 앉은 친구가 "내 남편은 어쩌고, 양말 하나 똑바로 못 벗는 세 살배기 어린애다" 했다. 그 말이 채 끝나기도 전에

"그건 약과지 내 남편은 뭐든 꼭 말로 설명해야 해, 척 보면 몰라? 내가 화난 건지 피곤한 건지?" 하며 서로 무슨 흉을 먼저 꺼내야 할지 몰라 병목현상까지 빚어 가며 숨어 있던 바보들을 끝없이 끌고 나왔다. 끌려 나온 바보들을 모아 놓고 내린 결론은 "나니까 당신과 산다"는 말이었다. 괜히 한마디 했다가 아메바에 끝없는 바보가 되어 가던 천사표 남편들은 하나같이 똑같은 말 "남편이 잘못했네"로 백기를 들었다.

늘 그런 것도 아니고 모든 남편들이 그런 건 아니지만 내 주변의 남편들은 대체적으로 "못 이기는 척"으로 가정의 평화를 지키는 평화 유지군이다. 그런 남편의 속 깊은 사랑과 인자한 미소를 보지 못하는 라일라 할머니는 닉 할아버지의 사소한 실수나 잘못까지 알뜰히 끌어안고 사신다. 그뿐 아니라 모든 걸 함께해야 하고 모든 일을 다 알아야 직성이 풀리는 할머니에게 각자의 공간이란 없다. 사랑하는 사람도 아름다운 그림도 너무 가까이 다가서면 제대로 볼 수가 없건만 잠시도 할아버지 곁에서 떨어지지 못하신다.

한국인들이 좋아하는 그림 구스타프 클림트의 《키스》 같은 작품은 최소한 4미터는 떨어져서 봐야 한다. 너무 가까이서 보면 반짝이는 금빛에 눈만 부실 뿐, 키스하는 여인의 홍조 띤 얼굴이나 무릎 꿇은 여자의 위태로운 발끝 같은 건 볼 수도 없다. 여유롭게 떨어져서 전체를 보면 키스하는 연인의 발아래 피어 흐드러진 보랏빛 꽃밭도, 여자의 발끝이 닿은 아찔한 절벽도 보인다. 남자의 목을 끌어안은 여인의 오그라든 손과 꼭 다문 여인의 입술을 보며 어떤 이는 사랑에 빠진 여인의 황홀함을 보고 어떤 이는 억지로 끌어안긴 여인의 숙명을 본다. 이렇게 멀리서 바라보면 보는 이의 시각에 따라 의견이 다른 미스터리에 쌓인 작품 《키스》를 제대로 감상할 수 있다. 이렇게도 보고 저렇게도 보며 각자의 상상대로 느낌대로 즐길 수 있는 것이다. 이처럼 그림이나 음악을 즐기듯 결혼 생활도 인생도 즐길 수 있으면 얼마나 좋을까. 자유롭게 즐기고 누려야 할 대상을 견뎌야 할 의무나 집착으로 얽맨다면 인생은 클림트의 그림처럼 발밑은 꽃밭 같으나 실은 천 길 낭떠러지 같을 터이니 말이다.

다음 날이었다. 할아버지 닉은 할머니 점심을 방으로 가져가신다며 샐러드와 스파게티를 주문하셨다. 사람들 앞에 나서기가 불편하셨는지 반성 중이셨는지 알 수 없으나 방에서 꼼짝 않고 계신다는 것이었다. 내가 안타까운 표정을 보이자 할아버지는 "어휴, 여자란" 하시며 손으로 이마를 짚더니 소탈하게 웃으셨다. 그렇게 "어휴"에 너털웃음으로 갈등을 넘어가시는 할아버지는 할머니의 점심을 들고 부지런히 방으로 돌아가셨다.

축복받은 행성 지구 별에 별들이 반짝인다. 지구인들을 구원하기 위해 오신 아기 예수의 탄생을 기뻐하며 밝힌 불빛이 별처럼 반짝인다. 화성 남자도 금성 여자도 아닌 지구인으로 사랑하며 화평하자고, 값없이 받은 구원의 은총을 다 함께 누리자며, 거리마다 집집마다 별들이 반짝인다.

서쪽으로 난 창

혼인 서약

알면서도 주지 못한 사랑

잠자는 사람의 얼굴을 들여다보지 마라. 잠든 사람의 얼굴은 사나운 맹수의 본능까지도 잠재워 버리는 마력을 발휘하기에 함부로 들여다봐선 안 된다.

휘영청 보름달이 푸른 밤하늘에 걸려 있었다. 달빛 아래로 단 한 번도 인간의 발길이 닿은 적 없을 것 같은 산맥이 멀찌감치 펼쳐진 사막의 밤이었다. 어디서 어떻게 걸어 들어왔을까? 사막 한가운데 누운 맨발의 여인은 곤한 잠에 빠져 있었다. 옆에는 물병과 만돌린이 놓여 있고 오랜 시간 길동무였을 지팡이를 쥔 손은 가슴 위에 올려져 있었다. 그렇게 잠든 여인을 한 마리의 사자가 내려다보는데 맹수의 자태가 무섭다기보다 여인을 지켜 주려는 듯한 묘한 분위기에 내 마음속 걸려 있던 빗장이 스르르 풀어지고 말았다. 뉴욕 현대 미술관 MoMA에서다. 그림은 지쳐 있던 나를 말 없는 말로 위로하고 팔 없는 팔로 따뜻하게 안아 주었다. "아무리 사나운 육식 동물도 지쳐 잠든 먹이를 덮치는 것을 망설인다"라는 부제가 붙여진 앙리 루소의 《잠자는 집시》라는 작품이었다.

잠자는 사람의 얼굴을 함부로 들여다봐선 안 된다. 그걸 알면서도 나는 곤히 잠든 남자의 얼굴을 들여다보고 말았다. 그 순간 사막의 집시 여인처럼 또 한 번 내 마음의 빗장이 풀어져 내렸다. 깊게 파인 주름이 이마와 눈꺼풀, 입 주변과 목까지 선명했다. 성긴 머리칼, 군데군데 검버섯이 핀 남자는 잔잔하게 흐르는 피아노 선율에 기댄 채 잠이 들어 있었다. 돋보기를 쥔 손을 가슴에 올려놓고 간간이 코까지 골며 단잠에 빠진 남자는 85세 할아버지 아이젝이었다. 무심히 흘러 버린 세월은 예전의 위풍당당한 남자 대신 늙고 지친 노인만 남겨 놓았다.

할아버지는 물리학 교수로, 장거리 트럭 운전수로 47년간 열심히 일하고 78세에 은퇴하셨다. 트럭 운전은 21년을 함께한 아내가 심장마비로 세상을 떠난 뒤 시작한 일이었다. 연구와 강의에 몰두하느라 아내는 뒷전이었던 자신이 원망스러웠고 아내 없는 집으로 퇴근하는 것이 고통스러웠던 할아버지가 속죄하는 마음으로 선택한 직업이었다. 큰딸은 뉴욕에, 작은딸은 토론토 대학에 다니던 터라 이미 독립한 것이나 다름없으니 원래 좋아하던 운전을 51세라는 느지막한 나이에 고민 없이 시작했다. 트럭커의 길로 접어들면서 지금은 아내 곁으로 가고 없는 시베리안 허스키 "맥스"와 함께 10년, 홀로 17년, 모두 합해 27년을 길 위에서 살았다. 가까이는 캘거리, 멀리는 멕시코 국경까지, 짧게는 사 오일 만에 돌아오는 일정이지만 때론 한 달 가까이 길 위에서 사는 날도 많았다. 미국에서 캘거리, 캘거리에서 토론토, 또 거기서 미국 최남단 멕시코 국경을 오가며 수없이 많은 위험의 순간을 마주했고 죽음의 고비를 넘겼다. 혹자는 벌이가 좋다고 부러워도 하지만, 누가 알겠는가? 해 본

자만이 아는 그 외롭고 고단한 트럭커의 시간을.

  운전을 시작하고 처음 몇 년은 온갖 상념들이 머리와 가슴을 헤집고 다녔다. 몇 시간을 달려도 곧게 뻗은 길, 네바다 주에서 캘리포니아로 이어지는 95번 도로를 달릴 때는 '이렇게 곧게 뻗은 길을 함께 달려 보지도 못하고 먼저 가 버린 아내'를 원망했고 굽이굽이 돌아가는 산길에선 몸서리치도록 그리운 아내와의 추억이 굽이굽이 따라와 소맷부리를 적셔 놓았다. 태평양 해안선을 따라 뻗은 퍼시픽 하이웨이를 달리던 새벽엔 더 많이 노력했어야 했고 좀 더 사랑해 주지 못한 후회가 파도처럼 밀려와 유리 파편처럼 아프게 부서지곤 했다.

  사랑해서 한 결혼이었지만 서로를 이해하지 못했고, 자존심에 가로막혀 다가서지 못했다. 서로의 눈을 들여다보지도 않았고, 한집에 살면서도 별거한 시간이 더 많았던 아내와는 함께 자식을 키우는 동지 이상의 아무것도 아니었다. 그리워하면서도 타인처럼 살았던 돌아갈 수 없는 지난날이 억울해 견딜 수가 없었다. 고단하고 지루한 운전을 끝내고 잠자리에 들기 전에는 긴긴 편지를 썼다. 부부가 서로 사랑하고 신뢰하는 모습은 부모가 자식에게 줄 수 있는 최고의 교육이고 선물이니 "그렇게 살아라" 말했지만 그리 살지 못한 아버지의 참회와 사랑을 두 딸에게 썼다.

  여름 한 철을 제외하고는 초가을부터 늦은 봄까지는 변화무쌍한 북미 대륙의 날씨와 싸울 각오를 하고 나서야 했다. 때로는 바로 앞도 잘 보이지 않을 만큼 거센 비바람을 뚫고, 폭설과 혹한 속을 달렸다. 쏟아지는 졸음과 싸웠고 수없이 많은 '만약에'와도 싸웠다. "만약에 내가 조금만 빨리 아내를 병원에 데려갔다면, 만약에 아내가 나와 결혼하지 않았다면, 만약에 내가 아내의 목소리에 귀를 기울였다면, 만약에, 만약에" 하며 지난날의 자신을 벌하고, 끝내 용서받은 길 위의 삶이었다.

은퇴를 하고 시간이 많아지신 할아버지는 어릴 적부터 즐겨 하시던 목공 일에 온 힘을 쏟으며 사신다. 1월이면 집 짓기를 시작해 12월이면 2층짜리 집 한 채를 완성하신다. 집이 완성되는 12월이면 경매에 부쳐지고 판매 금액은 호스피스 병동에 기부하신다. 올해는 여느 해보다 큰 집을 시작하셨다. 넓이가 1미터, 높이가 85센티미터에 달하는 큼지막한 집의 내부 공사는 지붕과 테라스를 제외하고 거의 완공 단계로 접어들었다. 놀랍도록 빠른 공사 속도에 놀란 내가 "왜 이렇게 서두르시죠? 날림 부실 공사가 아닌지 조사를 해 봐야겠어요" 했다. 잘 웃지 않는 할아버지께서 껄껄 웃으시더니 "이 집은 경매에 부칠 집이 아니고 9월에 태어날 증손녀를 위한 집이야, 그러니 잘 좀 봐 줘" 하셨다.

잘 봐 달라서서 자세히 들여다봤다. 1층 출입문을 열면 널찍한 거실이 있고 거실 옆엔 덴이, 덴 옆에는 싱크대와 오븐, 냉장고와 전자레인지까지 갖춘 멋진 부엌이 나왔다. 집 중앙에 있는 계단을 따라 2층으로 올라가면 크고 예쁜 여닫이 창문이 달린 방이 네 개나 있고 2개의 욕실엔 변기와 욕조, 수납장까지 갖추어진 2층 목조 주택이었다. 인형의 집이라고 하지만 있을 건 다 있고 없을 건 없다. 할아버지는 내 몸을 구겨서라도 들어가 살고 싶은 예쁜 집을 짓다가 소파에 기댄 채 단잠에 빠져

서쪽으로 난 창

든 것이었다.

　며칠 후, 일찌감치 출근을 하고 목공실로 갔다. 내부 장식이 끝난 집 안에 식탁이며 침대까지 다 만들어진 집은 지붕이 올라가고 있었다. 반쯤 덮인 지붕 아래로 반쯤 보이는 거실에 반쯤 보이는 피아노가 보였다. 반대편으로 돌아가 출입문을 열고 보니 거실 중앙에 분홍색 그랜드피아노가 놓여 있었다. 집의 맨 중앙에 놓인 피아노는 아내를 향한 할아버지의 마음이었다. 음악 선생님이셨던 아내는 힘이 들 때나 슬플 때, 기쁠 때에도 피아노 연주를 했다. 음악을 즐겨 듣지도 특히나 클래식 음악에 관심이 없었던 할아버지는 아내의 연주를 귀담아들어 본 적도 칭찬을 해 준 적도 없었다. 아내가 제일 좋아하는 곡이 무엇인지, 제일 자주 연주하던 곡의 이름조차 몰랐다. 연구가 뭐고 강의가 뭔지, 언제나 아내를 혼자 자고 혼자 일어나 혼자 밥을 먹게 했다.

　집의 중심이 된 피아노를 바라보며 "피아노는 언제 들여오셨어요?" 했다. 그러자 언제나처럼 하던 일을 하시며 대답하셨다. "방금 들여다 놨는데 무거워서 혼났어" 하시며 검은색 물감을 칠할 건데 색칠을 도와줄 거냐고 물으셨다. "제가 숙련공이라 좀 비싼데요, 그래도 쓰시겠다면 퇴근 후 다시 들를게요" 했다. 지붕이 될 나무 조각이 거칠었던지 사포질을 하시며 "집을 팔아서라도 지불할게" 하시고는 묻어 나오는 고운 나무 가루를 훅 불어 내셨다.

　일을 마치고 피아노에 검은색 아크릴 물감을 칠하며 "저도 이렇게 예뻔 집을 사고 싶어요" 했다. 할아버지는 잠시 생각을 하시나 싶더니 작업을 멈추고 소파에 기대앉으며 말씀하셨다. "집은 돈으로 사는 게 아니야, 만들어 가는 거지" 하시며 다시 일어나 나사못 하나를 집어 들며 혼잣말처럼 강의를 이어 나가셨다. "살아 보니 알겠더군, 집의 중심에 엄마가 있어야 하고 엄마를 중심으로 돌아가는 집은 건강하고 튼튼하지, 난 그렇게 살지 못했지만 나에게 아들이 있다면 말이야 난 그 아들에게 말해 줄 거야. 네가 결혼해서 행복한 가정을 만들고 싶다면 제일 우선적으로 해야 하고 열심히 해야 할 건 그 무엇도 아닌 아내를 많이 많이 사랑하는 일이야."

  색칠을 끝내자 서랍 속에서 흰 손수건에 싸인 작은 물건 하나를 꺼내 주시며 펴 보라 하셨다. 아무런 색칠도 하지 않아 나무의 결과 색이 은은하게 살아 있는 나무판 위에 금빛 숫자를 붙여 만든 하우스 넘버였다. 어쩌면, 네 개의 숫자를 조합해 만든 하우스 넘버 '1012'는 잊지 않겠다는 할아버지의 다짐이었으리라. 할아버지 아이젝과 아내 로지의 결혼 기념일인 10월 12일을 풀로 붙이신 할아버지는 "이해하고 사랑하며" 살겠다 했던 그날의 마음을 담아 그날의 각오로, 깎고 닦고 조이며 아내에게 주지 못한 집을 지으신 것이리라. 자주 잊고, 어쩌다 생각나는 혼인 서약을, 그 첫 마음으로.

등으로 우는 남자

"종착역까지는 한 정거장 남았습니다"

평생 한 여자를 사랑한 일이 눈부신 성공이었다는 남자를 아는가? 레이첼 맥아담스와 라이언 고슬링이 열연한 영화《노트북》의 남자 주인공 노아가 바로 그 남자다. 영화는 치매에 걸린 아내 엘리에게 자신들이 살고 사랑했던 기록을 읽어 주는 할아버지 노아의 플래시 백으로 시작되는 로맨스물이다. 남편인 노아가 그들의 사연을 읽어 주고 돌봐 주지만 아내 엘리는 노아를 알아보지 못한다. 영화의 후반부에서 잠시 기억이 돌아온 엘리가 노아를 알아보고, 짧은 재회의 기쁨을 맛보는 순간이 찾아온다. 그것이 지상에서의 마지막 만남이 되고 만다. 이 세상에서의 마지막 날 밤, 노아는 자신을 알아봐 준 아내가 기적이라며 아내 엘리의 손을 잡고 그녀 곁에 눕는다. 그렇게 누운 두 사람은 한 침대에 나란히 누운 채 잠자듯 고요하게 죽음을 맞이한다. 다른 생에서 자신이 새였을 거라는 엘리와, 그런 엘리를 따라 자신도 새가 되겠다는 노아가 누운 창밖으로 한 무리의 새가 천천히 날아오르며 영화는 끝이 난다. 영화가 끝이 나고 자막이 다 올라간 뒤 화면이 정지되어도 여운 속에서 빠져나오지 못하는 영화《노트북》은 실화를 바탕으로 제작되었다. 몇 번을 봐도 눈물 없이 볼 수 없는 이 영화는 소설가 니콜라스 스파크스가 장인의 러브 스토리를 바탕으로 쓴 소설을 각색한 작품이다. 쓰자고 들면 소설 아닌 사연이 없고 영화 같지 않은 인생이 있으랴.

 지난가을이었다. 해가 뉘엿뉘엿 서산으로 넘어가던 시각, 서쪽으로 난 창가에 할아버지 한 분이 서 있었다. 뒷모습만 봐도 누구인지 한눈에 알 수 있었다. 큰 키와 체격이 묵묵히 서 있는 마을 뒷산 같은 해리 할아버지였다. 인사나 하고 퇴근할 참으로 헛기침을 두 번 하고는 살그머니 옆으로 다가갔다. 멀리서 소리쳐 말할 수도 있었지만 정적을 깨트리고 싶지 않아서였다. 가까이 다가가 지팡이를 짚으신 팔에 팔짱을 끼려고 할 때 할아버지의 등이 들썩거렸다. 할아버지께서 울고 계셨다. 등으로 우는 남자를 본 적이 있는가? 커다란 등이 들썩일 때마다 굵은 눈물방울이 뚝뚝 떨어지는 남자를 본 적이 있는가? 나는 할아버지 팔은 붙잡지도 못하고 할아버지 눈길이 가 닿은 하늘을 올려다보았다. 한 무리의 철새가 기다랗게 V자를 그리며 서쪽으로 날아가고 있었다. 울음을 그친 할아버지가 무심한 척 말을 꺼내셨다. "저 새들도 집으로 돌아가고 있는 거야, 나도 집으로 돌아가고 싶어, 루이사가 있는 곳으로……" 하셨다.

 16세 해리는 같은 고등학교에서 한 살 연상의 17세이던 루이사를 만나 사랑에 빠졌다. 두 사람 모두 첫사랑이었다. 영화에서처럼 루이사는 부잣집 딸이었고 해리는 평범한 농부의 아들이었다. 부모의 동의가 있어야 결혼할 수 있는 미성년자들이었기에 그들은 기다렸다. 두 사람은 일

전짜리 페니 한 개까지 모으며 결혼을 준비했다. 4년 뒤 결혼을 하고 우사를 개조해 만든 작은 집을 얻어 꿈에 그리던 삶을 시작했다. 양배추 수프와 감자 한 알로 저녁을 먹으면서도 끊임없이 웃고 장난하며 늘 배가 불렀다. 그러나 그들의 인생도 여느 사람들의 인생사처럼 순탄하지만은 않았다. 할머니는 초등학교 교사였지만 첫 아이를 임신하면서 직장을 그만두었다. 허약한 그녀의 체력이 원인이었을 것이다. 직장을 그만두고 아내로, 엄마로 행복해하던 그 시절의 아내가 얼마나 아름답고 사랑스러웠던지 외출하려 집을 나서면 "벌써 아내가 보고 싶었지" 하셨다.

정원 가꾸는 일을 좋아하셨던 할아버지는 정원사로, 목수로 평생을 살았다. 꽃과 나무를 심고 뭐든 만들고 고치는 것이 좋았다. 처음엔 자신의 차고에서 고장 난 자동차와 낡은 가구를 고치고 만들며 생계를 유지했다. 솜씨를 인정받으면서 창고를 얻어 본격적인 가구 제작 사업을 시작했는데 목재를 사다 놓은 창고의 화재로 완제품과 목재를 다 잃어버리는 비운을 겪었다. 잠시 실의에 빠지기도 했지만 첫사랑이며 영원한 사랑인 루이사와 두 딸을 보며 다시 일어섰다. 루이사와 두 딸이 곁에 있어서 무슨 일이든 할 수 있었고 기쁘게 했다. 세상의 아버지가 그렇고 세상의 모든 남편들이 그런 건 아니지만 할아버지는 그렇게 사셨다. 그렇게 서로에게 충성하고 헌신하면서 서로를 기다리며 함께한 4년을 합해 68년을 같이 살았다.

할머니 루이사는 자그마한 키에 체격이 왜소했다. 그리 마른 편은 아니었는데 몇 달 사이 부쩍 체중이 줄어들었다. 이삼 년 전부터 치매가 시작된 할머니는 엎친 데 덮친 격으로 유방암까지 선고 받았다. 여든을 넘긴 할머니가 수술을 받고 항암 치료를 하는 투병의 시간은 길고 험난했다. 인간의 존엄성을 단번에 먹어 치우는 괴물, 암과 치매를 노쇠하고 연약한 루이사가 감당하기엔 너무나 버거웠다. 자신의 온전한 정신과 판단력으로 잠시 돌아온 시각 루이사는 암 병동에서의 투병 생활을 그만두고 할아버지 곁에 머물기를 희망하셨다.

그럴 수 없이 온화하고 사랑스럽던 할머니 모습은 어디로 가고 앙상하게 뼈만 남은 모습으로 돌아오셨다. 살갗 밑으로 드러나는 푸르스름한 핏줄은 하얀 피부를 더 하얗게 만들었다. 돌아오신 다음 날 몇 달 만에 처음으로 점심 식사를 위해 두 분이 테이블로 오셨다. 할아버지께서는 할머니 곁에 가까이 앉을 수 있는 만큼 가까이 다가가 앉아 할머니의 손을 꼭 붙잡고 계셨다. 할머니께서는 앉은 채로 졸고 계셨다. 할아버지의 안타까운 마음이 눈동자 가득 고여 흔들렸다. 같은 테이블에 앉은 모든 분들의 눈동자도 함께 흔들리고 있었다. 나는 흔들리는 두 다리에 힘을 주고 테이블로 다가갔다. 할머니에게 인사를 건네자 잠시 눈을 떠서 나를 바라보셨는데 눈동자는 초점을 잃었고 내 말은 알아듣지도 못하셨다. 혹 불면 날아갈 듯 껍질만 남은 텅 빈 소라 고동 같았다. 재빨리 간호사를 불러 방으로 모시게 했다.

그날 오후, 할머니는 호스피스 병동으로 옮겨 가셨다. 기나긴 여행이 끝나 가는 것이었다. 낳아 주신 부모님의 집을 떠나 남편과 아내가 되어 집을 마련하고 그 집에서 딸 둘을 낳아 그럴 수 없이 행복하게 살았다.

서쪽으로 난 창

그 집을 떠나 리타이어먼트 홈이라는 정거장을 거쳐 호스피스 병동에 정차 중인 할머니. 열차는 멀지 않은 시각에 루이사를 종착역에 실어다 놓을 것이다. 할머니는 최종 목적지를 코밑에 두고 "해리! 집으로 가서 편히 자요"라고 하셨다. 가끔 할아버지 얼굴을 못 알아보는 날은 있어도 이름을 잊어버린 적은 없었다. 얼마나 사랑한 이름이었으면 치매를 앓으면서도 붙들고 있었을까. 할머니는 할아버지 이름 '해리'를 부르며 초점 없는 눈을 감고 잠이 들었다. 그렇게 잠든 할머니를 남겨 놓고 혼자 돌아오신 할아버지는 방으로 들어가지도 못하고 서쪽 하늘을 바라보며서 계셨던 것이었다. 그로부터 사흘 뒤 할머니께서는 영원한 본향으로 돌아가셨다.

《노트북》에서 집으로 돌아오라는 딸의 말에 아내는 자신의 집이라고 하던 노아처럼, 해리 할아버지에게도 아내는 당신의 집이었다. 특별한 인생도 아니었고, 먼지처럼 흩어져 사라질 이름이지만 눈부신 인생이었다. 한 여자를 지극히 사랑했고 68년 동안의 "아름다운 구속"이었다. 할아버지는 결혼을 '아름다운 구속'이라 가볍게 말씀하셨지만 '아름다운 구속'이 되기까지 얼마나 많은 인내와 헌신을 필요로 했을까? 사랑만으로 이룰 수 없고 돈으로 해결되지 않는 문제들이 곳곳에 시한폭탄처럼 도사리는 세상에서 2, 30년을 살아 본 부부라면 "아름다운 구속이었다" 말할 수 있을까? 수없이 많은 나를 버리고, 끝없이 믿고 노력해야 유지되는 결혼이란 제도가 흔들리고 가정이 깨어지는 지금, 이혼은 일상이 되었고 비혼, 졸혼이 생겨나고 결혼의 종말을 예고하는 시대가 아닌가. 비혼, 졸혼이 당연해지고 있는 시대에 할아버지의 삶이 눈부신 이유는,

없지 않았을 권태와 세상의 온갖 유혹과 싸우며 일궈 내신 귀한 삶이기 때문일 터이다. 삶은 귀하고, 귀한 건 어렵게 얻는 법. 지금 어렵다면 귀한 것이 오고 있다는 신호가 아닐까?

걸어서 별까지

당신은 내 인생에 꼭 필요한 조각입니다

하늘을 걷는다. 마음만 먹으면 얼마든지 따 올 수 있는 별과 달이 내 눈썹 위에서 반짝이는 '별이 빛나는 밤'하늘을 걷는다. 걷다가 내려다본 지상 풍경은 은하수가 소용돌이치는 하늘과 달리 집집마다 노란 불빛이 흘러나오는 마을이 어둠 속에서 평화로웠다. "난 지금 생레미의 푸른 밤하늘을 거닐고 있어, 꿈은 아니겠지?" 하는 순간, 지상으로 내려온 나는 노란 가스등 불빛이 강물에 반사되어 물결치는 론강에 두 발을 담그고 서 있었다. 미술이 마술이 되는 순간이었다. 바라보는 그림이 아닌 그림 속으로 들어가 내가 그림이 되는….

최첨단 기술로 탄생한 Imagine Van Gogh전은 초대형 스크린에 나타나는 그림들을 잔잔하게, 때로는 격정적인 클래식 음악과 함께 펼쳐 놓았다. 한 시간 남짓 고흐에게로 떠나는 꿈같은 여행이었다. 순식간에 피었다가 사라지는 "꽃피는 아몬드 나무"의 짧은 순간에 아쉬워했고 가난하고 외롭던 시간을 견디게 해 준 동생 테오에게 보낸 육필 편지를 보며 고흐의 가슴이 되어 먹먹했다. 풍랑이 이는 코발트 빛 지중해는 "생트 마리 바다 위의 보트"를 해변으로 밀어다 놓았고 노란 차양이 드리워진 "밤의 카페테라스"에선 어디선가 불쑥 고흐가 걸어 나올 것 같아 설레기까지 했다. 설렘이 사라지기도 전에 누렇게 익은 밀밭이 펼쳐지며 한 무리 까마귀 떼가 내 머리 위로 훨훨 날아올랐다.

고흐는 돌아가지 못한 자신의 고향 마을을 '별이 빛나는 밤'하늘 아래 그려 넣었다. 오베르에서 그린 '까마귀 나는 밀밭'도 어쩌면 고흐의 고향 준데르트의 밀밭이 아닐까? 아내와 함께 자신의 고국 "네덜란드의 튤립도 보고, 고흐의 생가도 보고 싶었어" 하시던 할아버지 사이먼의 고향 마을에도 가을이면 누렇게 익어 가던 밀밭이 있었다. 누렇게 바랜 고향의 기억을 파랗게 간직하고 싶으셨는지 할아버지는 고흐의 그림엽서 두 장을 돌아가신 할머니 사진과 나란히 세워 두고 사셨다. 한 장은 '별이 빛나는 밤'이고 또 다른 한 장이 '까마귀 나는 밀밭'이다. 아내는 늘 그림을 그리고 싶어 했고 고흐를 좋아했다. 그런 아내였기에 생전에 보여 주지 못한 고흐의 작품과 고향의 밀밭을 그렇게라도 보여 주고 싶었는지 모르겠다.

감자꽃 같던 "아내 루시와 함께라면 감자 한 알로 배를 채워도 행복할 것"이라는 할아버지는 두 달 전까지만 해도 거의 매일 아내의 묘지를 찾아가셨다. 그것이 할아버지의 즐거움이었는데 하루하루 기력이 떨어져 가는 탓에 지금은 일주일에 한 번 딸의 차를 타고 가신다. 그러다 보니 자연적으로 많아진 낮 시간은 독서와 퍼즐 맞추기로 보내시고 밤이면 텔레비전을 보며 시간을 보내신다. 즐겨 보는 프로그램을 다 보시고도 남아도는 긴긴밤에는 맞춰 놓은 퍼즐을 허물고, 허물어진 퍼즐을 다시 맞추곤 하신다. 오십 피스 짜리부터 백 피스, 삼백 피스, 여러 종류의 퍼즐이 있지만 매일같이 하다 보니 거의 모든 조각을 외워 버린 퍼즐은 할아버지의 많은 시간을 채워주지 못했다. 그래도 시간 보내기에도 좋고 치매 예방에도 좋은 놀이라 하니 맞추고 부수고를 반복하며 퍼즐 맞추기를 하신다. 딸에게도 보여 준 적 없는 소중한 사연을 나에게 나눠 주신 마음에 보답도 하고 그림도 선물할 요량으로 오백 피스 짜리 '별이 빛나는 밤' 퍼즐 상자를 할아버지 방 앞에 가져다 놓았다.

석 달이 지나가던 어느 날이었다. "너지? 나를 골탕 먹이려고 내 방 앞을 몰래 다녀간 생쥐가 바로 너지?" 하며 째려보셨지만 할아버지는 웃고 계셨다. 나도 따라 웃으며 "저, 생쥐 아닌데요, 야오옹" 하며 손톱을 들어 보이자 "요놈의 말라깽이 생쥐 녀석, 내가 그까짓 그림 한 장 못 맞출 줄 알고? 어젯밤에 다 맞춰 버렸어" 하시며 방에 가서 보여 주마 하셨다. 얼마나 자랑이 하고 싶으셨는지 살짝 흥분하신 모습은 일곱 살짜리 아이 같았다. 한 조각도 빠짐없이 맞춰 놓으신 퍼즐을 들여다보면서 "내 인생이 산산조각 나 버렸다고 생각했어" 하시던 할아버지의 굴곡진 인생이 스쳐 지나갔다. 한 장의 그림이 되기 위해 없어서는 안 될 꼭 필요한 조각들로 완성된 할아버지의 일생. 일순간 스쳐 지나가는 인연도, 세상이 모두 나를 위해 존재하는 것 같던 순간도, 뒤통수를 얻어맞고 쓰러진 기억까지도 모두 내가 되기 위해 없어서는 안 될 소중한 조각들을 떠올리며 자리에서 일어났다.

방을 나서는데 퍼즐 값이라며 하얀 봉투를 꺼내 놓으셨다. 나는 "와우! 수지맞는 장사네요, 그런데 어쩌죠? 공짜로 받은 별과 달을 돈 받고 팔면 저 대머리 돼요, 전 아직 예쁘고 싶거든요" 하며 주신 봉투를 되돌려 드렸다. 공짜를 바라면 대머리 된다는 비유를 아실 리 없지만 내 마음을 모르실 리 없는 할아버지께선 난감한 표정으로 봉투를 되받으셨다.

며칠 후 휴식 시간이었다. 꽃들이 한창인 테라스로 나가 얼굴 가득 햇살을 받으며 커피를 마시는데 할아버지께서 따라오셨다. 맞은편에 앉아 주머니 속에서 꺼낸 퍼즐 조각 하나를 테이블 위에 올려놓으셨다. 잠시 들여다보시더니 검지손가락으로 누른 퍼즐을 내 앞으로 쭉 밀어다 놓으셨다. 귀퉁이가 조금 잘려 나간 빨간 파피꽃 한 송이가 그려진 퍼즐 조각이었다. 그러고는 부드러운 회색 눈동자를 내 눈에 고정하시곤 마음만큼 깊은 목소리로 말씀하셨다. "너도 내 인생에 없어서는 안 될 한 조각이야"

고흐는 자신의 그림 한 점 가격이 천 억이 넘는 작품을 생전에는 한 점밖에 팔지 못했다. 세상으로부터 인정받지도 이해받지도 못한 천재 화가는 가난과 외로움에 몸부림치며 살다가 37세의 나이에 권총 자살로 생을 마감했다. 세상 그 누구도 이해하지 못한 고흐였지만 단 한 사람, 끝까지 믿고 사랑하며 아낌없는 지지를 해 준 동생 테오가 있었다. 고흐에게는 테오가 있었고 일과 돈밖에 몰랐던 할아버지 사이먼에게는 늘 믿고 기다려 주던 아내 루시가 있었다. 오늘 밤도 루시, 고흐, 테오 그들이 달려간 밤하늘의 별들이 지상 마을을 내려다본다. "사는 동안 단

서쪽으로 난 창

한 사람만 내 편이 있어도 세상은 살 만하지 않냐"고 말을 건넨다.

　죽어야 갈 수 있는 별처럼, 고흐는 죽어 별이 되었고 할아버지 사이먼은 죽은 후에야 빛을 본 고흐의 그림을 끼워 맞추며 당신의 그림을 완성해 가고 계신다. 많이 아팠지만 기쁜 순간도 많았던 지난날의 기억을 조각조각 끼워 맞추며 별을 향해, 아내를 향해 걷고 계신 할아버지는 내 인생에서 빠질 수 없는 한 조각 퍼즐이 되었다. 내가 할아버지의 백만 피스 퍼즐 중 한 귀퉁이를 차지한 배경이 되듯, 우리 모두는 서로의 인생에 한 조각 퍼즐이다. 구름이나 꽃으로 그리고 또⋯.

모든 길은 사랑으로 통한다

딱 하루만

치열하게 살고 뜨겁게 살았다

"누굴까?" 사흘 밤낮을 머리 위로 둥둥 떠다니는 물음표를 좇으며 살았다. 누군가 내 차 사이드미러에 잘 익은 토마토 한 개를 비닐봉지에 담아 매달아 놓았기 때문이다. '달랑 한 개 토마토'의 범인을 잡으려고 혈안이 된 나는 실눈을 치켜뜨고 프로파일링을 시작했다. 첫째, 나의 출퇴근 시간을 잘 아는 사람이다. 둘째, 작은 것들이 주는 기쁨과 행복을 아는 사람이다. 셋째, 사려 깊고 따뜻한 사람이다.

토마토를 받은 다음 날, 물망에 오른 분들과 마주칠 때면 눈동자를 유심히 살펴보았다. 입술로는 부인할 수 있을지라도 눈빛은 속일 수 없을 터이니. 촘촘하게 거미줄을 치고 촉각을 곤두세워 봤지만 사흘이 가도록 아무런 단서도 걸려들지 않았다. 일을 마치고 '장기전으로 가겠는데'라고 혼잣말을 하며 빌딩을 나섰다. 언제 따라 나오셨는지 뒤따라 나오시던 할머니 세라가 "토마토 먹었어?" 하셨다. 어이없게도 범인은 물망에도 없던 세라 할머니였다. 말수가 적은 할머니는 150센티나 될까 싶은 자그마한 키에 적당히 살이 오른 체격으로 어디서나 쉽게 만날 수 있는 평범한 노인이다. 눈에 띄는 행동도 하지 않으셨고 까다로운 요구나 불평불만 없이 나름대로 재미나게 살고 계신 분이다. 할머니는 기쁠 때도 있고 슬프고 화날 때도 있으련만 기쁨, 노여움, 슬픔 등의 감정 또한 잘 드러내지 않는다. 슬픔도 기쁨도 잘 걸러 내시는, 색으로 표현하자면 중후한 톤의 회보라 색이다.

대부분의 백인들은 작은 친절이나 당연히 해야 하는 일을 한 사람에게도 땡큐 베리 마치를 두세 번씩 하는, 때로는 과하다 싶을 정도로 적극적이고 풍부하게 감정을 표현을 하는 사람들이다. 그런 문화이다 보니 할머니의 절제된 감정이나 감사 표현은 가끔 오해를 불렀다. 차갑다. 감사를 모른다. 캐나디안인 그녀를 두고 영어를 못한다는 등, 무책임한 억측들이 보이는 것밖에 보지 못하는 이들의 입속에 홍건했다. 오래도록 관심을 가지고 봐야 제대로 보이는 꽃, 보랏빛 수국의 속살을 그들은 보지 못하는 것이다. 수국은 토양 성분과 햇살의 강도에 따라 꽃의 색깔이 변하는 신비한 꽃이다. 꽃말 또한 냉정, 무정, 변심, 변덕, 교만, 허풍, 바람둥이, 진심 등 변화하는 꽃의 색깔만큼이나 많다. 할머니를 닮은 빛깔 보랏빛 수국의 꽃말을 찾아보니 '진심'이다.

고운 자태와 달리 수국은 향기 없는 꽃이다. 진심이 아니면 말하지 않는 할머니는 코로 맡을 향기는 없지만 꽃향기가 전하지 못하는 향기를 뿜어내는 보랏빛 수국이다. 수국 같은 할머니 마음은 사진으로 찍어 저장하고 주먹만 한 토마토는 깨끗이 씻어 잘랐다. 얼음물에 씻은 갖가지 새싹 채소를 커다란 볼에 담고 깍둑썬 아보카도, 아몬드, 호두를 섞어 주었다. 노릇하게 팬에 구워 식힌 두부를 올리고 마지막으로 화룡점정 조그맣게 자른 새빨간 토마토를 올리자 알록달록 색감만으로도 식욕을 일게 하는 샐러드가 완성되었다. 올리브유와 레몬즙, 후추, 간장을 섞어 간단하게 만든 드레싱을 작은 볼에 담아 샐러드와 함께 식탁에 올려놓았다. 흔한 토마토 한 알이 이렇게 특별해 보이기는 처음이라는 가족들의 포크가 바쁘게 오갔다.

흔하고 흔한 것이 토마토라지만 어찌 모든 토마토가 같으랴. 우리 가족의 포크를 바쁘게 한 토마토는 작은 베란다에서 봄부터 여름까지 할머니의 관심과 정성으로 자란 특별한 과실이다. 사랑을 먹고 자란 빨간 토마토는 모두 세 개였다. 할머니는 각각의 토마토에 바비, 티미, 타미라는 이름까지 지어 주셨다. 바비는 당신께서 드시고 티미는 가까이 지내시는 할머니 로즈에게 그리고 나머지 타미는 아무도 모르게 내 차에 걸어 두신 것이다.

할머니는 학벌이 좋은 것도 아니고 그렇다고 기술이 있는 것도 아니어서 평생을 허드렛일을 하며 사셨다. 빌딩 청소를 하고 패스트푸드점에서 버거를 굽고 가정부를 하며 살아온 인생이지만 "나름대로 의미 있고 제법 행복한 인생이었어"라고 하셨다. 왜 아니겠는가? 그 귀한 토마토를 떠나 버리면 그만인 나 같은 사람에게 나눠 주시는 큰마음이시니 그 큰마음에 담아 놓은 행복이 차고 넘칠 것이다. "기억에 남는 건 가난했던 젊은 시절, 남편과 나는 햄버거 한 개를 사서 둘이 나눠 먹었는데 서로 큰 쪽을 먹으라고 싸우던 그날이 좋았어" 하고 잠시 생각에 잠긴

서쪽으로 난 창

듯하시더니 "바깥 기온이 영하 10도를 오르내려도 잠자리는 춥지 않았지, 남편은 나를 언제나 아기처럼 꼭 껴안고 잤거든" 하시며 먹을 게 없어도 강추위가 닥쳐도 사랑하는 마음 하나로 행복하기만 했던 시간을 골라내셨다. "한번은 벌을 무서워하는 나를 위해 큰아들이 벌을 잡는다고 설치다가 입술을 쏘였지 뭐야, 풍선처럼 부풀어 오른 입술을 하고 학교를 가는데 그 모습이 얼마나 예뻤나 몰라" 하시며 누구나 가질 것 같지만 모두가 가지지 못한 소박하고 소중한 추억들을 열어 보이셨다.

그리고 보니 내 기억에 자리 잡은 순간도 대단한 사건이나 자랑거리가 아니다. 초등학생이던 큰아이가 하굣길에 꺾어다 주던 작은 풀꽃 한 송이, 동그란 얼굴에 목은 없고 얼굴에서 바로 팔다리가 달린 오징어 같은 엄마를 그려 놓고는 "세상에서 제일 예쁜 우리 엄마"라고 써 준 작은 딸의 그림 편지, 바닷가에서 뛰어놀다 집으로 돌아올 때 모래투성이가 된 발을 생수를 사다 씻어 주던 남편의 손길, 이 작고 사소한 일들이 모여 내 인생이 되었다.

5년 전 할머니의 남편 프레드는 "먼저 가서 기다릴게"라며 다시 만날 약속을 남기고 천국으로 가셨다. "우리 모두는 임무를 가지고 이 세상에 태어나지" 하시는 할머니는 자신이 받은 임무를 할 수 있는 최선을 다하며 살았다고 자부하셨다. 고아였던 남자 친구 프레드가 주저하고 있을 때 할머니가 먼저 청혼을 하고 부모이자 아내가 되어 평생을 할아버지의 집이 되셨다. 생계를 이어 나가기조차 힘들었던 불법체류자의 딸을 입양해 당당한 캐나다인으로 키웠고 성장한 딸을 돌려 달라는 친부모에게 기꺼이 보내 주었다. "내게 주신 두 아들은 모두 주님께 드렸어, 큰 아들은 신부님이 되어 필리핀으로, 작은아들은 오래전에 주님 곁으로 보냈지" 하는 목소리가 바람 한 점 없이 고요했다.

둘째 아들은 천국으로 보내고, 입양해 키운 딸은 친부모가 있는 대륙으로, 큰아들은 주의 종으로 모두가 먼 곳으로 가 있다. 남편마저 천국으로 보내시고는 "딱 하루만 살자 했어" 하신다. 하루하루 버티다 보니 오늘까지 살았다는 할머니는 아직도 해야 할 일이 많으시다. 산책길에 만나는 길고양이들의 밥도 챙겨야 하고 익기 시작한 토마토의 이름도 지어야 한다. 혹여나 백인들 틈에 끼인 동양 여자 하나 소외당하지나 않을까 마음도 써야 하니 건강하게 깨어 있어야 한다.

키 작은 순례자의 긴 그림자가 더욱 길어지던 저녁, 나를 배웅하시던 키 작은 거인 앞에 자꾸만 작아지던 내가 "후회하는 일 있으세요?" 했다. 조용하지만 단호한 목소리로 "넘치도록 사랑받은 내 인생 털끝 마치도 후회 없어" 하셨다. 언제나 옳은 선택을 한 건 아니었지만 자신의 선택에 책임을 다했으며 치열하게 살고 뜨겁게 사랑했다. 그러니 미련도 후회도 없는 인생이라고 자신 있게 말씀하신 것이다.

누군가는 버텨 냈을 하루가 밤을 부르는 시각, 치열한 사랑도, 아낌없이 내어 준 그 무엇도 없는 내 인생을 신문지에 둘둘 말아 구석으로 밀어 두었다. 대신 "많이 배우지도 못했고 내세울 것 하나 없는 초라한 인생이었어" 하셨지만 주어진 일과 만난 인연에 최선을 다해 사랑하고 충실히 살아 내신 세라 할머니 순종의 삶을 순백의 아마포로 닦아 머리맡에 두었다. 자리에 누워 잠을 청해 봐도 잠들지 못하는 불 꺼진 방 안엔, 물음표 하나 밤새도록 둥둥 떠다녔다. "네 호흡이 멈출 때, 너는 후회 없이 살고 사랑했다 말할 수 있니?"

오징어 사세요

가신 뒤 더욱 그리운 이름, 어머니

한국이 대세다. 아니, 대한민국 만세다. 언제부턴가 주변 외국인들을 보면 한국어 한두 마디 못 하는 사람이 없다. 백인 일색인 이곳 리타이어먼트 홈 입주민 중에도 "한국어는 글로벌 에티켓 아냐?" 하셔서 내 어깨에 큼지막한 뽕을 넣어 주신다. 'BTS'와 영화 《기생충》에 이어 《미나리》, 최근에는 전 세계를 강타하고 있는 《오징어 게임》까지 한국의 문화 콘텐츠가 전 세계인의 입맛을 사로잡고 있다는 걸 피부로 느낀다. 95세 할아버지 폴과 89세 할머니 로레인의 버킷 리스트에 예전에 없던 "한국 여행"이 오를 정도이니 말해 뭐 하랴.

"대한민국 만세" 하고 만세 삼창이라도 부르고 싶은 내 나라 'Korea'에 대한 관심은 세계적으로 인정받는 의료 기술이나 IT 기술은 물론 식문화와 언어에까지 이어진다. 그런 분위기다 보니 직원들도 입주민들도 한국과 한국말에 관한 질문을 많이들 하신다. 한번은 흐려진 눈을 동그랗게 뜨고 질문하시는 분들에게 한국어를 배우려면 제일 먼저 한국인의 밥 문화를 알아야 한다고 농담 아닌 농담으로 대화를 시작했다. 안녕

하세요 대신 "식사하셨어요?"라고 묻는다. 자신이 해야 할 일을 제대로 못 하는 이에겐 "밥값도 못 하는 놈"이라 하고, 잘못을 저지른 사람에겐 "국물도 없는 줄 알아" 하며, 재수 없는 사람을 일컬을 땐 "다 된 밥에 재 뿌리는 놈"이라 하고, 성적이 떨어진 아이를 꾸짖을 땐 "지금 밥이 목구 멍으로 넘어가냐"고 꾸짖는다고 했다.

설명에 설명을 거듭해야 하는 수고가 왜 그리 신이 나던지 꼬인 혀를 풀고 물까지 마셔 가며 기꺼이 한 문장을 더 가르쳐 드렸다. 죄지은 사 람을 고발하겠다는 무섭고 딱딱한 표현 대신 한국인 특유의 유머와 위 트를 녹여 만든 문장 "너 콩밥 먹을 줄 알아"를 설명했다. 그러자 바로 옆에 앉아 계시던 할아버지 토마스가 반색하셨다. "한국인들은 죄수들 에게도 영양식을 제공하나 보네, 역시 알던 대로 멋진 나라야. 나도 한 국 가면 공짜 콩밥이나 실컷 먹어 봐야겠어" 하시기에 한국 사람들은 "공짜라면 양잿물도 마신다"라는 말도 있는데 양잿물은 신중히 생각해 보시라고 했다. "내가 아무리 공짜를 좋아한다지만 내 나이 이제 겨우 아흔인데 그럴 순 없지, 백 살도 못 살고 죽음 아깝지" 하시는 바람에 듣 고 있던 모두가 배꼽을 잡고 웃었다.

그날 이후 웃자고 가르쳐 드린 한국어는 나와 할머니, 할아버지들 사 이에 향기로운 윤활유가 되었다. 내일이면 잊어버릴 줄 알았던 어려운 단어를 기억하시곤 나를 만날 때면 "Hi"나 "Hello" 대신 "콩밥" 하신다. 그 러면 나는 "국물도 없는 줄 알아" 한다. 한번은 그 말을 들으신 제임스 할 아버지께서 "네가 최고야, 네가 없었음 우리가 이 재미없는 시간을 어찌 보냈을꼬?” 하셨다. 과분한 칭찬을 들은 나는 가스 불 위에 올라앉은 마른 오징어처럼 오글거리는 마음을 숨기려고 “오징어 사세요” 하고 내 몸을 배배 꼬아 보였다. 그 모습을 보시고, 오징어구이를 본 적도 없고 드시지도 않는 할아버지 브라이언이 하이 파이브로 장단을 맞춰 주셨다.

어떤 나라 말이 이토록 정겨울까. 어떤 나라의 밥과 문화가 한국인들의 밥 사랑과 후한 밥 문화를 따라올 수 있을까. 정말이지 많이도 대접받고 많이들 대접하며 많이도 먹는 ‘환한 땅에 사는 민족, 배달의 민족’이다. 오죽하면 수없이 많은 먹방이 모두 인기리에 방영되고 있겠는가? 한번은 가장 기억에 남는 추억의 밥상을 말해 보자고 지인들과의 단체 카톡 방에 질문을 올렸다. 이런저런 사연들이 쏟아져 올라왔다. 삼십대서부터 오십 대 후반까지 모인 그룹이다 보니 상큼 발랄 재미있는 사연서부터 이민 와서 사업에 실패하고 눈물 섞어 먹은 밥까지 슬프고 아름답고 따뜻했던 추억의 밥상이 주르르 올라왔다.

사연들 중 J 자매가 쓴 밥상은 우리 모두를 울컥하게 만들었다. 26살이던 해에 호주로 유학길에 올랐던 그녀가 3년 만에 고향 남원을 찾아갔을 때의 일이다. 집 뒤에 두 그루의 커다란 감나무가 있는 그녀의 고향 집은 도로가 내려다보이는 언덕 위에 있었다. 내려간다는 전화를 받은 어머니는 택시가 도착하자 언덕길을 한걸음에 달려 내려와 맞이하셨다. 지금은 돌아가시고 안 계신 어머니가 “내 새끼 왔능가?” 하시면서.

내 새끼 왔냐 하시며 부둥켜안아 주시는 고향의 어머니는 당신 새끼

서쪽으로 난 창

먹일 밥을 지으시며 열두 번도 넘게 창 밖을 내다보셨을 것이다. 평소에 좋아하던 갈치조림이며 텃밭에 손수 키운 시금치나물과 푸성귀들로 한 가득 차려 주신 밥상은 그리운 추억의 밥상이 되었다. 한국에 가면 공짜로 주는 콩밥을 드시겠다던 할아버지 토마스에게도 그런 어머니가 있었다. 시골에서 농장을 하시던 할아버지의 부모님은 아들 셋을 모두 도시로 내보내고 열심히 농사지어 그들을 뒷바라지해 주셨다. 토마스는 방학이 되면 출발하기 전에 집으로 가겠다는 편지를 보냈다. 편지를 받으신 어머니는 밤중에 도착할지도 모를 아들을 위해 밤새도록 창가에 불을 밝혀 두고 기다리셨다. 출입문은 잠그지도 않고 기다리셨는데 언제나 어머니가 먼저 보고 큰길까지 달려 나와 반겨 주셨다. "Oh, my baby" 하시면서. 십 대를 거쳐 이십 대가 되어도 서른이 넘고 예순이 넘어 할아버지가 된 토마스를 고향의 어머니는 'my baby'라 부르셨다.

할아버지가 제일 좋아하는 음식은 구운 감자다. 소고기나 돼지고기 요리가 나갈 때 따라 나가는데 할아버지께서는 주 요리보다 곁다리 감자를 더 좋아하신다. 누구나 손쉽게 만들 수 있는 이 요리는 껍질을 벗기지 않은 감자를 깨끗이 씻은 다음 반으로 자른 뒤 오븐에 구워 낸다. 구운 감자는 바싹하게 구워 잘게 다진 베이컨이랑, 송송 썬 쪽파를 올린 사워크림과 함께 먹는다. 간단한 요리법에 구수하고 담백한 맛 때문에 나도 가끔 챙겨 먹는 음식이다.

할아버지의 감자 사랑은 어머니의 식탁에서 시작되었다. 구운 감자는 어머니가 차려 주시던 식탁에 빠지지 않고 올라왔다. 직접 키운 감자를 벽난로 속 장작 위에 구워 주셨다. 군데군데 숯검정이 묻은 감자를 도마 위에 올려놓고 반으로 자르면 뜨거운 김이 모락모락 피어오르면서 푸근한 구운 감자 냄새가 코를 자극했다. 식을 때까지 기다리지 못하고 집어먹다 입천장을 데면서도 자꾸만 집어먹었다.

이곳 입주민들도 메쉬 포테이토, 프렌치프라이, 웨지 포테이토에 구운 감자까지 정말이지 많은 종류의 감자 요리를 드신다. 일주일에도 몇 번이나 드시는 감자 요리가 뭐 그리 맛있겠는가. 어떤 분은 감자는 손도 안 댄다. 그렇지만 할아버지에겐 특별할 수밖에 없다. 예순이 넘은 아들을 내 새끼라며 불러 주고 사랑해 주신 어머니에 대한 그리움이 감자 사랑으로 옮겨 간 것이기 때문이다.

이 세상에서 어머니 외에 그 누가 나를 위해 밤새 불을 밝혀 기다려 줄 것이며 그 누가 언덕길을 한달음에 달려 내려와 "내 새끼 왔는가?" 하며 안아 줄 것인가. 고향에는 없어도 J 자매 가슴에 살아 계신 어머니, 고된 농사일로 지친 밤에도 달려올 아들을 뜬눈으로 기다리시던 어머니는 아흔이 넘으신 토마스 할아버지에게도 눈시울이 뜨거워지는 존재다. 가신 뒤 더욱 그리운 이름 어머니를 떠올리며 어떤 이는 감자를 먹고, 어떤 이는 시금치나물을 먹으며 생생하게 달려오는 어머니 목소리를 듣는다. "내 새끼 왔능가?"

은밀한 파수꾼

바람이 지나간 뒤 알게 되는 것

세상은 권력자나 목소리 크고 돈 많은 사람들에 의해 변하고 유지되는 것처럼 보이지만 실은 목소리도 작고 눈에 띄지 않는 보통 사람들에 의해 변하고 유지된다. 청소부나 가게 점원, 버스 기사, 요즘음처럼 코로나 팬데믹이 선포된 상황에선 특히나 집으로 생필품을 배달해 주는 택배 기사나 의사, 간호사 및 의료계에 종사하는 사람들은 물론, 언 땅을 일구어 씨 뿌리는 사람들이 바로 그들이다. 그들은 주어진 자리에서 세상을 지키는 은밀한 파수꾼이다.

"쓰레기를 보면서 세상을 배웠다"는 분을 만났다. 영어도 안 되고 친구도 없던 이민 초창기 번뇌와 갈등 속에서 발견한 탈출구가 청소 일이었다는 63세 김광수 씨는 오늘도 길을 나선다. 호흡이 다하는 그날까지 할 거라고 하셨으니 오늘처럼 거센 바람이 부는 날에도 거리로 나간다. 자원봉사로 택한 거리 청소는 명예가 따라오는 것도 보수가 주어지는 일도, 그렇다고 쉬운 일도 아닌 일이다. 이 일을 18년째 하고 있다. 이 일을 하는 사람에게 주어지는 것은 시에서 제공하는 안전 조끼와 사고

가 발생했을 때 시에서 책임지지 않는다는 조건이다.

조끼 한 장에 안전을 맡기고 하루에 다섯 시간 거리 청소를 하는 그 시간은 "그 누구에게도 방해받지 않고 내가 기도하는 시간"이라 했다. 깨진 술병, 주사기, 비닐봉지, 개똥 등 우리가 상상하지 못하는 별의별 것들이 다 널브러져 있는 세상을 몸으로 읽고 손끝으로 기도하는 것이다. 누군가는 배신 때문에 누군가는 유혹 때문에, 그리고 누군가는 어쩔 수 없는 생의 기로에서 길거리로 내몰린 노숙인들. 그들의 한 끼 밥이 되어 줄 빈 병을 줍는 일은 이제 버릴 수 없는 그의 삶이 되었다. 넥타이를 매고 교단에 서는 일보다 더 보람이 있다는 김광수 씨의 발길이 지나가고 난 거리에 바람이 불면, 거리는 온통 피지도 않은 아카시아 향으로 가득하게 된다.

아카시아 향처럼 향기롭지는 않으나 봄이면 잔디밭에도 길가에도 흔하게 피는 민들레꽃 같은 할머니 수잔도 그런 특별한 보통 사람들 중 한 분이다. 자동차의 매연이나 행인들의 발길, 한겨울 매서운 바람까지도 이겨 내고 결국에는 꽃을 피우고 마는 민들레 같은 분이다. 얼마나 많은 바람을 맞으며 일궈 낸 인생이었는지 "바람이 불면 알게 되지, 알곡인지 쭉정이인지, 암, 바람이 불면 알 수 있고말고"라며 넋두리처럼 말씀하시던 할머니가 한번은 큼지막한 가위를 들고 나타나셨다. 있는 듯 없는 듯 조용히 살고 계신 분으로 눈에 잘 띄지 않는 수수한 옷차림에 말수도 적고 목소리도 작은 할머니가 "자르자, 모두 다 잘라 놔야 해" 하시며 냅킨을 내놓으라고 언성을 높이셨다. 입 한 번 닦고 버리는 커다란 냅킨을

서쪽으로 난 창

반으로 잘라 한 장으로 두 번 사용할 수 있도록 하자는 것이었다.

할머니는 자유롭게 맘껏 드시라고 준비해 둔 쿠키나 머핀도 한두 개 드실 만큼만 가져가시고 여기저기 편히 쓰시라고 쌓아 둔 냅킨을 흥청 망청 쓰시는 일도 방으로 가져가시는 일도 없는 깔끔한 분이셨다. 일회 용품은 사용하시는 걸 본 적이 없고 바닥에 떨어진 쓰레기가 있으면 반 드시 주워 쓰레기통에 버리셨다. 식사 시간이면 많은 분들이 마시지 않 아도 기본으로 챙기시는 커피나 티도 마실 마음이 없는 날엔 커피 잔을 엎어 놓는다. 식사도 1인분을 다 못 드실 땐 반만 청해서 콩알 하나 남 기지 않고 깨끗이 드셨다. 필요할 땐 냅킨 한 장을 잘라 반만 쓰고 반은 주머니에 넣었다가 다음에 사용하셨다.

그랬던 할머니가 언제부터인가 냅킨을 탐내기 시작했다. 식탁에서든 어디에서건 냅킨만 보이면 집어 가시더니 급기야 쓰레기통에 쓰고 버 린 냅킨까지 집어 가셨다. 커피, 딸기 잼, 크림, 각종 음식물을 닦고 버 린 냅킨을 반듯하게 편 뒤 할머니 방 안 여기저기에 탑처럼 쌓아 두셨 다. 방 청소를 하는 도우미들이 쌓여 있는 더러운 냅킨을 생각 없이 버 렸다가 혼쭐이 났다. 뭐든 아껴 쓰지 않고 아까운 줄도 모르고 자기 돈 주고 산 것 아니라 아낄 줄 모른다며 "나무 한 그루 심어 본 적 없는 것 들이 나무의 고마움도 모를뿐더러 생각도 없이 사는 한심한 것들, 너희 들은 말로만 자연보호, 말로만 사랑하라 떠들어 대는 위선자들"이라고 한바탕 훈계를 들어야 했다. 치매가 시작된 것인 줄도 모르고 "더러운 늙은이"라고 욕했던 도우미는 물론 직원들까지도 이제는 냅킨 한 장을 반으로 나눠 두 번 사용하고 음식도 먹을 만큼만 가져간다.

치매가 심해지면서 롱텀 케어 홈으로 떠나신 할머니는 근검절약이 몸
에 밴 욕심 없고 정직한 분이었다. 반짝이는 하얀 단발머리에 몇 년을
입었는지 목이 늘어져 후줄근해진 티셔츠와 검은색 바지, 낡은 흰색 운
동화를 언제나 깨끗이 세탁해 신고 다니셨다. 바람이 불고 난 뒤 잃었던
딸을 되찾았다는 할머니는 네 아이의 엄마였다. 지금은 모두 자신의 자
리에서 책임과 의무를 다하는 가장으로, 사회 일원으로 자리를 잡았지
만 한때는 모두 순번을 정해 놓은 것처럼 돌아가며 말썽을 부리고 크고
작은 바람을 몰고 다녔다. 가장 큰 바람을 몰고 온 건 둘째 딸이었다. 고
등학교도 졸업하지 못하고 방탕한 생활을 하며 떠돌다가 믿기지 않는
대형 사고를 당했다. 집을 나간 뒤 친구들과 어울려 다니던 딸의 차가
강풍에 비까지 오는 도로를 달리다 다리 밑으로 추락하는 사고를 당했
다. 그 사고로 옆자리에 앉아 있던 친구를 잃고 운전대를 잡았던 그녀는
스무 살의 나이에 하반신마비라는 장애를 가지게 되었다.

그렇게 강풍이 휩쓸고 지나가는 동안 내 편인 줄 알았던 남편은 남이
되었고 친구라 말하던 사람들은 등을 돌리고 떠나갔다. 딸은 몇 년의 힘
든 재활 치료를 하며 자신보다 더 힘들어하는 엄마와 언니, 오빠의 사랑
과 헌신으로 그녀 나이 서른여섯에 바이올리니스트로 다시 태어났다.
그녀는 유명하거나 실력이 뛰어나지는 않지만 매년 크리스마스 시즌이
되면 바이올린을 들고 엄마를 찾아 이곳 리타이어먼트 홈을 방문했다.
딸은 할머니에 비해 몸집이 크고 살이 많이 찌긴 했지만 다시 돌아보게

하는 보기 드문 미인이었다. 그녀의 휠체어가 무대로 오르고 스포트라이트가 그녀를 비추면 모든 시선은 그녀의 미모에 감탄하며 연주를 감상했고 그녀의 다리에 연민의 눈길을 보냈다. 그렇게 입주민들의 박수와 환호, 관심을 받을 때, 할머니는 조용히 바이올린을 꺼내 주고 연주를 기다리고, 연주가 끝날 때까지 무대 옆 희미한 불빛 아래 앉아 딸을 기다리셨다. 연주가 끝나면 물병을 건네주고 바이올린을 케이스에 넣은 뒤 바이올린과 딸의 소지품을 챙겨 들고 앞서가는 딸의 휠체어를 따라 퇴장하셨다.

　그날도 딸의 연주회가 열리던 날이었다. 조용히 무대 옆을 지키시던 할머니가 연주 도중에 졸음을 이기지 못하고 콧구멍이 커지는가 싶더니 벌떡 일어나 무대를 가로질러 방으로 가시는 일이 발생했다. 그 일이 있은 몇 달 후 할머니는 롱텀 케어 홈으로 옮겨 가셨다. 할머니가 떠나신 지 한 달도 안 되어 스포트라이트 한 번 받지 못한 당신의 무대에서 퇴장하셨다는 소식이 전해져 왔다. 우리 빌딩 안에도 분향소를 마련하고 촛불을 밝혀 놓았다. 바람이 지나간 뒤 당신 품에 안을 수 있었던 딸과 바람을 이겨 내지 못하고 떠나 버린 남편 몫까지 감당하며 세상의 칼바람을 온몸으로 막아 내며 살다 가신 할머니는 평온해 보였다. 조명을 받지 않아도 스스로 빛나던 할머니는 "아무것도 이룬 것 없고 주인공이었던 적도 없어, 언제나 엑스트라였지" 하셨지만 할머니는 위대한 파수꾼이었고 주인공이었다. 행인 1, 행인 2, 상인, 군중, 주인공보다 튀어서는 안 되고 존재감을 드러내어서도 안 되는, 그런데도 불구하고 그 어떤 배역보다 빛나던….

오랜 서울살이를 끝내고 귀농했다는 친구가 보낸 동영상 속에 바람이 불었다. 바람 속에서 말없이 씨앗을 뿌리는 친구의 모습이 제주의 푸른 바다와 함께 넘실대고 있었다. 잡풀을 뽑아내고 씨앗을 뿌리는 친구 뒤로 바람이 불고, 허연 비닐봉지가 허공으로 날아올랐다. 말로만 떠들어대는 위선자들이라 호통치시던 수잔 할머니 넋두리가 영화 속 자막처럼 비닐봉지를 따라 천천히 날아올랐다. "바람이 불면 알게 되지, 알곡인지 쭉정이인지, 암, 바람이 불면 알 수 있고말고."

서쪽으로 난 창

7년 만의 외출

건너야 할 강도 뛰어넘어야 할 벽도 많은 이민지

공주님이 나타났다. 소매와 목 부분을 레이스로 장식한 흰색 블라우스에 하늘색 긴치마를 입은 공주님이 천천히 다이닝 룸을 향해 걸어왔다. 온몸을 남편에게 의지한 공주님은 수많은 입주민들의 호기심 가득한 눈동자 속으로 쉽지 않은 발걸음을 한 걸음씩 옮겨 놓았다. 남편의 가슴에 기댄 머리와 손은 물론이요 초점 잃은 검은 눈동자까지 파르르 떨고 있었다. 7년 만의 외출이니 그럴 만도 했다.

호칭만 공주인 공주님 부부는 7년 전 이곳 리타이어먼트 홈에 입주하셨다. 남편이신 88세 존 할아버지가 수행원이자 집사요 비서가 되어 80세가 된 아내 엘사를 공주님처럼 받들고 사신다. 대인기피증이 심각한 할머니는 꼭 가야 할 병원 진료 시만 빼고 음악회나 생일 파티, 수없이 많은 크고 작은 행사에 한 번도 참석을 하신 적이 없다. 식사도 방에서 할아버지께서 가져다주신 걸로 해결하신다. 할아버지도 점심은 방에서 할머니와 함께 드시고 저녁은 친구분들과 다이닝 룸에서 드신다. 시장 보기, 우편물 가져오기, 할머니 식사 배달까지 하나에서 열까지 두 분의 필요를 할아버지 손으로 해결하신다. 그래서 붙은 별명이 "공주님"이다.

맨 구석 테이블에 자리를 잡은 부부는 안 보는 척 곁눈으로 지켜보는 수많은 시선 속에서 저녁 식사를 시작하셨다. 하루 24시간을 아내의 손과 발로 사는 할아버지는 흥분된 얼굴로 가냘픈 할머니의 왼손을 꼭 붙들고 앉아 할머니의 식사를 도우셨다. 수프에 후추를 뿌려 주고 홍차에 꿀을 넣고 저어 주셨다. 너무 오랜만에 사람들 속에 앉아 먹는 밥이 편할 리 없는 할머니 입가에 크림수프가 흘러내리고 있었다. 할머니는 불안감에 수치심까지 느끼시는지 할아버지 팔을 당기며 집으로 가자고 울먹이셨다. 흘러내린 수프를 닦아 주며 까짓 수프 좀 묻어도 괜찮다고 다들 묻히고 흘리면서 먹는다며 다독이셨다. 아무런 각오 없이 하루에도 수십 번씩 드나들며 방문을 여는 일, 그 작은 일에 크나큰 용기가 필요했을 할머니의 외출은 메인 요리가 나오기도 전에 끝이 나고 말았다.

젊은 시절 엘사는 용감하고 씩씩한 가장이었다. 결혼 후 쉴 틈 없이 돌아가던 할아버지의 카페가 맥도널드, 스타벅스 등 대기업의 등쌀에 밀려 문을 닫고 빚까지 떠안게 되었을 때의 일이다. 할아버지는 야간 경비 일을 시작했다. 밤잠을 포기하고 받아 든 월급은 아내와 네 명의 아들 그리고 장모까지 부양하기엔 턱없이 부족했다. 가장이라는 무게에 짓눌린 탓일까? 할아버지는 자신도 모르는 사이 도박이라는 블랙홀 안으로 빨려 들었다. 도박을 하다 보니 자연스레 술과 담배가 따라왔고 늘 잠이 부족했다. 할아버지는 신장과 간에 심각한 손상을 입게 되었다는 것도 모르고 밤낮없이 카지노에 드나들며 주머니와 건강은 물론 영혼까지 모두 다 털리고 말았다. "눈떠 보니 응급실이었어" 하셨다.

　가장의 바통을 이어받은 엘사는 커다란 앞치마를 두르고 두 팔을 걷어붙였다. 닦아 쌓이는 식당의 접시는 세 아이들의 밥이 되고 남편의 약값이 되었다. 닦고 또 닦아도 접시 닦은 돈으로 해결되지 않는 각종 세금에 쌓여 가는 카드 빚은 할아버지 부모님이 물려주신 집까지 먹어 치우고 말았다. 다행히 마흔을 넘기면서 건강을 회복하신 할아버지는 건설 회사에 취직을 했고 평범함이 주는 눈물 나도록 행복한 삶을 되찾았다. 세 명의 아이들은 독립해서 나갔고 두 분이 오순도순 재미나게 살기만 하면 되는 시간이 찾아온 것이다. '그렇게 두 분은 서로 사랑하며 행복하게 살았답니다'로 끝이 나는 이야기였으면 좋으련만 이번엔 할머니가 술을 마시기 시작했다. 술을 마시면 평소에 하지 않던 욕설에 물건을 집어 던지며 쌓인 감정을 쏟아 놓았다. 아침이면 기억도 못 하는 할머니는 어릴 적부터 쌓이고 억눌린 감정을 해소할 틈이나 기회가 없었던 건 아닐까?

　캐나디안인 줄 알았던 할머니 엘사는 알고 보니 페르시안이었다. 열한 살이던 해에 여섯 살이던 여동생과 함께 엄마의 손을 잡고 빗발치는 총알을 뚫고 자유와 행복을 찾아 도망쳐 나왔다. 1935년에 국호를 이란으로 지정하면서 우리가 이란이라고 부르는 페르시아는 주변 열강의 침략과 간섭에 국가도 국민도 만신창이가 된 고통과 슬픔의 역사를 가진 나라다. 그녀가 기억하는 페르시아는 등 뒤를 따라오던 군인들의 따발총 소리와 발자국 소리, 멈추라고 소리치는 자와 도망치는 자들의 공포에 질린 비명 소리가 전부다. 낡은 난민선을 타고 죽음의 바다를 건너 도착한 캐나다는 그야말로 천국이었다. 사선을 넘어 천당 옆 구백구십구당이라는 밴쿠버에 도착했지만 가진 거라고는 입은 옷이 전부였던 엘사의 가족에겐 또다시 넘어야 할 장벽이 가로막고 있었다. 언어의 장벽도 넘어야 했고 '백인'이라는 보이지 않는 벽도 넘어야 했다.

엘사의 가족이 넘은 하얀 벽은 나도 넘었고 지금도 누군가는 그 벽을 넘기 위해 숨 고르기를 하고 있을 편견의 벽이고 차별의 벽이다. 미국의 유명한 스포츠 스타 마이클 오어에게도 벽이 있었다. 흑인인 마이클은 어린 시절을 약물 중독자였던 어머니와 헤어진 후 여러 가정을 떠돌며 하룻밤 비 피할 곳을 찾아야 하는 암울한 시간을 보냈다. 그가 대학에 들어가기까지의 과정을 다룬 영화 《블라인드 사이드》에서 거대한 체구의 마이클도 백인이라는 높은 벽 앞에서는 한없이 작은 약자일 수밖에 없다는 것을 보여 준다. 자신의 힘으로 넘을 수 없는 현실을 몇 줄 글로 토해 내지만 선생님께 보여 주지 못하고 쓰레기통에 던져 버린다. 쓰레기통에서 마이클의 글을 발견한 교사 보스웰은 다른 동료 교사들의 멸시와 비아냥에 동조하지 않고 그에게 맞는 지도 법과 사랑으로 참교육자의 윤리와 태도를 보여 준다.

엘사에게도 그런 스승이 있었으니 그는 바로 존의 아버지 대니얼이었다. 대니얼은 난민이었던 엘사의 가족에게 자신의 지하실을 내어 주고 영어를 가르치고 직업을 찾아 주었다. 형제자매가 없던 존 또한 어린 엘사와 엘사의 동생을 친동생처럼 챙기고 보살펴 주었다. 그렇게 가족처럼 지내던 엘사와 존이 결혼을 하면서 그들은 진짜 가족이 되었다. 태어나고 자란 제 나라 제 땅에서의 삶도 녹록지 않은 게 인생이다. 하물며, 가진 것 없는 낯선 타국에서의 삶이란 고난의 연속이라 해도 반박할 자 없으리라. 건너야 할 강도 뛰어넘어야 할 벽도 많은 곳이 이민지다. 이 제는 끝났겠거니 하는 순간 별책 부록처럼 건강에 이상이 생기고 종착역으로 가는 길 위에 올라서 있는 나를 발견하는 익숙해진 낯선 땅이다.

영화 제목 '블라인드 사이드'는 두 눈을 동그랗게 뜨고도 보지 못하는 '사각지대'를 말한다. 내가 운전대를 잡을 때 가장 신경 쓰는 곳이 바로 사각지대다. 요즘이야 첨단 기술의 발달로 사각에 들어온 차가 있으니 조심하라고 소리로, 깜빡이로 알려 주는 센서 덕에 차선이나 방향을 바꿀 때 옆 차나 행인에게 피해를 주지 않고 가고자 하는 길을 갈 수 있다. 이렇게 당연한 현대 기술력의 수혜를 생각하다가 센서가 돋아나기 시작한 내 가슴을 꾹꾹 눌러 보았다. '왼쪽을 보시오, 굶주린 자가 있습니다' '오른쪽을 보시오, 부축이 필요한 사람은 없습니까?' '되돌아가시오, 무심코 던진 돌멩이에 죽어 가는 개구리는 없는지 살펴보시오'

사각의 성에 갇힌 공주 엘사, 아무도 돌아봐 준 적 없고 물어봐 준 적 없는 그녀 엘사의 고통을 가만가만 더듬어 본다. 내가 겪지 않은 총부리의 기억, 보이지 않는 하얀 벽을 넘어 본 적 없는 이들이 조롱 섞어 만든 수식어 공주님, 나는 얼른 '공주님'은 내려놓고 '친애하는 엘사에게' 몇 줄 편지를 쓴다.

'모퉁이를 돌아온 바람이 순한 2월입니다. 연둣빛 꽃대를 한 뼘이나 밀어 올린 수선화 옆엔 겨우내 빛깔을 지켜 낸 초록빛 담쟁이가 그 조그만 손을 뻗어 수직의 벽을 오르고 있네요. 손에 손을 잡고 오르는 담쟁이를 바라보다가 작고 예쁜 이파리 한 장을 떼어 동봉합니다. 당신 손끝에도 푸르른 이파리가 돋아나기를 기도하면서.'

타인의 삶

결코 타인일 수 없는 타인의 삶

6분 5초, 동영상을 열자, 검은 양복의 남자가 명동성당 안으로 뚜벅뚜벅 걸어 들어갔다. 남자는 십자가 앞에서 성호를 긋고 검은색 그랜드피아노 앞에 조용히 엎드렸다. 아주 낮은 자세로. 백발의 피아니스트 백건우였다. 그는 코로나19 팬데믹의 소용돌이 속에서 자신의 소망을 담은 곡 〈주 예수여 당신을 소리쳐 부릅니다〉를 연주했다. 한 음 한 음 건반을 누를 때마다 흘러나오는 애절하고 간절한 기도 소리. 나도 온 마음을 넙죽 엎드리고 말았다.

영화 《타인의 삶》에서 베를린 장벽이 무너지기 전 동독의 비밀경찰이던 냉혈한 비즐러도 한 곡의 피아노 소나타 앞에 무릎을 꿇고 엎드린다. 비즐러는 국민들의 모든 것을 알아야 한다는 목표하에 10만 명이 넘는 비밀경찰들이 국민들의 사생활을 감시하던 유능한 정보국 요원 중 한 사람이었다. 그는 유명 여배우 크리스타를 욕망하던 헴프 장관의 지시하에 자신의 신념대로 동독의 촉망받는 극작가 드라이만과 그의 연인이던 크리스타를 감시하게 된다. 너무 가까이 다가섰던 탓일까. 그들의 일거수일투족을 감시, 감청하면서 상부에 고발해야 할 드라이만의 반역을 눈감아 주고 그들을 보호하기에 이른다. 그들의 삶을 통해 사랑과 예술, 삶의 의미를 배우고 느끼면서 절대로 변할 것 같지 않던 그의 인간성이 조금씩 변화되고 있었던 것이다. 드라이만이 연주하는 피아노곡 〈아름다운 영혼을 위한 소나타〉를 감청하면서는 음악이 주는 황홀경에 카타르시스를 경험하고 눈물을 흘린다.

영화에서 헴프 장관은 변하지 않는 것이 사람이라고 단언한다. 변하지 않는 게 사람이라 하지만 피도 눈물도 모르는 사냥개 같던 비즐러가 변하듯 사람은 변한다. 위대한 사상이나 대단한 사건이 아니어도 된다. 한 곡의 음악, 한 편의 영화, 따뜻한 말 한마디로 인생관이 바뀌고 인생이 바뀌었다는 스토리는 얼마든지 있다. 인생 역전이나 인생관까지 바꾸지는 못하더라도 다시 일어설 용기를 주고 굳게 닫혔던 문을 열어젖히는 마법을 발휘하기도 한다.

몇 년 전, 남편의 비즈니스가 일 전짜리 페니 한 개 챙기지 못하고 문을 닫아야 했다. 비즈니스를 하면서 불어난 카드 대금에 언제든 형편 될 때 갚으라며 빌려준 언니의 돈까지, 갚아야 할 빚이 눈덩이가 되어 구르고 있었다. 어깨가 무릎까지 내려온 남편과 어린 두 딸의 엄마였던 나는 펼쳐져 있던 이젤과 책상을 접었다. 당장 돈이 들어오는 일이 웨이트리스라 하기에 머리를 묶고 앞치마를 둘렀다. 내 키보다 높이 쌓인 접시를 나르고 커피를 따르며 "밥부터 벌자" 했다. 그렇게 잠시 접자 했던 책상과의 거리는 멀어져 갔고 나도 모르게 닫아 버린 창틀엔 새파랗게 눈뜬

서쪽으로 난 창

이끼가 두텁게 자라고 있었다.

그러던 3년 전 가을, 주일예배 때였다. 옆에 앉으셨던 이정숙 권사님께서 "요즘 왜 글을 안 써요? 나, 지향 자매님 글 참 좋아해" 하셨다. 집으로 돌아가 오래전의 글들을 꺼내 보았다. 설익은 글이었다. 나조차 기억하지 못하는 허접하고 부끄러운 글이었다. 쓰다 보면 익는 날 있을 터이니 다시 써 보라고 내게도 잊혀진 내 이름을 불러 주신 것이었다. 사방이 두꺼운 벽돌로 둘러쳐진 방구석에 쥐처럼 웅크린 나에게 권사님의 그 한마디는 이제 일어나 문을 열고 나오라는 기상나팔 소리였다. 나팔 소리에 잠 깨어 돌아보니 세상을 닫고 산 세월이 10년이었다.

다시 책상을 펴고 붓을 들자 세상은 이전과는 다른 빛깔과 향기로 다가왔다. 아침마다 수상한 외출을 하시는 할아버지 에드의 발걸음 소리가 가까이 들려왔고 수척해 가는 수잔 할머니 얼굴에 핀 검버섯까지 또렷하게 보였다. 아무도 잡아 주지 않는 할머니 할아버지들의 손잡는 일이 즐거웠고 약은 드셨는지 기분은 어떤지 묻고 다독이는 발걸음이 가벼워졌다. 늘 그날이 그날인 노인들의 느린 일상도 매일 새로운 풍경으로 펼쳐졌다. '나팔 할머니'의 소란스러운 나팔 소리조차 아름다운 음악 소리로 들려왔다. 빌딩 내에서 일어나는 모든 일을 알아야 하고, 듣고 본 모든 일을 모든 사람에게 알리시는 나팔 할머니를 쫓으며 나도 따라 나팔을 불기 시작했다.

이곳 리타이어먼트 홈에서는 듣고 돌아서면 잊어버리는 입주자들을 위해 게시판은 물론 엘리베이터 복도 할 것 없이 각종 행사나 알림 사항을 곳곳에 붙여 둔다. 그런데도 불구하고 친절하신 할머니 소피아는 "오늘 오후 7시에 음악회가 1층 행사장에서 열리는 것 알고 있지?" 하시고, "이번 토요일 밤 영화는 알 파치노 주연의 《대부》야" 하고 알려 주신다. 한여름에도 추위를 호소하시는 조앤 할머니에게 "몸이 그렇게 찬데 왜 찬물을 마셔? 따뜻한 물을 마셔야지" 하며 뜨거운 물을 따라 주신다. "새로 들어온 이벤트 코디네이터가 한국인이란 거 알아?" 하고 내 출신국까지 알려 주셨다. 이런 할머니의 친절은 치매가 시작된 할아버지나 할머니들에게는 더할 나위 없이 고마운 일이지만 인지능력에 아무런 문제가 없고 건강하신 분들에게는 '오지랖 넓은 나팔'이다.

할머니는 이 오지랖을 빌딩 내 소방 훈련이 있는 날에 제대로 펼쳐 보여 주신다. 훈련이 있을 때는 미리 날짜와 시간을 개인적으로 서면 통보하고 직접 대면해서 꼼꼼하게 알려드린다. 그렇게 일일이 챙겨도 잊어버리고, 화재경보기 소리에 놀라시는 분과 벨 소리를 듣고도 대피 훈련에 참가하지 않으시는 분도 계신다. 그럴 땐 참석하지 않는 한 사람, 앤을 기억하고 계신 소피아 할머니의 나팔 소리가 울려 퍼진다. 화재경보기가 흉내 내지 못하는 위력을 발휘하는 때다. "에고 이 여자야, 진짜 불나면 어쩌려고 이렇게 누워 있어, 나가자, 일어나" 하며 고래고래 소리치신다. 그러면 요란한 화재경보기가 울어도 태평스럽게 누워 계시던 할머니가 소피아 할머니 나팔 소리에 이끌려 나오신다. 목소리도 모습도 얼마나 아름다운지 모른다.

내가 한동안 심취해 있던 영국 태생의 트럼펫 솔리스트 앨리슨 발솜도 소피아 할머니의 아름다운 나팔 소리를 따라오지 못한다. 트럼펫의 여제라 불리며 세계적인 인기와 사랑을 한 몸에 받고 있다. 눈이 부시도록 아름답고 재능 있는 여인이건만 소피아 할머니 앞에선 빛을 잃는다. 부, 명예, 인기, 그 무엇도 아닌 인간을 향한 연민과 흔들리지 않는 믿음으로 광을 낸 할머니의 나팔 소리는 그녀의 화려한 이력으로 다가설 수 없는 순도 백 퍼센트 사랑이다. 그러니 어찌 그 소리를 따라올 수 있으랴. 할머니는 누가 뭐라고 험담을 해도 상관치 않는다. 내가 해야 할 일은 나팔 부는 일, 그 소명을 묵묵히 살아갈 뿐. 이렇게 자신의 소명을 살아 내시는 분들로 인해 아직도 세상은 살 만하고 아름다운 곳이라 미소 짓는 것 일터이다.

한동안 잃었던 미소를 되찾고 꺾었던 붓을 다시 들자 이번엔 치어리더로 변신한 권사님께서 찾아오셨다. 장황한 글을 꼼꼼히 챙겨 읽으시고는 단 한 번도 지나치지 않고 정성스러운 감상문을 보내 주신다. 내가 보지 못한 삶의 통찰, 격려와 응원의 박수를 기도와 함께 보내신다. 스무 번의 긴긴 감상문을 받은 뒤 "권사님 덕분입니다" 했다. 그러자 "내가 뭘 했다고, 하나님이 보잘것없는 이 늙은이를 도구로 써 주셨구먼, 감사하네 감사해" 하시며 언제나처럼 한 걸음 물러나셨다.

마스크 없는 세상, 맘껏 떠들고 웃는 새해를 소망하며 아직은 희뿌연 창 밖을 내다본다. 나팔 불어 깨우시고 뒤로 물러나는 결 고운 사랑, 오지랖 넓다는 비아냥쯤 소명과 바꾸지 않는 믿음, 자신의 인생을 담보로 두 연인을 보호해 주었던 아름다운 남자 비즐러의 희생을 들고 밴쿠버를 걷는다. 오랜 시간 타인이었던, 결코 타인일 수 없는 타인의 삶 속으로.

암호

모든 길은 사랑으로 통한다

"어디로 가?" 하고 물어 오면, 나는 "글쎄?"라 대답한다. 세월이 흐를수록 생생하게 달려오는 내 조국 대한민국을 방문할 때, 제일 먼저 머물 곳을 두고 심각한 결정 장애를 앓는 언니와 내가 대화를 시작하는 방식이다. 유달리 우애 깊은 우리 형제자매는 오빠 둘에 언니 셋, 막내인 나를 합해 모두 여섯이나 된다. 그 덕에 오라는 곳도 많고 가야 할 곳도 많다. 서로 자신의 집으로 먼저 가자고 하고 공항에도 서로 마중을 나오겠다 하니 그야말로 행복한 고민을 한다.

몇 년 전의 일이다. 자주 한국을 왕래하던 시애틀의 언니는 어쩌다 보니 큰오빠 집에 제일 많이 머무르게 됐었다. 사업 실패로 힘겨운 시간을 보내고 있던 작은오빠네는 '안 가는 것이 도와주는 일'이라며 고민 끝에 내린 결정은 셋째 언니네였다. 큰올케 언니의 수고도 덜어 줄 겸 고루고루 폐를 끼치자는 배려 아닌 배려였다. 난기류에 멀미까지 심하게 한 우리는 비몽사몽간에 따라간 셋째 언니의 아파트에 짐을 던져 놓고 기절하듯 쓰러져 잠이 들었다. 다음 날 아침 일어나 보니 세 개나 통과

해야 들어올 수 있는 출입구의 비밀번호를 적어 두고 언니는 이미 출근을 하고 없었다. 우리는 비밀번호를 들고 요양원에 계신 친정어머니를 뵙기 위해 집을 나섰다. 아파트 문을 닫고 나가는 일은 그야말로 누워서 떡 먹기보다 더 쉬운 누워서 천장 보기였다. 옛날처럼 열쇠를 사용하지 않고 키패드를 이용해 여닫는 출입문이니 그냥 닫고 나가면 되어서 이보다 더 좋을 수 없었다. 들어오는 것도 비밀번호를 알고 있으니 열쇠를 들고 다닐 일도, 들고 다니다 잃어버릴 염려도 없으니 여간 편한 게 아니었다. 우리는 "우리나라 좋은 나라, 우리나라 편한 나라"를 외치며 어머니께 드릴 선물을 안고 서둘러 집을 나섰다.

연로하신 부모님과의 만남은 누구라도, 언제라도 그렇듯, 울고불고 얼싸안고 비비고 신파극이 따로 없다. 요양원으로 들어가신 지 1년밖에 안 되신 어머니는 다행히 건강을 회복하고 계셨지만 얼마나 야위셨는지 눈만 퀭한 얼굴은 손바닥 하나로도 다 덮일 만큼 작아져 있었다. 삼켜야 할 알약이 얼마나 많았던지 평소 좋아하시던 당근 케이크도 한 입 드시다 말고는 "배불러 그만 먹을래" 하셨다. 머리를 빗겨 드리고 꽃이 달린 머리핀을 꽂아 드렸다. 꿈에도 그리던 딸 둘을 한꺼번에 만난 기쁨이 얼마나 크셨던지 진통제를 안 드셔도 통증을 느끼지 않으시는 어머니와, 어머니께서 즐겨 부르시던 노래를 부르며 언니와 번갈아 가며 어머니를 안고 쓰다듬었다. 첫 방문은 신파로 시작해 재롱 잔치로 마무리했다. 주섬주섬 옷을 챙겨 입으며 내일 다시 오겠다고 해도 쉽게 손을 놓지 못하시는 어머니를 남겨 두고 돌아서 나왔다. 눈물을 보이지 않으려고 떨고 계신 어머니의 눈동자를 심장에 새기고, 머지않은 내일의 내

서쪽으로 난 창

모습을 똑똑히 바라보면서.

　시차와 재롱 잔치로 온몸 구석구석 남아 있는 에너지란 에너지는 다 써 버린 우리는 말없이 두 개의 출입문을 비밀번호로 열고 엘리베이터에 올랐다. 아뿔싸! 엘리베이터를 타고부터 문제가 발생했다. 아파트 호수가 기억나지 않는 것이었다. 어렴풋이 떠오르는 기억을 더듬어 나는 502호라 했고 언니는 702호라 했다. 두 사람의 기억이 각기 다르니 먼저 5층에 내려 확인하기로 했다. 집 앞에 도착해 출입문을 보니 그곳엔 키패드가 없었다. "거 봐 7층이잖아, 언니 말을 들으면 한겨울에도 꽃방석에 앉는단 말 몰라?" 하며 특유의 아무 말 대잔치를 벌이는 언니를 따라 7층으로 올라갔다. 그런데 웬걸, 꽃방석은 고사하고 붙어 있어야 할 키패드가 702호 출입문에도 없는 게 아닌가. 그때부터 우리는 우왕좌왕 올라갔다 내려갔다 하면서 키패드가 붙은 집을 찾아다녔지만 키패드가 있는 집은 눈을 세 번 닦고 봐도 없었다. 기가 막힐 노릇이었다. 하는 수 없이 업무 중인 줄 알면서 언니에게 전화를 걸었다. 알고 보니 손잡이 옆에 손바닥을 펴서 갖다 대면 키패드가 나타나는 최신식 잠금장치였다. 세계를 주도하는 IT 강국에, 한국인들의 수준 높은 패션 감각과는 다소 차이가 나는 탓에 시애틀 촌닭이라 불리는 언니와 밴 조선(비하하는 말이 아닌 세계 유행을 주도하는 한국인의 빼어난 패션 센스와 살짝 거리가 있는 탓에 붙은 밴쿠버 조선족의 줄임 말)이라 불리던 내가 알 턱이 없었다. 우리에겐 들은 적도 본 적도 없는 마법의 잠금장치였다. 말로만 듣던 첨단 기계장치로 무장한 선진 대한민국을 제대로 체험한 웃지 못할 사건이 되었다. 그 일로 우리는 "덤 앤 더머"라는 꼬리표를 달았지만 무식하면 용감한 건지 용감해서 무식한 건지 우리는 무지 씩씩하게 잘 살고 있다.

　언제부터인가 우리는 자신의 집은 물론이요 컴퓨터에 셀 폰까지 비밀번호를 입력해야 입장이 가능하고 사용이 가능한 시대에 살고 있다. 이곳 리타이어먼트 홈도 마찬가지다. 정문으로 들어올 때는 두 개의 문을 통과해야 하는데 첫 번째 문은 자동으로 열리지만 두 번째 문은 비밀번호를 입력하거나 방문자의 신분을 확인한 후 안에서 열어 주어야 입장이 가능하다. 정문뿐 아니라 패티오로 나갈 때도 마찬가지다. 비밀번호는 매니저들과 담당자 외에 일반 직원들과 입주자인 할머니, 할아버지들도 모른다. 안전을 위해 필요한 조치인 것이다.

　지난해 장미가 한창이던 6월, 할머니 몇 분이 패티오에 나갔다. 여러 날을 연거푸 내리던 비가 그치고 화창하게 날이 개자 신선한 바람과 햇살이 그리우셨던 것이다. 패티오에는 허리까지 닿는 커다란 화분이 테이블 사이사이 놓여 있었다. 그곳엔 새빨간 제라늄과 보랏빛 캄파놀라, 하얀 페튜니아 등 봄에 심은 꽃들이 만발해 있었다. 꽃들은 며칠 동안 내린 비로 말끔히 씻은 얼굴을 햇살 아래 선명하게 드러내고 있었다. 몇 분은 펼쳐져 있던 빨간색 파라솔을 접어놓고 뜨거운 햇살을 온몸으로 받으며 담소를 나누셨다. 또 다른 몇 분은 지저분해진 잎사귀며 시든 꽃잎을 따 주고 꽃 향기도 맡아 가며 느긋하게 오후 햇살을 즐기셨다.

　저녁 식사 시간이 다가오자 할머니들은 건물 안으로 들어오시려고 출입문을 밀었다. 안쪽에서 자동으로 잠긴 문은 열릴 턱이 없다. 자동 잠금장치인 걸 모르셨던 분도 있고 벨을 눌러 열어 달라고 요청을 해야 된다는 걸 잊어버린 분도 계셨다. 잠시 후 사태를 파악하신 할머니들은 깔깔 웃으며 문을 두드리고 손을 흔들어 내 주의를 끌려고 애를 쓰셨다. 나는 할머니들의 모습에 계속 눈길을 주고 있던 터라 행동의 의미를 알고 있었다.

문을 열어 드리려고 유리문 가까이 다가갔지만 사라지지 않는 내 장난기가 또다시 발동했다. 나는 두 눈을 동그랗게 떴다. 그러고는 도대체 왜 그러시는지 모르겠다는 듯 두 손을 가슴 높이로 들어 올리고 어깨를 으쓱해 보였다. 할머니들은 처음엔 장난인 줄도 모르고 문 여는 시늉을 손짓, 발짓에 "문 열어 줘" 하시며 고래고래 소리까지 질러 가며 애원하셨다. 나도 긴 시간 장난할 여유가 없었으므로 문을 빼꼼히 열고 "암호" 했다. 내 성격을 잘 알고 자주 농담을 주고받던 수지 할머니가 재치를 발휘해 "I love you" 하셨다. 나는 웃으며 수지 할머니를 안으로 들어오시게 했다. 그러자 잠시 영문을 몰라 어리둥절하던 할머니들도 금세 눈치를 채고 "I love you"를 연발하며 줄줄이 문을 밀고 들어오셨다. 마지막으로 평생 사랑한단 말은 해 보지도 않았을 것 같은 차가운 할머니 엔젤라까지 "I love you" 하시며 들어오셨다.

말도 몸도 아끼시는 엔젤라 할머니와 가족들은 오랜만에 만나도 반가워하는 기색은커녕 모두가 조용히 밥만 먹고 헤어지는 특이한 가족이다. 캐나디안들이 밥 먹듯 숨 쉬듯 사용하는 "사랑한다"는 말과 만나고 헤어질 때 당연히 하는 포옹도 하지 않는 보기 드문 풍경이다. 세상의 예쁘고 다양한 색깔은 다 어디로 가고 짙은 회색만이 존재하는 우울한 가족의 식사 광경은 무성영화가 따로 없다. 배경음악도 색깔도 소리도 없이 포크와 나이프만 오고 간다.

그런 풍경 속 만년설같이 차갑던 할머니께서 이젠 나와 마주치면 수줍은 미소를 보여 주신다. 눈이 녹기 시작하는 봄이면 봄 햇살에 녹은 눈이 대지로 스며들듯 미소가 번지기 시작한 할머니께서 도움이 필요하시거나 말벗이 필요할 땐 "나도 암호 알아" 하시거나 조금의 머뭇거림도 없이 "I love you" 하신다. 그러면 나는 "I love you too" 한다. I love you와 함께 은근슬쩍 어깨를 안으면 처음에 주춤하시던 할머니도 이젠 내 품에 안겨 내가 할머니를 풀어 드릴 때까지 내 가슴에 당신을 허락하신다. 그 짧은 포옹의 순간 붉어지는 눈시울을 보면 할머니께서는 사랑이 고프신 거였다. 돌아보니 나이가 들면 필연적으로 혼자가 되고 외로울 수밖에 없는 생에 외로움을 가불해다 쓰는 세상에 내가 살고 있다. 일인 가구가 급격히 늘어나고 있는 것. 이런 현상이 아무렇지도 않은 세상에 내가 살고 있다. 언젠가부터 유행처럼 번진 욜로(YOLO)도 분명 한몫을 한 것이리라.

삼 년 전, 십 년 만에 나를 찾아온 친구 K는 "혼자여서 빨리 가고 많이 가질 수 있었는데 이 모든 것 나눌 사람이 없네"라는 말을 남기고 돌아갔다. 여자로서 오를 수 있는 최고의 자리에 올랐다고 평가 받는 친구는 아무것도 이루어 놓은 것 없는 내 삶을 부러워했고 나는 그녀의 자유로운 삶을 동경했다. 상처투성이 고단한 삶이었지만 가족을 위해 헌신하고 이웃에게 사랑을 베푸시는 할머니 [7]세라는 "사랑하고 사랑 받은 내 인생, 털끝만큼도 후회 없어" 하셨다. 표현할수록 풍성해지고 퍼낼수록 샘솟듯 솟아나는 사랑, 절대로 녹지 않는 만년설 같던 엔젤라 할머니를 녹인 암호도 사랑이었다. 사랑은 허다한 허물을 덮고 모든 것을 가능케 한다 하지 않는가. 호랑이 담배 피우던 시절, 모든 길은 로마로 통한다는 말이 있었다. 모든 길은 로마로 통하지 않는다. 모든 길은 사랑으로 통한다. 사랑이야말로 유일한 길이요, 모든 길이다.

---

7 세라: '딱 하루만'의 주인공 할머니

그래도 아팠지?

언어는 자신의 입술로 그리는 자화상이요, 타인의 눈으로 그리는 초상화

집을 짓는다. 노트북을 열고 손가락 두 개로 짓는다. 뾰족한 연필심이 사각사각 종이를 긁으며 글자를 만들어 갈 때 내는 소리와 손맛을 포기하고 편리와 시대의 흐름에 따라 컴퓨터로 시를 짓는다. 시를 쓰는 행위는 내 속에 집을 짓는 일이란 걸 김후란의 시《시(詩)의 집》을 열어 보고 알았다. 언어로 집을 짓는 사람을 '시인'이라 부른다.

등단을 하고 시인의 옷을 입은 지가 16년이건만 반듯한 집 한 채가 없다. 비가 새고 구멍이 뚫린 가건물들만 여기저기 흩어져 있을 뿐, 제대로 지은 시는 고사하고 한국어도 영어도 서툴러서 그때그때 하고픈 말을 다 못 한다. 말 잘하는 사람을 만나면 '저들의 재능은 도대체 어디에서 온 걸까?' 하며 떡 하니 입을 벌리고 바라다볼 뿐이다. 글로 표현할 때 틀리면 고쳐 쓰고 모르면 찾고 배워 가며 쓸 수나 있지만 말을 해야할 땐 익숙하게 쓰고 자주 쓰던 단어도 금방 생각이 나질 않아 "뭐더라, 있잖아 그거"는 내 애용품이 되었다. 그나마 한국말을 할 땐 "그거 있잖아"하면 "그래 그거"로 통하기도 하지만 영어를 써야 하는 직장에선 여

서쪽으로 난 창

간 고역이 아니다.

　퇴사하는 동료에게 헤어지게 되어 '아쉽다'는 그 오묘한 단어를 아프다(Painful)로, "밥값은 내가 내겠다" 대신 "내가 쏜다"라고 하고 싶을 때도 "It's on me"나 "I'll treat you"라고 밖에는 그 친근한 표현을 전할 길이 없다. 가장 난감했던 단어는 '정'이다. K-pop과 한국 음식을 좋아하는 동료들에게 세계인들의 간식이 된 초코파이를 나눠 주자 포장지에 적힌 '정'이 뭐냐고 했다. 경험해 본 적 없는 자들에게 그들에게는 없는 한국인들의 아름다운 문화 '정'을 비지땀을 흘려 가며 설명했다. 이해했다는 듯 고개를 끄덕이며 먹는 동료들을 보면서도 석연치 않던 그들의 표정에서 나는 내 언어의 한계를 절감하고 있었다.

　한번은 B 할아버지와 S 할머니 사이에 사랑이 무르익을 무렵이었다. 입사한 지 일주일도 안 된 신입 사원 E가 "저 나이에 무슨 연애야"라며 노인들의 사랑을 징그럽다고 했다. 얼굴이 못생겨서, 직업이 맘에 안 들어서, 키가 작아서 등 갖가지 이유를 들며 멋진 남자는 다 어디 숨었는지 "내가 사랑에 빠질 남자가 없다"는 그녀에게 안도현의 시 〈너에게 묻는다〉를 읊어주고 싶었다. 뜨겁게 사랑한 뒤 남겨진 연탄재의 후회 없는 마음을 보여 주고 싶었다. 그렇지만 내 짧은 영어로는 시를 번역할 수도 의미를 전달할 재간도 없으니 어찌하랴. 하는 수 없이 "사람은 늙어도 사랑은 늙지 않아" 했다. 그러자 그녀는 내 말이 채 끝나기도 전에 "난 안 늙을 거야" 했다. 뭐가 그리 우스웠을까? 그녀는 식탁까지 두드려 가며 억지웃음을 꺼내 놓았다. 늙지 않을 거라 하던 그녀는 솔직함을 방패 삼아 무례한 말들을 여기저기 쏟아 내고 다녔다. 결국 그녀는 입사 후 한 달이 안 돼 직장을 떠나야 했다. 한 달 가까이 매일 얼굴을 마주하던 그녀가 떠났지만 그 누구도 섭섭해하거나 아쉬워하는 사람이 없었다. 다만 한 분 사무엘 할아버지께서 물으셨다. "궁금해서"라고.

타인에 대한 무관심이 심화되어 가는 현시대에 "궁금해서"라고 물으시는 할아버지의 관심은 사랑이다. "내 코가 석 자인데 남 신경 쓸 겨를이 있냐" 하고 "너나 잘 사세요" 하는 심리가 만연한 시대에 "무관심이 문제"라고 하셨다. 관심이 많으니 궁금한 것도 많으시지만 무례하지도 솔직함을 가장해 남을 비판하거나 함부로 판단하는 법도 없는 분이시다. 190센티미터가 넘는 키에 짧게 깎은 은발 머리는 8대 2 비율의 가르마로 단정하게 빗어 넘기셨고 많이 작지만 엷은 회색 눈동자는 잘 다려 입으신 셔츠와 바지 못지않게 날카롭고 힘이 있으시다. 긴 얼굴에 어울리는 긴 매부리코 밑으로 유난히 얇고 작은 입술은 할아버지의 매력 포인트다. 코밑과 턱 주변은 언제나 깔끔하게 면도를 하시고 솔 향 은은한 애프터 쉐이브 하나로 패션을 완성하고 다니신다.

할아버지는 가수로서의 재능도 뛰어나지만 미모로 국위를 선양하고 있는 BTS의 뷔나 슈퍼맨 역을 했던 헨리 케빌(Henry Cavill)이 울고 갈 미남이시다. 그런 할아버지께서 솔 향을 풍기며 모습을 드러내시면 인자하지만 예리한 눈빛으로 주변을 한 번 스윽 훑어보신다. 빌딩 내에 문제점이나 도움이 필요한 사람은 없는지, 식사 시간에는 제일 먼저 나오셔서 다들 자리를 잘 찾아가는지, 타고 오신 휠체어나 워커가 통행에 지장이 없도록 세워졌는지 살피시고 모두가 안전하고 즐겁게 생활할 수 있도록 배려하신다. 모두가 앉았다 싶으시면 그때서야 당신의 자리를 찾아가신다. 스무 개의 원형 테이블 중 선호도가 높은 곳은 입구 쪽이지만 할아버지는 입구에서 제일 먼 곳의 테이블을 찾아 입구 쪽을 바라보며 앉으신다. 군대에서 높은 분이셨을 것이라는 추측과 아내와 사별하셨다는 것 외엔 할아버지의 이력에 대해 아는 건 많지 않다. 군인이었다는 할아버지의 '계급이 뭐였을까?' 궁금해하면 "어제는 이미 지나갔고 내일은 불투명하지, 나는 다만 오늘 하루를 사는 사무엘이다"라고 대답하신다. 계급장, 명함 모두 떼고 들어오셨지만 스스로 빛나는 천체, 밤하늘의 별처럼 반짝이는 언행을 보며 확신했다. 할아버지는 별이 다섯 개, 오성 장군님이심에 틀림이 없다고.

직원들을 대하실 때는 반드시 "Excuse me, Miss" 또는 "Thank you, Miss" 등, 일상생활에서 듣기 힘든 경칭을 사용하시고 함부로 대하지 않으신다. 언제 어디서 누구를 만나든 다정하게 대하시고 진심을 담아 인사하신다. 누구에게나 가시를 들어 보이시는 할머니 메리에게도 밝고 다정한 목소리로 "굿 모닝" 하시고 "어제 다친 발목은 좀 어때요?"라고 물으신다. 그럴 때면 누구에게도 받은 적 없는 진심 어린 인사를 받은 메리 할머니 입술은 뾰족한 가시 대신 향기로운 꽃잎을 보여 주신다. 관심을 표하시되 과하거나 불편하게 하지 않으시고 어느 누구도 차별하지 않으신다. 너무 검소해서 초라해 보이는 할머니 캐럴에게 "우리 모두가 당신처럼 아껴 쓰고 오래 쓰고 살았으면 지구를 살리자고 소리치지 않아도 될 것"이라 하시고, 과거의 상처에 붙들려 사시던 할머니 에이프릴이 본의 아니게 던진 말 "네가 어디에서 왔건 네 나라로 가 버려" 했을 때 "에이프릴이 네게 한 말이 아니라고 하더군, 그래도 아팠지?" 하시며 입주자 회의를 열어 후속 조치를 취하신 분도 사무엘 할아버지였다.

시대와 문화, 연령에 따라 다르고 개인적 취향에 따라 다른 것이 미의 기준이지만 아무리 후한 자를 들이대어 봐도 할아버지는 그 기준과는 거리가 멀다. 그런데도 불구하고 그 어느 누구도 할아버지를 못생겼다고 하지 않는다. 잠언 말씀처럼 '경우에 합당한 말로 은쟁반에 금사과'를 올려놓으시는 언어의 연금술사를 누가 감히 외모로 판단할 수 있으랴. 의사소통의 수단을 넘어 인간 존재의 바탕이며 관계를 만들고 삶을 짓는 언어는 자신의 입술로 그리는 자화상이요, 타인의 눈으로 그리는 초상화다. 마법 같은 포토샵 기술도 변장에 가까운 화장술로도 그릴 수 없는 나의 얼굴이다.

초대

내가 빈집이 되기 전에 거문고 들고 오세요

찬 없는 밥을 먹자 하셨다. 정원에 꽃이 좋으니 꽃을 반찬 삼아 저녁을 먹자고 K 선생님께서 전화를 하신 것이다. 그보다 더 좋은 찬이 어디 있겠느냐며 와인 한 병을 들고 달려갔다. 해가 기울고 있던 앞뜰엔 백 살은 족히 넘은 듯한 목련 나무가 긴 팔을 뻗어 푸른 그늘을 만들고 있었다. 그 아래로 비로 씻은 듯 선명한 색상의 빨갛고 노란 장미가 라벤더와 베고니아, 산수국과 더불어 한창이었다.

언제나처럼 뒤뜰로 통하는 쪽문을 밀고 들어갔다. 10년 넘게 부부와 함께 살아온 골든레트리버 '김 군'이 제일 먼저 꼬리를 흔들며 인사를 했다. 정원으로 들어서니 봄에 새로 만들었다는 나무 데크 위에 빨간색 파라솔이 펼쳐져 있었다. 빨간 파라솔 아래 하얀 테이블에 꽃을 올려놓으시던 K 선생님께서 함박꽃보다 환한 미소를 지어 보이며 "웰컴" 하셨다.

찬 없는 밥을 먹자 하시더니 동그란 테이블 위엔 텃밭에서 키운 갖가지 쌈 야채와 풋고추, 쌈장과 강된장, 된장찌개와 열무김치, 배추김치,

갖가지 나물에 시래기를 넣고 조린 고등어까지 한가득 차려져 있었다. 15년 넘게 가꾸신 아름다운 정원과 황제가 부럽지 않은 밥상에 놀라는 데 주차장에 들어서면서부터 식욕을 자극하던 갈비가 바비큐 그릴 위에서 지글지글 구워지고 있었다. 매캐한 연기 속에서 갈비를 구우시던 K 선생님 부군께서 "덕분에 제가 호강합니다. 박 시인 아니었으면 올여름엔 바비큐 한 번 못 할 뻔했어요" 하며 껄껄 웃으셨다.

　얼음에 채워 둔 레드와인으로 목을 축이고, 먹기 좋게 잘라 주신 갈비 한 점을 얼굴보다 큰 상춧잎 위에 올려놓았다. 쌈장 찍어 풋고추를 올리고 쑥갓 잎과 얇게 썬 마늘까지 한쪽 올렸다. 두 손으로 돌돌 말아 오므려 봐도 너무 큰 고기쌈은 흰자위를 있는 대로 다 드러내야 씹을 수가 있었지만 염치 불고하고 연거푸 두 개를 싸서 먹고는 "오늘은 저 좀 망가질게요" 했다. 검은콩과 좁쌀을 섞어 촉촉하게 지은 현미밥은 애호박을 숭덩숭덩 썰어 넣고 매콤하게 끓인 된장찌개와도 먹고, 살얼음 동동 뜨는 열무김치와도 먹었다. 푸짐하고도 정갈한 집밥과 와인으로 코비드 때문에 위축된 영육을 채우고 나니 후식이라며 얼린 감홍시를 식혜와 함께 내어 오셨다. 더 들어갈 자리가 없다며 엄살을 떨면서도 어느새 집어 든 감홍시를 꼭지만 남기고 다 먹었다. 감 꼭지를 내려놓는데 다먹었으면 이제 밥값을 하라 하신다.

　"두 사람이 대작하는데 산에 꽃이 피네, 한 잔 한 잔 또 한 잔을 마시다 보니, 나는 취하여 잠이 오니 그대는 돌아가게, 내일 아침 생각나면 거문고 들고 다시 오게나" 하고 당나라 현종 때의 시인 이백의 산중여유인

대작(山中與幽人對酌)을 밥값으로 내놓았다. 돌아보니 한국행 비행기 안에서 책 한 권 때문에 이어진 부부와의 인연은 책을 나누고 시를 나누며 산 세월로 이어져 어느새 10년을 넘기고 있었다. 밤이 늦었으니 자고 가라는 두 분께 "거문고 들고 내일 다시 올게요" 했다.

자고 가라 청하는 집, 더 머물고 싶은 집을 나서는데 졸고 있던 털북숭이 김 군까지 따라 나와 배웅을 했다. 주인을 닮아 어질고 점잖은 개가 있고, 원색의 화려한 꽃들이 목련 나무와 어우러져 살아가는 산속 집을 내려오는 길가엔 외등을 밝힌 저택들이 조용히 잠들어 가고 있었다. 어둠 속에서도 드러나는 아름다운 저택의 문을 열면 할머니 베스가 반가이 맞아 줄 것 같은 집들이….

자그마한 키에 살짝 마른 몸매의 할머니 베스는 지난봄에 87세가 되셨다. 대지가 1에이커에 수영장과 테니스장, 방이 8개나 되는 크고 호화로운 저택에서 사셨다. 튼튼한 철 대문에 키 큰 시더 나무로 둘러싸인 집은 외부에서는 쉽사리 엿볼 수도 없는 요새 같은 집이었다. 외동딸이었던 할머니는 부모님의 재산도 물려받았고 무역업을 하던 남편과 치과 의사였던 자신의 수입으로 보통 사람들은 꿈도 못 꾸는 호화로운 삶을 살았다. 아내와 직장밖에 모르는 자상한 남편과 건강하고 예쁜 딸, 아들 네 명까지 갖춘 부러울 것 없는 인생이었다. 열세 살이던 둘째 아들 조슈아가 사라지기 전까지….

집에서건 학교에서건 아무런 문제도 없었고 활달한 성격의 아들이 흔

적도 없이 사라져 버리는 일이 발생했다. 가정부는 정원에서 놀고 있었다고 했지만 집 안 어디에도 없었고 10분 거리에 있는 엄마의 병원으로도 가지 않았다. 한 주가 지나고 두 달, 세 달이 지나도록 소식 없는 아들을 찾기 위해 베스는 일을 그만두고 전단지를 제작해 배포하고 수단과 방법을 다 동원했지만 아들은 찾을 수가 없었다. 아들이 사라지고부터 베스와 남편은 집에 있는 문은 그 어떤 것도 잠그지 않았다. 당장이라도 "엄마" 하고 들어올 것 같은 아들이 1초라도 빨리 집 안으로 들어오기를, 혹여라도 잠겨 있는 문 때문에 망설이는 일이 없기를 바라는 부모의 간절함으로 굳게 닫혔던 저택을 열었던 것이다. 문이 열리자, 아들대신 이웃이 드나들고 친구와 친척들이 찾아왔다. 도둑도 들어왔고 파산한 친구도 들어와 먹고 쉬어 갔다. 가출한 아이들의 쉼터였고, 뜻하지 않은 임신으로 미혼모가 된 소녀가 아이를 낳고 엄마가 되어 나갔다. 법도 질서도 없이 난장판이 될 것 같은 집은 가끔 불미스러운 일이 일어나기도 했지만 시간이 흐르면서 드나드는 사람들이 예의와 존경을 표했고 서로가 서로를 챙기고 지키며 모두가 주인인 집이 되었다. 아무나 쉽사리 엿볼 수도 없었던 저택은 영육이 지친 자, 생의 막다른 골목에서 방향을 잃은 자들의 퀘렌시아였다.

사라진 지 9년이 되던 해에 자전거를 훔친 죄로 경찰에 붙잡혔다가 찾게 된 아들은 마약중독자가 되어 있었다. 심신이 모두 다 망가진 아들은 왜 사라졌는지 어디서 어떻게 살았는지도 알려 주지 않은 채 돌아온지 한 달도 안 돼 가족의 품 안에서 눈을 감았다. 아들이 떠난 뒤로도 부부는 언제나 문을 열고 살았다. 6년 전, 가장 힘든 시간을 견디게 해 준 남편마저 아들 곁으로 떠나자 할머니는 모든 걸 정리하셨다. 잊을 수 없는 아픔을 간직한 집이었지만 정원의 꽃만큼 웃음꽃이 만발하던, 가족의 추억이 켜켜이 쌓인 집을 떠나 이곳으로 들어오셨다.

멀리서 보면 아름답고 평화로운 한 폭의 그림이지만 가까이 다가가면 어지럽게 찍힌 물감 덩어리들의 조합인 유화 작품 같은 인생. 크고 작은 물감 덩어리를 안고 살아오신 할머니께 여쭈었다. "어떻게 견디고 어떻게 위로받으셨어요?"라고. "안식처가 필요한 이들에게 음식과 침대를 내어 주며 견뎠고, 남편의 장례식에서 위로받았다"라고 하셨다. '정승 집 개가 죽으면 문전성시를 이루어도 정승이 죽으면 개 한 마리 오지 않는다'는 우리나라 속담을 모르는지 할아버지의 장례식에 참석하려는 사람들로 주차장은 만원이었다. 근처 주택가도 차를 세우고 걸어오는 조문객들로 가득했다. 장례식이 삶의 결정체라 할 수 없지만 살아온 시간을 장례식으로 보여 주신 분이었다.

할머니께서는 할아버지의 유언대로 부의 상징만으로 남을 뻔한 집을 내놓으셨다. 문을 열면서 사람들이 드나들던 그 좋은 집을 팔아 많은 부분 기부하시고 쓰실 만큼만 가지고 이곳으로 들어오셨다. 어려서부터 나누고 베푸는 부모 밑에 자란 자식들은 그 누구도 재산을 나눠 주지 않았다고 불평하지 않았다. 일주일에 한 번은 꼭 다녀가는 큰아들은 "당연하고 멋진 결정"이라며 "내 부모님은 내가 가장 존경하는 인물"이라 했다.

이렇게 멋진 부모 밑에서 이렇게 멋진 자녀들을 키워 낸 집을 묵상하며, 자고 가라 청하시던 K 선생님께 전화를 걸었다. "도둑이 들어도 가져갈 것 없는, 굳게 닫았던 저의 집에도 한번 오세요. 제가 빈집이 되기 전에 거문고 들고 오세요"라고….

길 닦는 사람

여자는 늪이다

여자들에겐 질투의 대상, 남자들에겐 욕망의 대상

꿈이었다. 벌써 몇 년째 꾸는 똑같은 꿈이었다. 꿈에 초록빛 투명한 바다는 오렌지색 작은 섬 하나를 언제나 내 발밑으로 밀어다 놓는다. 잊을 만하면 다가서는 섬은 한 번도 가 본 적 없는 크레타다.

그리스 본토 아래쪽에 위치한 크레타는 대학 시절 서양 미술사를 공부하면서 '언젠가 가 보고 싶은 곳'이었다. 모든 신들의 왕 제우스의 고향이며 고대 그리스 문명의 발원지인 크레타는 지리적으로 가까웠던 이집트와 메소포타미아문명의 영향을 받았지만 그들에 지배당하지 않은 독특한 미노아문명을 꽃피운 곳이다. 지중해의 뜨거운 햇살이 선물한 풍요로움과 자유로움을 만끽하며, 이집트가 중시 여긴 사후 세계가 아닌 현세의 삶을 사랑한 이들의 흔적을 찾아, 언젠가는 가리라 생각했다. 대학 졸업을 앞두고 우연히 대출한 책『그리스인 조르바』를 만나면서부터는 '언젠가' 하던 내 맘이 '꼭 가고 싶은'으로 바뀌었지만 '아직도 가보지 못한 섬'이다.

서쪽으로 난 창

서양 문학과 문화는 크게 헬레니즘과 헤브라이즘이라는 양대 산맥이 대립과 융합, 교체를 거듭하면서 발전해 왔다. 그리스인의 인본주의 사상을 근본으로 한 헬레니즘과 유대인의 신본주의 사상을 기반으로 한 헤브라이즘을 간과하고 서양 문학과 문화를 이해하기란 쉽지 않은 일이다. 그러니 그 두 산맥 중 하나, 그리스 크레타를 찾아 떠나는 여행은 상상만으로도 가슴 떨리는 일이다.

꿈에 니코스 카잔차키스, 조르바, 오렌지 꽃 향기가 온 섬에 가득했다. 심장이 오렌지빛으로 물들 때까지 오렌지 꽃물을 마신 내가 미노아 문명의 진수 크노소스 궁전을 밤새워 걸었다. 걷다가 맞이한 새벽, 섬이 끝나는 곳에서 현실에서 외치지 못한 욕망을 꿈에서 외치고 있었다. "나는 자유인이다, 관습이나 형식, 관계와 나이에 지배당하지 않는, 오롯이 나로 존재하는 나는 자유다"

소설에서 어디에도 얽매이지 않고 뜨겁게 살고 사랑했던 남자 조르바는 결혼 자금을 몽땅 털어 산 악기 산투르를 메고 그의 두목과 함께 크레타로 간다. 그 섬에, 여자들에겐 질투와 시기의 대상이었고 남자들에겐 가지고 싶어도 손 닿을 수 없는 욕망의 대상이었던 젊고 아름다운 과부가 살고 있었다. 그녀가 마녀사냥으로 죽던 날 피투성이가 되어 죽어 쓰러진 광장에 떨어진 오렌지 꽃다발, 부활절 아침 성모마리아에게 바치려고 만든 꽃다발이었다. 젊은 과부가 보내 준 오렌지를 베어 물며 기쁨으로 심장이 터질 뻔한 두목이 여자의 한숨 소리를 들었던 섬, 크레타는 슬프고도 향기로운 오렌지꽃이 피는 내 꿈의 섬이다.

두목에게 책 같은 것일랑 내다 버리라고 하는 조르바는 책과는 거리가 먼, 날것 그대로의 노인이다. 60이 넘은 노인이라 표현하지만 패기와 에너지가 넘치는 남자다. 한 여자를 사랑할 때는 오직 그 여자만을 사랑했고 춤을 출 땐 춤에만 열중했으며 땅을 팔 때는 땅만 팠다. 두목이 책에서 조심스럽게 배워 가던 생의 진리를 조르바는 삶에서 체득한 스승이었다. 육십이 훌쩍 넘은 나이에 추워서 결혼했다는 그가 한 여자에게 정착하고 아이를 낳고 그녀의 품에서 생을 마감한다.

　소설 속 주인공 조르바는 죽고 없지만 조르바의 길을 걷는 남자 토니를 만나면서부터 크레타가 또다시 내게로 밀려오기 시작했다. 토니는 조르바처럼 자유롭게 살고 사랑했지만 그와는 달리 독서가 취미인 78세의 할아버지다. 토니 할아버지도, 추워서 결혼했다는 조르바처럼 추워서 결혼을 하신다. 큰 키에 미남은 아니지만 부드러운 목소리에 언변까지 뛰어난 할아버지는, 사람들 특히 여자의 가려운 곳이 어딘지를 잘 아시는 분이다. 홀로되신 할아버지보다 홀로인 할머니가 훨씬 많은 이곳 리타이어먼트 홈에서 연예인 못지않은 인기를 누리고 계신다. 평소에 화장을 잘 하지 않는 앤 할머니가 화장을 곱게 하고 나오신 적이 있었다. "실내가 훤해진 이유가 당신 때문이었군"이라며 엄지손가락을 추켜올려 핏기 없던 할머니 얼굴을 분홍빛으로 물들이셨다. 제나 할머니가 쿠키를 구워 같은 테이블에 앉은 분들께 나눠 주었을 땐 "이런 쿠키라면 난 한 달 동안 이것만 먹으라고 해도 먹겠어"라며 수고한 손길을 기쁘게 하셨다.

　　　　　　　　　　　　　　　　　서쪽으로 난 창

정답지를 들고 계신 듯, 여자가 원하는 대답, 궁금증, 필요, 여자가 토라지는 이유까지 잘 읽고 쓰다듬으시니 어찌 사랑하지 않을 수 있으랴. 할아버지가 결혼을 결정하기 전, 할머니들 중 몇 분은 적극적으로 할아버지 맘을 얻고자 애쓰셨다. 손수 뜬 머플러를 선물하시는 분도 계시고 모자나 책을 선물하시는 분도 계셨다. 할아버지는 선물한 책을 읽고 선물한 모자와 머플러를 번갈아 쓰고 나오셔서 건네준 손길이 즐겁도록 하셨다. 이렇듯 매력 있고 인기 많은 할아버지가 아이러니하게도 평생을 독신으로 사셨다. 각양각색의 꽃들이 다 모인 화원에서 꽃을 고를 때 수많은 꽃 중 딱 하나만 고르라면 고르기가 쉽지 않은 이유와 같았을까? 수많은 여자들을 만나고 사랑했지만 결혼으로 맺은 인연은 없었다. 조르바처럼 자유분방한 성격에 매이는 걸 싫어하시는지라 한 가지 일을 오래도록 하지 못했고 한곳에 오래 머물지 못하셨다.

영원히 지속될 것 같던 젊은 시절 "여자는 꿀과 같아서 빠지면 헤어나오지 못하는 늪"이라 생각했다. 사랑하던 여자가 결혼을 말하는 순간 사랑이 식었다는 할아버지. 그런 할아버지께서 72세 할머니 낸시라는 늪으로 들어가신다. 꿀로 채워진 황홀한 늪으로…. 이유를 묻자, "너무 추워서"라며 껄껄 웃으셨다. 자유분방의 표상이었던 조르바가 결국에는 추위를 핑계 삼아 한 여인에게 정착한 것처럼, 토니 할아버지 또한 결국은 유목민의 길을 던지고 정착민이 되기로 결정한 것이다. 우리는 자유를 꿈꾸면서 누군가에게 매이기를 원하고, 매이기를 원하면서도 자유를 갈망한다. 너무 가까이 당겨 숨 막히게 하지 말고 긴 끈으로 묶으라는 할아버지께서 "이제 결혼할 준비가 됐어" 하신다.

몇 년 전 유행했던 사랑하기 딱 좋은 나이 어쩌고 하던 노래가 슬그머니 내 입속에 고인다. 사랑하기 늦은 때는 언제며 결혼하기 늦은 때는 또 언제란 말인가. 할머니는 고양이 알레르기가 있는 할아버지를 위해 고양이를 포기하셨고 할아버지는 할머니를 위해 평생을 피우던 담배를 포기하셨다. 노인의 사랑은 나에게 무엇을 줄 수 있냐고 다그치지 않는다. 내 것을 덜어 낸 자리에 당신으로 채우는 애틋한 사랑이다. 그러니 가을 강처럼 고요히 깊어 가는 노인들의 넉넉한 사랑을 어느 누가 '주책 없다' 하겠는가. 사랑할 땐 늙지도 시들지도 않는 간절한 나이 일흔둘, 일흔여덟, 결혼하기 딱 좋은 나이이다.

서쪽으로 난 창

색으로 씁니다

세상 소리가 시끄러울 때 찾아가는 피난처

　그녀를 만나려면 아침잠과는 이별을 고해야 한다. 하얀 그녀의 얼굴을 제대로 보려면 해가 뜨기 전이어야 하기 때문이다. 태양이 솟아오르면 그녀의 영혼은 슬며시 사라져 버린다.

　큰언니와 나는 서둘러 일어났다. 그녀를 만나기 위해 아침잠을 포기했던 그 새벽이 언제였던가? 기억조차 가물거리는 그때, 시원한 새벽 공기를 가르고 달려간 곳은 경주에 있는 달이 비치는 연못 [8]월지였다. 입장 시간을 착각했던 우리는 한 시간도 더 기다린 뒤에서야 들어갈 수 있었다. 이른 시각이라 우리 두 사람 외엔 아무도 없었다. 흐린 날씨 덕에 그때까지 태양은 구름 속에 갇혀 있었다. 폭이 넓은 흰색 치마를 입은 백련 같던 언니가 풀잎에 맺힌 이슬을 치맛자락으로 쓸며 앞서 걸어갔다. 쉰을 바라보며 더 매혹적이던 언니가 송글송글 맺힌 이슬을 걷어 내 주었지만 아직도 촉촉이 젖은 길을 나도 따라 걸었다. 걷다 보니 청록색 커다란 연잎 사이로 모습을 드러내는 홍련, 백련, 아침잠을 포기하

---

8 월지: 경주에 있는 안압지를 경주 사람들은 달이 비치는 연못이라 하여 월지라 부른다.

고 달려온 보람을 주고도 남았다.

만개한 홍련도 예쁘지만 하얀 꽃잎을 두세 장 열었을 때의 백련은 말로는 다 못 하는 미의 극치다. 비밀스러운 여인이다. 비밀스럽다 못해˙신비스러운 백련의 자태는 내 짧은 표현력으로는 전해 줄 재간이 없다. 청초하다는 말 한마디로 어찌 그 꽃의 기품을 다 표현하겠는가? 향기롭다는 말 한마디로 어찌 그 고혹적인 향을 설명하겠는가? 백련 앞에선 차라리 입을 다무는 수밖에 없다. 그때 나의 침묵은 침묵으로 바치는 나의 경탄이다. 침묵보다 더 힘 있는 말이 있을까? 침묵은 때로 동의한다는 말 없는 의사 전달이고, 때로는 받아들일 수 없다는 무언의 의사표시이다. 도저히 대화가 안 되는 억지에 떼쟁이를 만나면 한마디 말도 아깝다. 그때도 침묵하며 돌아서야 한다.

82세 할머니 아이린은 그때가 언제인지를 잘 알고 있는 수다쟁이다. 할 말은 똑소리 나게 하고 필요 없는 말은 하지 않는다. 필요 없다 함은 언쟁에 참여하지 않는다는 뜻이고, 남의 이야기를 등 뒤에서 하지 않는다는 뜻이다. 험담이 파도를 타기 시작하면 할머니께서는 말없이 자리에서 일어나신다. 반면에 아침 산책길에 만난 강아지 이야기며 옆방 할아버지가 나눠 주신 초콜릿 두 알은 하루 종일이라도 이야기할 수 있다. 그뿐이 아니다. 후식으로 먹은 티라미수는 맛과 향이 우러날 정도로 달달하게 전달하시는 타고난 이야기꾼이다. 목소리는 또 얼마나 조용하고 감미로운지 나도 모르는 사이 그 매력에 풍덩 빠져들고 만다. 그러나 뭐니 뭐니 해도 그녀의 제일 큰 매력은 모두를 입 다물게 하는 침묵의

서쪽으로 난 창

대꾸다.

이곳에서는 일주일에 두 번 의자에 앉아서 하는 요가 교실이 열린다. 한번은 요가실 앞에서 아이린 할머니를 만났다. 방석을 들고나오시기에 요가가 끝이 났나 했다. 나중에 알고 보니 큰 목소리 메리 할머니가 아이린 할머니를 쫓아내셨다. 사실은 쫓겨난 것이 아니라 비켜 준 것이다. 지정석도 아니건만 굳이 아이린 할머니가 앉은 자리를 자기 자리라 떼를 쓴 모양이다. 그런 일이 있을 때 아이린은 침묵으로 대한다. 아무런 대꾸도 않고 그 자리를 떠난다. 안 봐도 비디오다. 요가 한 번 빠진다고 죽는 것도 아니고 다른 놀이가 없는 것도 아니니 기꺼이 그 자리를 내주고 나오신 것이다. 내가 궁금하다는 듯 고개를 갸우뚱하자 "네가 길을 가는데 지나가던 개가 마구 짖어, 그럼 넌 어떻게 할 거야?" 하셨다. 내가 하는 말이 "그냥 가던 길 가면 되죠" 했다. 사사건건 시비를 걸고 불평불만이시던 메리 할머니께 단단히 화가 나신 할머니는 씁쓸한 표정을 지으시며 내 어깨를 가볍게 두 번 두드리시고는 "바로 그거야" 하셨다.

할머니께서 가장 많은 시간을 할애하는 놀이는 그림 그리기다. 13년 전 심장마비로 갑작스레 할아버지가 돌아가시고 두 달 뒤엔 백혈병을 앓던 딸까지 할아버지 옆에 묻으셨다. 같은 해에 가장 사랑했던 두 사람을 떠나 보낸 할머니는 방향을 잃고 헤매는 폭풍 속의 배 같았다. 그때 시작한 것이 그림이다. 정신과 치료 중 하나였던 그림이 이제는 할머니의 삶이 되었다. 세상 소리가 시끄러울 때도 우울하고 적적할 때도 가장

편하고 좋은 친구가 그림이다. 무섭고 고통스러운 기억으로부터 숨고 싶을 때에도 그림만큼 좋은 피난처는 없었다.

9년째 그림 놀이에 빠진 할머니의 작품 수가 어마어마하다. 작은 단추 한 개서부터 운동화, 수선화, 고양이, 먼저 가신 할아버지와 딸의 얼굴까지 다양한 소재와 크기의 그림들이 할머니의 태블릿 PC에 저장되어 있다. 저장된 그림들은 글 대신 색으로 써 내려간 할머니의 자서전이다. 노란색 작은 단추는 딸의 스웨터에서 떨어져 나온 것이고 낡은 운동화는 돌아가시기 전날까지 신고 다니시던 할아버지의 신발이다. 모두가 애틋하고 소중한 사연을 담고 있어 어느 것 한 장 그냥 넘겨 버릴 수가 없다.

할머니의 그림은 캐나다의 민속 화가 모드 루이스나 미국의 국민 화가 모지스 할머니의 그림처럼 푸근하고 친근하다. 그림을 보고 있노라면 작품 속으로 걸어 들어가고픈 충동을 불러일으키는 모지스 할머니의 그림과 고정관념 없이 순박하고 자유로운 모드 할머니의 그림을 섞어 놓은 것 같다. 그림을 그리면서 마음의 건강을 되찾으신 할머니는 그림에도 많은 변화가 생겼다. 9년 전 처음 그림을 시작할 때의 소심하고 우울했던 흔적은 지금의 작품 속에서는 찾아볼 수가 없다. 얼마나 대담하고 씩씩해지셨는지 모른다. 원근법이나 세상 사람들의 눈 따위는 의식하지 않았고 붓 가는 대로 자유분방하게 그린다. 주저 없이 휘두른 시원한 붓 터치와 밝고 따뜻한 색상은 그리는 행위 자체가 기쁨이었고 쉼터였음을 말해 준다.

서쪽으로 난 창

세 분 할머니 모두 정식 미술 교육을 받은 적은 없다. 학교 등록금보다 더 큰 레슨비를 지불하며 살아 낸 인생이었기에 필설로 다 못 하는 삶의 희비를 담은 작품은, 감동 그 자체가 되는 것이다. 어떤 예술 작품이든 작가의 개인사를 알고 보면 아무것도 모르고 작품을 대할 때와는 다른 감동을 받을 수밖에 없다. 그래서일까? 그리면서 위로받았고 살아갈 힘이 되어 준 아이린의 그림들은 나에게 쉬다 가라며 자꾸만 말을 걸어온다. 겸허하게 받아들인 운명에, 살아온 세월이 발효시킨 깊고 향기로운 맛에 내가 붙들리고 만 것이다.

아이린은 열여섯 살 어린 나이에 어머니를 여의고 네 명이나 되는 동생들의 엄마가 되어 먹이고 가르치고 성장시켰다. 어머니께서 돌아가신 뒤 알코올중독자가 되어 버린 아버지는 또 한 명 돌봐야 할 아이였다. 한창 부모의 관심과 사랑이 필요한 십 대에 가장이 되어 버린 그녀의 삶은 외롭고 험난했다. 천성이 착하고 우직한 아이린은 내가 져야 할 짐이 아니라고 내팽개치지 않았고 투정하지 않았다. 그렇게 살아온 그녀의 성품은 말하지 않아도 그림에서, 평소의 행동거지에서 그대로 드러난다. 칭찬은 아끼지 않았고 논쟁과는 거리가 멀다. 매사에 여유와 감사가 넘치는 할머니는 "오늘 내가 그림을 그릴 수 있고 살아 숨 쉬는 것이 감사해" 하시며 즐겁게 사신다.

오늘 살아 있음에 감사하며 향기롭게 익어 가시는 할머니는 흙탕물 속에서 피어났지만 아름다움과 품위를 잃지 않은 연꽃이다. 물속에서 자라지만 물에 젖지 않는 연꽃처럼, 고난 속에서도 향기를 잃지 않은 그녀는, 영혼이 떠나지 않은 새벽의 백련이다. 이슬을 쓸며 걷던 내 큰언니 같은….

아무도 모를까

가족의 등에 칼 꽂는 사람들

죽은 사람이 말을 할 수 있을까? 죽은 자의 독백으로 시작하는 『내 이름은 빨강』은 터키 작가 오르한 파묵의 소설이다. 오스만 미술의 전성기였던 16세기 말 오스만 제국의 수도 이스탄불을 배경으로 쓴 역사 추리 소설로 노벨 문학상을 수상했다. 인간 중심적인 베네치아 스타일의 화가들과 신 중심적인 오스만 제국 화가들의 세계관이 부딪히면서 발생하는 그림을 둘러싼 갈등, 사랑, 음모를 흥미진진하게 그려 낸 작품이다.

터키(튀르키예)는 유럽과 아시아, 아프리카 대륙을 연결하고 있으며 동서양의 문명이 교차하는 곳으로 문화와 역사, 종교와 예술이 서로 충돌하며 발전과 쇠락을 거듭해 왔다. 나는 그 지정학적 특수성을 바탕으로 이슬람의 문화와 역사를 잘 녹여 낸 작가의 미술에 대한 안목과 통찰력에 감탄하고 풍부한 표현력에 매료당했다. 범인을 찾아가는 동안 범인보다는 등장인물들의 삶과 고뇌에 더 집중하게 하던 섬세하고 독특한 서술 방식 앞에서 오르한 파묵의 힘을 인정하지 않을 수 없었다. 복잡하게 얽히고설킨 소설 속 살인자는 ⁹근본주의자였다. 최고의 경지에 달한 화가는 자신의 개성이나 정체를 드러내지 않고 오로지 신의 눈높이로 바라본 세상을 그려야 한다고 생각하는…. 화가의 개성을 드러내고 서명을 남기는 베네치아 스타일의 그림은 개인의 흔적을 남긴 오류이며 결함이라면서 '나'와 다른 '너'를 용납하지 못했다. 서로 다른 세계관이, 관점의 차이가 살인까지 부른 것이다.

다름은 틀린 것도 잘못된 것도 아니다. 단일민족이나 단일 개체보다 서로 다른 개체와 문화가 만나 조화를 이룰 때 이전보다 풍요롭고 다채로운 세상이 펼쳐진다. 불행히도 소설 속 인물처럼 다름을 인정하지 못하고 살인까지 저지르게 된 관점의 차이는 편견을 부르고 편견은 인종차별주의로 발전하면서 오랜 시간 해결되지 못한 전 인류의 숙제였다. 그런 문제를 안고 사는 지구촌에 팬데믹이 선포되면서 더 심각해진 인종차별주의자들의 횡포는 미국뿐 아니라 전 세계로 산불처럼 번져 가고 있다. 너와 나의 피부색이 다르고 언어가 다르다는 이유로 길 가던 노인을 뒤에서 공격하고, 지하철, 식당, 마켓, 시간과 장소를 가리지 않고 발생하는 비열하고 잔인한 폭행은 극악함의 끝을 보여 주려는 듯 벽돌과 총알까지 퍼붓는 광란의 도가니다. 미국에서 발생한 한 총격 사건은 아시안이라는 이유로 총을 쏘아 사망에 이르게 하고 "아시안이 또 한 명 사라졌다"라고 자신의 소셜미디어에 글을 올리며 오열하는 가족의 등에 다시 한번 칼을 꽂았다. 깃발을 꽂으면 자신의 땅이 되던 서부 개

---

9 종교에 있어 근본주의(根本主義, Fundamentalism) 또는 원리주의(原理主義)는 종교의 교리에 충실하려는 운동이다. 경전의 내용에 대한 문자 그대로 절대적 준수를 지향한다.

서쪽으로 난 창

척 시대도 아니건만 나고 자란 땅의 시민권자들을 향해 "네가 어디서 왔건 네 나라로 돌아가, 내 땅에서 꺼져"라고 소리를 지른다. 일부 인종차별주의자들은 땅 위에 금을 긋는가 싶더니 급기야 담을 쌓고 자신들만이 그 땅의 주인이라며 피부색이 다른 사람들을 몰아내었고 지금까지도 그런 악행이 자행되고 있다.

그렇지만 그런 사람들 사이에서도 "차별과 특정 인종을 향한 증오 범죄는 사라져야 한다"는 각계각층의 목소리에 우리는 희망을 갖는다. 내 옆의 수많은 백인 노인들도 하나같이 "묻지 마 폭력 같은 야만적인 행태는 멈추어야 하고 다 같이 살아야 한다"라고 입을 모으신다. 목소리를 내지도 시위대 참석도 못 하시지만 그 못지않은 영향력을 전파하고 계신 할머니 마고는 번져 가는 아시안을 향한 욕설과 공격 속에 "넌 괜찮아? 우리가 미안해" 하시며 내 등을 토닥이셨다.

몇 달 전 퇴근길, 할머니는 털실로 만든 수세미를 들고 있던 내 토트백 속에 얼른 넣어 주셨다. 받고 싶지만 직업적 윤리에 어긋나는 일이니 마음만 받겠다며 도로 꺼내 드렸다. "수세미 세 장이 뇌물이냐?" 하시며 다시 가방 속 깊숙이 찔러 넣어 주셨다. 차 안에 앉아 시동을 켠 채 수세미를 꺼냈다. 노란색과 연두색의 털실을 꼬아 만든 끈으로 묶은 할머니의 마음을 살그머니 풀었다. 보라와 흰색, 노랑과 회색, 빨강과 흰색을 섞어 짠 동그란 모양의 수세미 세 장이 꽃처럼 피어 있었다. 마고는 작은 체구에 고운 은발 머리, 유난히도 새하얀 피부로 인해 하얀 데이지꽃을 연상케 하는 할머니다. 아흔이 내일모레다 보니 시력도 청력도 떨어져 두꺼운 렌즈의 안경과 보청기의 도움 없이 세상과의 소통이 어려운 영국계 캐나디안이다. 잘 보지 못해도 잘 들리지 않아도 색색깔 털실로 국경과 인종을 넘어 다니시는 사랑의 전령사다. "뜨개질은 나의 기쁨이야" 하시며 틈만 나면 뜨개질을 하신다. 수세미 정도는 눈을 감고도 척척 만들어 내신다. 이불, 스웨터, 식탁보와 모자에 가방까지 할머니 손끝에서 만들어지는 창작물들은 얼마나 예쁜지 모두가 하나쯤 갖고 싶은 예술품이다. 이 예술품들은 바자회가 열리면 돈으로 변신하고 변신한 돈은 아프리카로, 노숙자들의 쉼터로, 싱글 맘을 위한 단체로, 필요한 곳이면 어디든 날아간다. 남녀노소는 물론 다리의 유무도 상관없고 잘생겨도 못생겨도 생명은 모두 존중받아야 하는 것이니 "당연한 것"이다.

더불어 사는 것이 당연한 할머니 덕에 나의 지난겨울은 많이도 따뜻했다. 짙은 보랏빛 털실에 연한 보라색과 파란색을 섞어 군데군데 줄무늬를 만들어 넣고 가장자리는 하얀색으로 상큼하게 마무리한 작은 이불 하나가 시린 무릎을 지켜 준 것이다. 단색이 아닌 다양한 색깔의 실을 섞어 뜬 이불을 덮으면서 할머니의 세련된 색감에 놀라고 세상과의 접선 방식에 감탄하며 겨울을 보냈다.

'다름'은 다양함이고 다양함은 원동력이다. 서로 다른 색깔을 이어 다채로운 옷과 이불을 만들어 내듯, 각양각색의 꽃들이 조화를 이루며 피고 지는 자연은 얼마나 아름다운가. 그런 자연의 일부인 인간 또한 자연의 질서대로 살아가는 것이 섭리요 창조주의 뜻일 것이다. 어제는 그 자

　　　　　　　　　　　　서쪽으로 난 창

연의 섭리대로 개인의 개성과 문화를 존중하자는 국가정책인 다문화주의를 지향하는 캐나다의 봄 거리를 걸었다. 이제 곧 마스크와 두려움일랑 벗어 던지고 자유로이 걸을 수 있으리란 기대를 안고, 봄 햇살에 만개한 벚꽃처럼 걸었다.

소설에서 그 비열한 살인자 말고는 자신에게 무슨 일이 벌어졌는지 아무도 모른다며 죽은 엘레강스는 우물 속에 누워 탄식했다. 정말 아무도 모르는 걸까? 인간이 허물어야 하는 금기를 지적해 낸 작가 오르한 파묵과 우리의 머리털까지 세시는 오직 한 분, 그분은 알고 계신다. 우리의 억울함을 풀어 주고, 하늘에 있는 것이나 땅에 있는 것이나 모두 그리스도 안에 하나 되게 하실 그날이 머지않았음을.

손이 못 하면 입술로

안 하는 건 있어도 못 하는 건 없다

매일 오후 3시가 되면 등반 준비를 하고 나타나시는 분이 계신다. 세계의 지붕이라 불리는 에베레스트가 목표다. 하루도 쉬지 않고 모습을 드러내시는 분은 일흔일곱 살 할머니 리나다. 모서리와 손잡이가 낡고 색이 바랜 검정색 배낭을 등에 메고, 한 손에는 지팡이 다른 한 손엔 이불을 들고 나타나신다. 베이스캠프는 2층 다이닝 룸 한쪽 벽난로 옆이다. 도착해서 제일 먼저 하시는 일은 등받이가 널찍한 1인용 윙 체어에 앉아 들고 오신 노란색 작은 이불을 무릎 위에 펴 덮으신다. 그런 다음 천천히 배낭을 열고 빨강, 파랑, 검은색 볼펜 3개와 두 권의 노트를 탁자 위에 꺼내 놓으신다. 마지막으로 돋보기를 쓰고 두꺼운 책 한 권을 펴서 무릎 위에 올리면 등반 준비는 끝이 난다.

꺼내 놓으신 책은 할머니 연세만큼이나 세월이 쌓인 제임스 조이스의 『율리시스』다. 할머니께서는 매일같이 '율리시스'라는 산으로 등반을 떠나신다. 방대한 양은 제쳐 두고라도 난해한 문장과 서술 방식에 영문학 전공자들조차 쉽게 도전하지 않는 장편소설이다. 그래서 혹자는 율리

서쪽으로 난 창

시스를 에베레스트에 비유했나 보다. 뭐 좀 아는 척, 책 좀 읽은 척하고 싶던 시절, 척하고 싶던 마음에 도전했다가 반도 못 읽고 포기했던…. 재미가 전혀 없다고는 할 수 없지만 이런 미로 같고 엉뚱한 소설에 시간을 바치고 싶지 않다는 말도 안 되는 변명을 달아 놓고 맘 편히 내려놓은 소설이다. 나의 지적 허영심을 채우기 위해 선택했다가 반도 오르지 못했던 산 율리시스를 할머니께서는 벌써 세 번째 오르고 계신다.

율리시스는 아무런 준비 없이 오를 수 있는 마을 뒷산이 아니란 걸 읽어 본 사람들은 안다. 상당한 체력과 인내심, 사전 조사와 기술을 필요로 한다. 히말라야 고산 베이스캠프에서 자신의 젊음과 체력을 앞세워 무모하게 도전한 젊은 근육들이 중도에 포기하고 돌아설 때, 할머니는 자신만의 보폭으로 뚜벅뚜벅 쉬지 않고 올랐다. 철저한 준비와 77년 쌓인 인생 내공이 할머니의 속도에 맞춰 함께 걷는다. 읽고 계신 책을 슬쩍 넘겨다보았다. 인쇄된 활자보다 할머니가 달아 놓은 해석과 주석이 더 많은 페이지도 있다. 두 권의 노트에는 소설 속 등장인물에 대한 분석은 말할 것도 없고 아일랜드의 역사와 문화 뼈대가 되는 오디세이아의 배경과 등장인물에 대한 기술이 바둑판처럼 깔끔하게 정리되어 있다. 저것만 있으면 나도 오를 수 있을 것 같은 욕심이 스멀스멀 목구멍을 타고 올라왔다.

리나는 37년을 호텔리어로 일했다. 직장 일을 하며 홈리스를 위한 자원봉사를 했다. 봉사자들 중 자신에게는 없는 유머와 어디에도 얽매이지 않는 자유로운 영혼의 소유자를 만나 사랑에 빠졌다. 레스토랑을 운영하던 남편은 잘생기고 로맨틱했으며 경제력도 있었다. 무엇보다 독서가 취미인 두 사람은 대화가 통했다. 만날 때마다 서로에게 책을 선물하던 그들은 만난 지 5개월 만에 "완벽한 소울 메이트"라는 확신이 들었고 성대한 결혼식을 올렸다. 완벽한 소울 메이트라며 친구들이 부러워하는 결혼식을 했지만 부부의 사연은 부부밖에 모른다는 말은 그들을 두고 한 말인지 좋은 날도 많았지만 싸운 날이 더 많았다. 영원히 함께하자 맹세한 지 십 년이 안 돼 결혼 생활에 종지부를 찍고 남남이 되었다.

아홉 살이던 딸과 일곱 살이던 아들도 부모의 이혼을 담담히 받아들이는 것 같았다. 다행히 남편이 양보한 집이 있었고 매달 보내 주는 양육비와 든든한 직장이 있어 경제적인 어려움은 없었다. 친정어머니께서는 일찍 돌아가셨고 홀로 계시던 아버지를 모셔 와 함께 살았다. 아버지는 모셔 오던 해에 발생한 암으로 고생하시다가 큰딸의 고등학교 졸업식을 일주일 앞두고 돌아가셨다. 수월하게 커 준 딸은 대학생이 되면서 자연스레 독립을 해 나갔다. 큰딸과 달리 아들은 부모들의 이혼 후 마음을 잡지 못하고 방황하다가 소식도 없이 집을 나갔다. 그때 나이가 열아홉이었는데 일 년에 한두 번 전화를 걸어올 뿐 찾아온 적이 없다. "그래도 어쩔 수 없지, 어차피 인생은 혼자 왔다 혼자 가는 길이잖아"라고 무심한 척 가벼운 척, 툭 던지셨다. 가볍게 던진다고 가벼운 것도 무심한 척한다고 무심할 수 없는 존재가 자식이 아니던가. 평소와 달리 유난히 빨라진 말의 속도는 무심할 수 없고 부정할 수 없는 그리움의 증거다.

아버지께서 떠나시고, 아이들도 떠나자 그토록 갖고 싶었던 혼자만의 시간이 찾아왔건만 기쁨보다 공허감이 더 크게 밀려왔다. 승진을 하고 부러움을 사며 다니던 직장 일도 시큰둥해지고 "이렇게 일만 하다 죽나? 어차피 죽을 건데 왜 아웅다웅 살아야 하나?" 하며 수없이 많은 불면의 밤을 보냈다. 이렇게 살아도 한평생, 저렇게 살아도 한평생 "누가 나한테 관심 있다고 멋져 보이는 삶을 살아? 내 맘대로 살자" 싶었다. 우물댈 이유가 없었다. 마음이 결정되자, 타인의 시선과는 작별을 하고 사직서를 던졌다.

구석구석 추억이 묻어 있는 집, 관리하느라 힘도 들고 돈도 드는 큰 집을 팔아 조그만 원룸 아파트로 거처를 옮겼다. 이불과 베개만 꺼내 놓고 배낭 하나를 둘러 메고 꿈만 꾸던 유럽으로 날아갔다. 2개월에 걸친 긴 여행이었다. 여행에서 돌아와 여독도 풀리기 전에 자신이 사랑한 헤밍웨이의 흔적을 찾아 또다시 쿠바로 날아갔다. 헤밍웨이가 담갔던 바닷물에 발을 담그고 그가 마셨던 칵테일 '모히토'를 마셨다. 하룻밤 짧은 사랑도 해 봤고 밤새도록 여행자들과 어울려 춤도 춰 봤다. 밥 한 끼만 사 달라는 가난한 여행자에게 속아 지갑을 몽땅 털리기도 하고 수영을 하다 파도에 휩쓸려 죽을 고비도 넘겼다. 많은 사람들이 꿈에서나 하는 말 "난 내일이 없는 사람처럼 살았어" 하셨다. 많은 이들이 그러하듯 원하는 여행, 원하는 삶은 늘 '언젠가'로 미룰 때, 다 쓰지도 못할 노후 자금을 걱정하며 일을 하고 돈을 모으는 대신 "일단 저질렀어" 하시며 "내가 살면서 제일 잘한 일이야" 하신다. 많은 이들이 죽음을 선고 받은 뒤에나 할 수 있는 일들을 '지금 당장'으로 옮기는 행동 대장이시다.

쿠바에서 돌아온 후, 예전에 남편과 했던 자원봉사를 다시 시작했다. 밤이면 읽고 싶었던 책과 보고 싶었던 영화를 보며 허리둘레 걱정에 참 았던 아이스크림을 먹고 도넛을 먹었다. 그런 여유와 행복도 잠시, 69세가 되던 해에 봉사 활동을 다녀오던 중 음주 운전자에 치이는 사고를 당하고 말았다. 몇 번의 수술을 받고 오랜 시간 재활 치료를 받았지만 오른쪽 다리가 제대로 펴지지 않아 지팡이 없이는 걷는 것이 불편하시다. 일상생활이 불편해지자 모든 걸 정리하시고 이곳 리타이어먼트 홈에 입주하셨다. 낮에는 책을 읽고 친구가 필요한 사람에게 수화기 너머로 책을 낭독해 주는 봉사활동을 하시며 즐겁게 사신다. 기나긴 밤에는 뜨개질을 하고 자서전을 쓰신다. 자서전을 출간할 때 추천사를 부탁 하신다면서 보여 주신 노트가 세 권이나 된다. 불행히도 필기체로 쓰신 그림 같은 글씨는 읽고 이해하기가 율리시스 수준이다. 나에겐 또 하나의 에베레스트인 셈이다. 그러니 출간하신 후 독자의 영광을 달라고 거절하는 수밖에. 킬링 타임용이라 하시지만 할머니의 뜨개질은 그 솜씨가 정말이지 대단하다. 알록달록 이불은 물론, 아기들 옷가지며 가방에 인형까지 얼마나 예쁜지 모두 다 가지고픈 유혹에 바늘이 있으면 무릎이라도 찌르며 사고픈 충동을 참아야 한다. 그렇게 예쁜 작품들은 일 년에 두세 번 열리는 바자회 때 인기리에 팔려 나간다. 거의 모든 작품이 다 팔리는데 판매 수입금 전액을 불우 이웃 돕기에 기부하신다. "다리가 못 하면 손이 한다, 손이 못 하는 건 입술로 한다" 그것이 그녀 삶의 방식이며 모토(Motto)다.

봄이 되자, 지난해 가을 집 안으로 들여놓으면서 가지치기를 해 준 벤

서쪽으로 난 창

자민이 새 가지를 내밀었다. 잘린 가지 옆으로 싱싱하고 건강한 나뭇가지가 두 개나 뻗어 나왔다. 할머니께서는 새로 나온 벤자민 나뭇가지가 태양을 향해 팔을 뻗어 나가듯 새 길을 만들어 가신다. 커피 한 잔에 한 조각 빵이 전부인 아침도 즐겁게 드시고 감사하게 드신다. 안 하는 건 있어도 못 하는 게 없는, 날마다 등반을 떠나는 빛나는 청춘이다.

U턴이 안 되는 길입니다

석양 속에 빛나던 전함, 삼덕 씨

"엄마, 이거 가져" 하며 다섯 살 찬이가 들고 있던 장난감 자동차를 하얀 국화꽃 앞에 올려놓았다. 그때까지 참고 있던 찬이 아빠가 아들을 끌어안고 아내의 영정 앞에 눈물과 함께 무너졌다. 곁에 섰던 조문객들도 누르고 있던 눈물을 한꺼번에 쏟아 내었다. 어디에 그 많은 눈물이 숨겨져 있었는지 흘러나오기 시작한 눈물은 온 장례식장 안을 가득 채웠다.

어른들의 울음소리에 놀란 아이 눈에서도 굵은 눈물방울이 똑똑 떨어져 내렸다. 친구는 죽음이 뭔지도 모르는 다섯 살의 아들과 아내 없인 아무것도 못 하는 남편을 남기고 6개월 남짓 암과의 사투 끝에 주삿바늘을 꽂은 채 생의 끈을 놓아 버렸다. "여자는 마흔이 제일 아름답다고 생각해, 나는 나의 마흔이 기대돼" 하더니 뭐가 그리 급했을까? 친구는 그렇게 기대하던 마흔 살 생일을 앞두고 돌아올 수 없는 길을 떠나 버렸다. "착한 남편을 만나 행복했고 엄마가 되게 해 준 내 인생, 짧았지만 감사해"라는 말을 남기고 짧은 생의 문을 닫아 버렸다.

칠십 년 팔십 년을 살다 떠나면 아쉽지 않을까? 서른에 죽음을 마주하든 아흔에 마주하든, 죽음이 가까운 사람들은 하나같이 사랑하는 가족의 품에서 눈감기를 소원한다. 원하든 원치 않든 필연적으로 맞이해야만 하는 것이 죽음이지만 자신의 임무를 다한 뒤 내가 살던 집에서 가족들이 지켜보는 가운데 평온하게 눈을 감는다면 그보다 더한 복이 있을까. 몇 주 전, 그 복을 누리며 평화로이 잠드셨다는 숀 할아버지 소식이 전해져 왔다. 가족들의 통사정에 못 이기신 할아버지가 이곳 리타이어먼트 홈을 떠나가신 후 전해 들은 첫 번째 소식이었다. 정원에 장미가 몇 그루인지, 이층으로 올라가는 세 번째 계단이 삐걱거리고, 거실 카펫에 생긴 얼룩의 정체까지 훤히 아는 집, 60년 넘게 아내와 함께 살던 집으로 되돌아가신 지 5개월 만이었다. 아들딸 넷에, 그 아래로 손자, 손녀들까지 63명의 자손들이 할아버지를 기다리는 80년도 넘은 고택은 23세에 결혼을 하고 아내와 함께 피땀을 모아 장만한 집이었다.

행복했던 순간 고통스러웠던 기억, 살고 사랑했던 할아버지의 모든 기억을 품은 집을 떠나 이곳으로 들어오실 때는 다시는 그 집으로 돌아가실 줄 몰랐다. 5년 전 아내가 세상을 떠난 뒤 청소, 빨래, 식사, 의료 지원까지 모든 걸 제공받을 수 있는 이곳 리타이어먼트 홈을 선택하신 건 할아버지의 결정이었다. 둘째 딸 부부와 함께 살았지만 딸 부부도 누군가의 손길이 필요한 나이였기에 딸의 만류에도 강행하신 거였다.

손을 한 번 잡아 드려도, 물 한 잔을 드려도 "땡큐"와 함께 따뜻하게 눈을 맞추시던 인자하고 사려 깊은 할아버지는 모두의 사랑을 듬뿍 받으며 생활하셨다. 청력 문제만 빼고는 얼마나 건강하셨던지 할아버지를 만나 본 사람들은 누구나 건강의 비결을 물어보지 않을 수가 없을 정도였다. 180센티미터가 넘는 키에 건장한 체격이셨고 뭐든 맛나게 드시고 감사하게 드셨다. 며칠 전에 드셨던 연어구이를 오늘 드셔도 "정말 맛있어, 최고의 요리야" 하셨고 커피나 홍차를 드시지 않는 할아버지 찻잔에 레몬 한 조각을 넣고 뜨거운 물을 따라 드리면 "역시 네가 최고야"라며 누구나 알고 있고 누구나 그렇게 하는 일에도 '최고'라는 수식어를 붙여 주셨다.

그러다 보니 다이닝 룸을 담당하는 모든 스텝들은 할아버지로 인해 최고의 요리와 서비스를 제공하는 일류 레스토랑의 직원으로 변신할 수밖에 없었고 나는 팔자에도 없는 고래가 되어 더덩실 춤까지 추곤 했다. 고래가 된 내가 오는 정이 있으면 가는 정도 있어야 하는 것 아니냐며 존경을 담아 지은 이름 '삼덕 씨'를 선물했다. 영어권에서야 아이, 어른 똑같이 이름을 부르지만 한국에선 연장자의 이름을 부를 땐 존칭을 붙여 사용하는 것이 한국인의 예법이라 '씨'자까지 붙여 "삼덕 씨"라고 지어 드린 것이다. 매사에 '신중'하고 '자애'로우시며 '헌신'적인 할아버지의 성품 세 가지를 따서 지은 이름 삼덕(Three Virtue)의 의미를 설명해 드렸다. 마음에 드셨는지 새 입주민과 통성명을 하실 땐 "My name is 삼덕 씨"라고 자신을 소개하셨다.

지난해 2월 할아버지 삼덕 씨의 100세 생일 때는 할아버지의 가족과 친지는 물론 빌딩 내 입주민과 직원 등 백여 명이 모인 가운데 성대한

서쪽으로 난 창

파티를 했다. 남편 직장을 따라 멀리 이사를 가면서 퇴사했던 직원도 몇 시간을 한달음에 달려와 참석했다. 간호사로 일했던 그녀는 "당신은 내 인생의 롤 모델"이라며 할아버지 백 년 인생에 커다란 꽃다발을 안겨 드렸다. 어떻게 살면 누군가의 인생의 롤 모델이 될 수 있을까? 어떻게 살면 서로 모시지 않겠다며 부모를 떠밀어 내는 이 세상에서 "제발 집으로 들어오세요"라며 모셔 가는 자식들을 가질 수 있을까?

장남이셨던 할아버지는 고등학교를 졸업한 후 외항선을 타시던 아버지를 따라다니며 여러 나라를 구경하셨고 24세에 친구의 여동생과 결혼을 하면서 밴쿠버에 정착하셨다. 유년 시절 할아버지의 아버지께서는 일 년에 한 번, 길게는 3년에 한 번 집으로 오셨다. 아버지가 오실 바다만 바라보며 소금처럼 하얗게 말라 가시던 어머니는 술과 담배로 허기를 채웠고 동생들은 밖으로 나돌았다. 너무 간절하고 그리워서 미워했던 텅 빈 아버지의 자리를 보며 자신은 절대로 그 중요한 자리를 비우지 않겠다고 다짐을 했다. 결혼을 하고는 외항선에 생필품을 납품하시고 틈틈이 농사와 가드닝을 하며 아내 곁을 지키셨다. 25세가 되던 해에 첫아들이 태어났다. 할아버지를 쏙 빼 닮은 아들에게 할아버지를 만나게 해 주고 싶었지만 외항선을 타고 나가신 아버지는 새로운 삶을 살겠다며 통보하시고는 영영 돌아오시지 않았다. 어머니도 당신의 삶을 사시겠다며 재혼해 떠나시자 부모님을 대신해 세 명의 동생과 자신의 아이들 네 명까지 모두 합해 일곱 명의 아버지가 되었다.

일곱 명의 아버지로 살려면 무엇보다 심장이 튼튼해야 한다. 큰아들이 철봉에서 떨어져 척추를 다치고 입원 중일 때 남동생이 절도죄로 붙잡혔다며 경찰서에서 전화가 왔고, 여동생이 이혼을 한다며 온 집안을 헤집어 놓았다. 동생들이 결혼을 하고 떠난 후에도, 아이들이 자라던 때에도 하루도 조용할 날이 없었다. 막냇동생이 결혼식을 하던 날엔 농사일과 결혼식 준비로 과로했던 아내가 다섯째 아이를 유산했다. 누워 있던 엄마를 도우려던 둘째 딸의 실수로 집에 불이 났고 불을 끄던 와중에 아내는 얼굴과 팔에 화상을 입고 말았다. 그때의 심정을 꺼내시다가 말씀을 멈추고 아득히 먼 과거 어딘가로 시선을 옮겨 놓으셨다. 그때, 할아버지 눈동자 속에 가만가만 차오르던 아픔을 나는 짐작도 할 수 없었다. 그래도 다시 툭툭 털고 일어선 건강하고 씩씩했던 아내를 "나의 영웅"이라 하셨다. 할아버지는 한평생을 가족을 위해 헌신한 아내를 당신의 손으로 묻어 드린 뒤 이곳으로 들어오셨다. 혼자 남은 어머니의 고통을 보고 자란 할아버지였기에 그러셨을까. 혼자 남은 자의 고통을 사랑하는 아내에게 주고 싶지 않던 할아버지는 그 고통을 당신이 지고자 했고 그 원을 이루셨다.

자신의 임무를 다했으니 "언제 죽어도 원 없다" 하시던 할아버지께서 100세 생일 파티를 하신 후부터 건강이 급격히 나빠지셨다. 평소에 드시던 음식량의 반도 못 드셨고 말씀하시는 것조차 힘들어하셨다. 가족들에게 짐이 되고 싶지 않아 스스로 떠나오셨지만 마다할 힘도 판단 능력도 없어지신 할아버지를 함께 살던 딸 부부와 손자가 와서 모셔 갔다. 동생들과 아이들을 키운 집, 아내의 숨결이 묻어 있는 집으로 못 이긴 듯 돌아가셨다.

서쪽으로 난 창

할아버지께서 집으로 돌아가시던 날, 열세 살 고손자의 손을 잡고 천천히 걸어 나가시던 뒷모습에서 나는 "전함 테메레르"를 보았다. 자신의 임무를 다하고, 수명이 다해 해체되기 위해 예인되어 가던 거대한 전함 테메레르호는 1805년 트라팔가 해전에서 프랑스와 스페인의 연합 함대를 격파하며 영국의 승리에 가장 큰 공헌을 했던 함선이다. 넬슨 제독이 승선해 지휘했던 빅토리아호를 적군의 함포로부터 지켜 낸 전함이 바로 테메레르였다. 비록 이 해전에서 명장 넬슨 제독을 잃었지만 영국에 승리를 안기면서 영국은 드넓은 바다를 정복해 나갔고 세계 곳곳에 식민지를 개척하며 그들이 말하는 대영제국의 국위를 떨치게 되는 계기가 되었다. 그런 역사적인 영웅을 영국의 국민 화가 윌리엄 터너가 그림으로 남기면서 위대했던 전함에 경의를 표했고 영국인들은 "전함 테메레르"를 그들이 제일 좋아하는 그림 1위에 올려놓았다.

할아버지 손도 테메레르 못지않은 전함이셨다. 아버지를 향한 그리움이 분노로 변한 가장의 부재와 싸웠고 끝없이 밀려드는 사건, 사고와 맞서 싸우셨다. 자신의 기쁨과 유익을 따라가고픈 유혹과, 주저앉고 싶은 순간 또한 얼마나 많았을까마는 끝까지 포기하지 않았고 아내의 마지막 호흡까지 당신의 두 손으로 받아 내셨다. 할아버지는 비록 형체는 사라지고 없지만 영국인들의 가슴속에서 찬란히 빛나는 영웅선 테메레르처럼, 거친 파도가 몰아치는 삶의 전쟁터에서 가족을 지켜 낸 위대한 전함이었다.

할아버지께서 돌아가시자, 우리 빌딩 안에도 분향소가 마련되고 조문객들이 찾아들었다. 나도 파란만장했던 100년의 역사를 쓰신 할아버지 영정 앞에 꽃을 가져다 놓았다. 웃고 계신 할아버지를 바라보는 내게 서른아홉 해, 짧은 생을 살다 간 친구가 묻는다. "따뜻한 집에서 내가 살아 보지 못한 마흔을 누리고, 성실한 남편과 건강한 아이들, 그 많은 걸 가지고 도대체 뭘 더 갖고 싶은 거야?"라며 소리쳐 묻는다.

이화인들이여 나를 잊었습니까?

"기도하지 않아도 내 중심을 아시는 하나님"

눈동자 속에 심어진 꽃씨를 본 적이 있는가? 자신의 눈동자 속에 당신의 손으로 꽃씨를 뿌리신 분을 만났다. "혹시 한국인이니?"라는 질문 하나로 자신의 눈동자 속에 꽃씨를 파종하신 분은 89세 할머니 Dr. Donna Runnals다. "한국인에게 관심이 많으시군요"라는 말에 "내가 어찌 한국과 이화여대를 잊을 수 있겠어" 하시는 파란 눈동자의 할머니는 시애틀에서 배를 타고 23일 만에 도착한 부산항에서 이름조차 생소한 코리아를 처음 만났다. 6·25 전쟁 직후인 1956년도의 한국은 판자촌과 천막촌, 굶주린 사람들과 헐벗은 아이들로 득실대는 희망이 보이지 않던 나라였다. 선교사로 도착해 눈으로, 발로, 피부로 살아 낸 3년 동안, 한국이 K-pop, K-drama, K-food를 유행시키며 선진국의 반열에 오르게 될 것이라고는 꿈에도 생각지 못했다.

내가 처음 그녀의 집을 찾아간 건 5년 전 가을이다. 리타이어먼트 홈에 입사 후 처음 초대받은 입주민의 집이었다. 할머니는 베이지색 바지와 에메랄드 빛 얇은 스웨터 위에 베이지색 니트 카디건을 받쳐 입고 있었다. 깔끔하게 빗어 넘긴 짧은 은발 머리에 훤히 드러난 이마, 그 밑으로 깊고 푸른 눈동자가 스웨터 색깔에 비쳐 에메랄드 빛으로 반짝이고 있었다. "웰컴" 하며 열어 주신 집은 들어서면 부엌과 거실이 있고 출입구 바로 옆에 작은 다용도실과 화장실, 그 옆에 아늑한 침실이 자리 잡고 있었다. 출입문과 마주 보게 설계된 베란다는 안과 밖을 큰 통유리문으로 구분해 놓아 좁은 거실이지만 밝고 시원했다. 이십여 권 정도 꽂힌 작은 책장 하나와 철제 3단 서류 보관함 그리고 3인용 소파와 윙 체어 하나, 작은 식탁으로 정리된 깔끔하고 소박한 거실이었다. 자랑이나 허세가 될 물건이나 장식품 같은 건 없었다. 유명지에서 찍은 사진 한 장, 기억하고 싶음 직한 학위나 졸업장 하나도 걸려 있지 않았다. 할머니는 캐나다 명문 맥길대학에서 교수로 재직하셨다. 강의를 하시는 틈틈이 10여 개국을 돌며 강의와 선교 활동을 하셨으니 자랑하자고 들면 한 달도 모자랄 이력이다. 그런 분이셨기에 그렇게 아무것도 없는 공간일 거라고는 생각하지 못했다. 소박하다 못해 초라했지만 텅 빈 공간이 주는 알 수 없는 충만감으로 나는 이미 할머니께 압도당하고 있었다.

선교사로 들어간 한국에서 선교 활동과 더불어 영어를 가르치던 추억을 풀어헤치며 흥분을 감추지 못하시는 할머니는 어린아이 같았다. 1956년부터 1959년까지 3년 동안 이화여대에서 영문학부 학생들을 지도할 때의 에피소드로 시작된 한국은 오랜 세월이 흐른 지금도 선명한 색깔과 향기로 남아 있었다. 처음 강의실 문을 열었을 때 "삼십여 명의 여학생 얼굴이 모두가 하나처럼 똑같은 거야, 거기다 모두가 검은색 치마에 흰색 저고리를 입고 있잖아, 기가 막히더군" 하시며 양손으로 무릎

서쪽으로 난 창

을 두드리고 목젖까지 드러내며 깔깔 웃으셨다. 영락없는 스물세 살 처녀였다. 어떻게 가르치나보다 어떻게 서른 명이나 되는 학생들을 구별해야 하나 하는 것이 더 큰 고민이었다며 손으로 이마를 짚고 머리를 흔드셨다. 66년 전, 한국행 배를 타기 전까지는 동양인이라곤 만나 본 적도 없었다. 그러니 작은 눈과 낮은 코, 거기에 칠흑같이 검은 머리카락을 한 여학생들은 모두가 똑같아 보였던 것이다. 그날 밤, 한국에서 나고 자란 나에게도 생소하고 참혹했던 한국의 실상과 가슴 뭉클한 사연들이 풀어놓은 보따리 속에서 끝없이 쏟아져 나왔다.

그 시절의 대한민국은 모든 생필품이 부족했다. 삼시 세끼 끼니를 걱정해야 하는 상황이다 보니 집집마다 하나쯤은 필요한 벽시계는 물론이요 손목시계 또한 가지고 있는 사람이 많지 않았다. 지각생의 사유도 시계가 없어 "시간을 몰라서"였다고 하니 무슨 설명이 더 필요하랴. 그러니 어떻게 해서든 시계를 구해 주어야겠다는 생각을 하게 된 것이었다. 여러 개의 시계를 합법적으로 들여올 방법을 고민했지만 쉽지 않았다. 고민 끝에 밀수꾼이 되기로 작정했다. 할머니는 밀수꾼으로 유유히 공항을 빠져 나온 무용담을 옷소매를 걷어붙이고 말까지 더듬으며 들려주셨다. 방학을 이용해 홍콩을 다녀올 때였다. 여름이었지만 밀수를 작정했으니 소매가 긴 옷을 입는 것은 당연했다. 양팔에는 손목시계를 찰 수 있는 만큼 많이 차고 세관을 통과하기로 했고 계획은 성공했다. 그때 밀수에 성공하도록 도와 달라고 기도했냐고 물었다. "기도하지 않아도 내 심중을 아시는 하나님을 믿었다"는 대답이 바로 돌아왔다. 그때만 해도 외국인, 그것도 백인 여자의 몸수색은 거의 하지 못했던 때라

가능한 일이었다.

그런가 하면, 학비가 없어 학업을 계속할 수 없었던 제자에게 한국어를 배운다는 명분으로 학비를 지원해 주었다. 방학을 맞으면 휴가를 떠나던 동료들과 달리 보통 사람들의 생활상을 제대로 경험하고자 통역을 맡은 제자와 함께 부산에 있는 식기 제작 공장에 취직을 했다. 그곳에서 만난 아기 엄마 이야기를 시작하시면서는 가라앉기 시작한 목소리가 가늘게 떨렸다. 히로시마 원폭 피해자로 얼굴과 온몸을 뒤덮은 상처를 한여름에도 긴 소매로 가린 채 일주일 내내 새벽부터 밤까지 그릇에 그림을 그리고 도장을 찍던 어린 아기 엄마를 잊지 못하고 계셨다. 뼈만 남은 듯 앙상하게 마른 몸에 늘 지쳐 쓰러질 듯 간신히 생을 이어 가고 있던 그녀. 온몸이 땀으로 범벅이 되어도 소매 한 번 걷어 올리지 못하고 더위를 견디던…. 퇴근 후엔 지친 몸을 이끌고 젖동냥을 다니던 여자. 말도 웃음도 없던 여공의 얼굴을 똑똑하게 기억하신다. 자신의 젖이라도 주고 싶었지만 결혼을 한 적도 출산의 경험도 없었던 그녀에게서 젖이 나올 리 없었다. "내가 할 수 있는 게 없더군" 하셨다. 할 수 있는 게 없었다 울먹이시는 할머니 손을 잡고 "당신이 할 수 있는 모든 것을 다 하셨고 그 이상을 하셨어요, 밀수까지 하셨잖아요" 했다. "그렇지? 내가 밀수에 재주가 있었어" 하시며 가라앉았던 마음을 끌어올리려 껄껄 웃으셨다.

그녀를 파송한 교단은 몇 년 더 한국에 머물러 주길 원했지만 학업을 끝내기 위해 캐나다로 돌아왔다. 박사 학위를 받은 후 선교 활동에 관심이 높았던 그녀는 여러 나라를 옮겨 다니며 강단에 섰고 때로는 목숨을 건 선교 활동을 하며 젊은 시절을 보냈다. 평생 독신으로 살았고 살아온 시간에 후회는 없다. 지금은 하루 중 대부분의 시간은 독서를 하신다. 일주일에 한 번 직접 운전해서 교회를 가시고 매일 오후 2시가 되면 걸어서 이십여 분 거리에 위치한 카페로 가신다. 시나몬을 토핑한 카페라테를 마시며 책을 읽거나 카페 안의 사람들을 구경하신다. 그것이 느린 일상 속에서 갖는 작은 즐거움이다. 지금은 COVID19로 인해 그것조차 불가능한 상황이지만 주어진 현실에 잘 적응하고 계신다. 바램이 있다면 그 짧은 시간에 근대화와 민주화를 동시에 이루어 낸 한국, 세계 속에 우뚝 선 선진 대한민국 땅을 다시 한번 밟아 보는 것이다. 그러나 89세의 할머니에게 비행기를 타는 일은 불가능한 꿈인 걸 나도 알고 그녀도 안다.

희망이 보이지 않던 땅에 하나님을 전하고 사랑을 실천했던 아름다운 영혼의 그녀, 시애틀에서 배를 타고 23일 만에 도착한 "부산 항구와 이화여대생들을 내가 어찌 잊을 수 있나" 하시는 할머니를 위해 난 뭐라도 해야 했다. 며칠을 생각하다 다시 할머니를 방문했다. 기적이 일어난다면 60여 년 전 모두가 똑같아 보였던, 이제는 그녀처럼 백발이 되었을 제자들을 찾을 수 있을 것 같다고 했다. 기적의 꽃씨를 받아 든 할머니 얼굴이 만개한 박꽃처럼 환해지셨다. 가을밤 달빛 아래 피는 박꽃이 그렇게 예쁠까? 환하게 웃으시는 할머니의 배웅을 받으며 주차장을 향해 걸었다. 바람 한 점 없는 밤하늘에 낮게 걸린 초승달, 말없이 내 등을 떠다 밀었다.

쇼팽 사용법

섬과 섬을 연결하라

먼 하늘에 흰 구름이 흘러간다. 시간이 흐르고, 나도 흐르고 너도 흐른다. 실개천이 강으로 흘러가듯, 강물이 모여 바다로 흘러가듯, 서로 다른 강줄기를 타고 흘러 흘러 이곳 리타이어먼트 홈으로 들어오시는 분이 일 년에도 몇 십 분이나 된다. 내 이름 하나면 통과하지 못하는 문은 없었다는 높으신 분과, 내세울 이력도 자랑할 이름도 없지만 고개를 절로 숙이게 만드시는 분들이 함께 살겠다고 선택한 곳이다. 모두가 열심히 살아온 시간이 선물한 주름진 얼굴과, 굵어진 손마디가 눈물겹도록 아름다운 노년이다. 입주하실 땐 같은 곳을 향해 걸어가는 마지막 길 동무들이기에 화려했던 왕년은 벗어 던지고 지팡이 하나 짚고 들어오신다. 세월이 깎은 둥글고 넉넉한 마음이 서로의 사정을 살피고 챙기며 둥글둥글 지내신다. 그런 동무들도 삐걱거리는 날이 있다. 팔구십 년을 살아온 힘으로도 넘을 수 없는 벽이 있나 보다.

저녁 식사가 시작될 무렵이었다. 할머니 두 분이 언성을 높여 가며 잘잘못을 따지고 있었다. 메리와 도로시였다. 몇 분이 말리고 간호사가 달려왔다. 모르긴 해도 뾰족하신 메리 할머니가 가시를 꺼내 찌른 게 틀림없었다. 할머니는 자신만 모르는 공인 '트러블 메이커'로 반갑지 않은 별명이 붙어 모두가 은근히 거리를 두는 분이다. 평소에 큰 소리는커녕 말수도 적은 할머니 도로시가 울음을 터트리셨다. 그러자 메리 할머니는 더 큰 목소리를 꺼내 흔들며 승전고를 울리고 싶어 하셨다. 그때였다. 다이닝 룸을 가득 메우는 피아노 소리…, 프랭크 할아버지께서 건반을 두드리기 시작하셨다. 드물게 연주하시는 캐논 변주곡이었다. 오른손 멜로디에 평소보다 많은 장식을 달아 빠르고 화려하게 연주하셨다. 어떠한 잡음도 허락하지 않겠다는 듯 숨 쉴 틈조차 주지 않고 마구 두드리셨다. 그러자 순식간에 전쟁은 끝이 나고 평화가 찾아왔다.

프랭크 할아버지는 쇼팽을 무척이나 좋아하시는 78세의 피아니스트다. 말년의 베토벤처럼 할아버지께서는 소리를 못 들으신다. 보청기를 했지만 별 도움이 안 된다. 소리를 잃으면 언어 구사 능력도 떨어지는지 할아버지께서는 꼭 필요한 말씀도 못 하실 때가 많아지셨다. 말씀도 안 하시고 무표정한 얼굴로 일관하시는 할아버지의 감정과 의사를 읽어내는 건 쉬운 일이 아니다. 대화가 필요할 때면 스무고개 하듯 연거푸 질문을 해서 대답을 이끌어 내고 기분을 파악해야 한다. 대신 할아버지의 기분을 읽는 가장 간단한 방법은 할아버지의 연주에 귀를 기울이는 것이다. 심신이 즐겁고 가벼운 날은 경쾌한 춤곡 〈쇼팽 왈츠 6번〉 일명 "강아지 왈츠"를, 심신이 괴롭고 우울한 날엔 더없이 슬픈 〈녹턴 20번〉으로 할 말을 다 하신다. 이 세상엔 쇼팽만이 존재한다는 듯 가장 좋아하시는 곡도 〈쇼팽 발라드 1번 G 마이너〉다. 내 개인적인 생각으로 연주 때마다 조금씩 분위기를 달리하시는 이 곡은 영화 《The Pianist》 속 슈필만 다음으로 할아버지가 최고다.

슈필만은 2차 세계대전 당시 나치의 잔혹함 속에서 극적으로 살아남은 폴란드계 유대인 피아니스트다. 영화 《The Pianist》에서 블라디슬로프 슈필만으로 분한 애드리안 브로디는 폐허가 된 건물 안에서 피아노를 연주한다. 독일군 장교 호젠펠트가 보는 앞에서…. 이 한 곡의 연주가 끝나고 나면 죽을지도 모르는 절체절명의 순간이었기에 도입부에서의 흔들리는 모습은 관객으로 하여금 더 몰입하게 만든다. 하지만 금세 안정을 되찾은 남자의 손가락은 건반 위를 날아다니며 피아니스트로서의 면모를 아낌없이 보여 준다. 창으로 넘어오는 창백한 달빛을 받으며 혼신의 힘을 다해 연주하는 장면이 압권이다. 영화를 본 사람이라면 그 장면에서 숨 한 번 쉬지 못하고 빠져들었던 자신을 떠올릴 것이다. 그때 연주한 곡이 바로 〈쇼팽 발라드 1번 G 마이너〉다. 온몸에 돋아난 솜털까지 모두 일어나던 전율을 오래도록 내 몸이 기억하고 있는 명곡이다.

할아버지 프랭크는 저녁 식사가 시작되기 전에 피아노 앞에 앉으신다. 거의 매일 연주하시고 언제나 짧은 것으로 한 곡만 들려주신다. 늘 아쉬울 수밖에 없다. 그래도 연주 시간이 10분도 넘는 이 곡 〈쇼팽의 발라드 1번〉을 라이브로 들을 수 있는 행운이 자주 찾아드니 듣는 우리는 그저 고마울 따름이다. 피아노 연주는 가능하지만 치매가 시작된 할아버지는 단기 기억 상실증이 심해지고 있다. 10분 전에 주문한 식사 메뉴도 기억하지 못하신다. 방금 식사를 하고 가셨는데 하루 종일 굶었다며 되돌아오시기를 일주일에도 몇 번씩 반복하신다. 그뿐 아니라 고운 은발 머리를 단정히 빗고 다니시던 할아버지가 머리에 까치집을 짓는 날이 부쩍 더 많아지셨다. 사라져 가는 청력과 기억력도 문제지만 떨어진 체력 탓에 누워 있는 시간이 많아진 것이다. 그런데도 불구하고 할아버지 피아노 연주는 문제가 없다. 단지 예전에 비해 속도가 조금 느려지고 힘이 떨어졌을 뿐. 신기한 건 날이 갈수록 할아버지 연주에 빠져드는 사람들이 늘어난다는 것이다.

낙엽이 지고 비라도 내리는 날에는 아무리 단단히 걸어 잠근 철벽 같은 가슴이라 할지라도 빗장을 풀고야 만다. 이제 곧 무덤으로 갈 우리가 싸울 일이 뭐가 있으며, "이기고 지는 게 뭐 그리 중요하냐?"고 자문하게 하신다. 할아버지의 연주가 시작되면 잘난 사람도 못난 사람도 없다. 굽이굽이 돌아온 인생길에 지치고 상처 입은 영혼들이 연민의 눈길을 주고받으며 서로에게 녹아들고 만다.

노년의 삶은 외로움을 견디는 일이라 한다. 모두가 외로운 섬이다. 그런 다도해 속 할아버지께서는 오래전 떠나 버린 아내 대신 피아노와 함께 사시며 하루에 한 번, 한 곡의 연주로 섬과 섬을 연결하신다. 한 곡의 쇼팽으로 세상의 소음을 잠재우시고, 백 년의 내공으로도 건너지 못하는 바다 위에 다리를 놓으시는, 78세의 아름다운 현역이다.

아무 날

꺼내는 자와 꺼내지 못하는 자

남자가 걸어온다. 감청색 양복에 흰 와이셔츠, 하늘색 바탕에 흰 물방울무늬 넥타이가 잘 어울리는 남자다. 노란색 장미를 한 아름 안은 남자는 분명 나를 향해 걸어오고 있다.

꽃을 든 남자가 다이닝 룸에 나타난 것은 점심 식사가 막 시작되던 시간이었다. 모두가 테이블 앞에 둘러앉은 채로 꽃을 든 남자를 바라보았다. 남자의 발걸음이 멈춘 곳은 내가 아니었다. 저 꽃의 임자는 자신일 것이라 꿈꾸던 스물둘 아리따운 엠마도 아니었다. 나를 지나고 엠마도 스쳐 지나갔다. 남자의 발걸음이 멈춘 곳은 조이스 앞이었다. 남자는 허리를 굽혀 그녀의 양 볼에 번갈아 키스를 했다. 들고 온 꽃다발은 그녀의 품에 안겨졌다. 그 순간 84세 조이스 할머니 얼굴은 아카데미 여우 주연상이라도 받은 듯 환하게 빛이 났다.

그녀의 손자 데이비드는 한 다발 꽃으로 할머니를 여우 주연상의 자리에 앉혀 주었다. 조용한 성격에 키도 자그마해서 평소엔 눈에도 잘 띄지 않는 분이다. 말수도 적고 목소리까지 작아서 대화가 필요할 때는 허리를 굽히고 귀를 기울여 들어야 한다. 그런 할머니가 손자 데이비드만 나타나면 다른 사람이 된다. 왕 수다쟁이로 순간 변신하신다. 그날도 데이비드가 나타나자 손주 자랑하시느라 식사도 제대로 못 하셨다. 피아노는 기본이고 트럼펫과 기타까지 수준급으로 연주하는 뮤지션이라 한다. 달리기도, 수영도 잘하고 심지어 철봉까지 멋지게 한다. 계란프라이와 블루베리 스무디 만드는 실력은 따라올 자가 없다 하신다. 조이스는 데이비드의 할머니임에 틀림이 없다.

식사를 하시던 분들은 부러움 반 질투 반 섞인 눈빛으로 많은 추측들을 쏟아 놓았다. 조이스 생일이다, 암 수술 받기 전에 보러 온 것이 틀림없다. 손자다. 아니다 아들이다. 어떤 분은 어머니 날이 지난 지 두 달도 넘었는데 어머니 날이라는 둥…, 그날은 어머니 날도 아니고 생일날도 아니었다. 그저 매일같이 반복되는 평범한 날들 중 하루였다. 식사를 마친 조이스 할머니는 옆에 앉은 할머니들에게 받은 꽃송이를 하나씩 나눠 주기 시작했다. 꽃을 나누는 손길을 손자가 기꺼이 도와주었다. 나누는 마음도 예쁘고 받아 드는 손도 예쁜 풍경이었다. 같은 테이블에 앉은 분들에게 다 나눠 주고도 몇 송이가 남았다. 옆 테이블에 앉은 메리 할머니에게 한 송이를 건네자 "그만둬, 난 그딴 것 필요 없어" 하며 불편한 마음을 삐죽거렸다. 그도 그럴 것이 메리 할머니는 꽃은커녕 맨손으로도 찾아오는 이도 없었다. 늘 뾰족한 마음이 방문객을 밀어낸 것인지도 모른다. 그런 할머니였기에 어쩌면 다른 사람은 몰라도 메리에게만은 꼭 주고 싶었는지도 모르겠다. 꽃을 주려다가 무안해진 할머니를 이 잘생긴 손주가 잘생긴 말로 분위기를 바꿔 놓았다. "고맙습니다, 하마터면 우리 할머니는 한 송이도 못 가질 뻔했잖아요" 하며 엄지를 치켜들고 윙크를 했다. 꽃 한 송이 들어갈 여유조차 없던 메리 할머니는 찬바람을 일으키며 자리를 떠나셨다.

조이스 할머니의 손자 데이비드는 변호사다. 뉴욕에 있는 로펌에 소속되어 있다. 한창 일할 나이였고 결혼도 안 했으니 데이트도 해야 한다. 튼튼한 직장에 키 크고 잘생긴 데다 여자를 넘어 사람 사랑하는 법을 아는 남자다. 얼마나 많은 여자들이 바라는 꿈의 남자인가. 그런데도 일 년에 네다섯 번은 꼭 할머니를 찾아온다. 할머니 생일, 어머니 날, 크리스마스 그리고 아무 날이다. 데이비드는 초등학교 시절에 양친을 잃었다. 아버지는 암으로, 어머니는 가출로 잃었다. 다행히 조부모이신 조이스와 할아버지 죠셉의 사랑으로 잘 자라 주었다. 할머니께서는 간호조무사로 일하셨고 할아버지께서는 자동차 정비 일을 하셨다. 바쁘고 고달픈 날들이었지만 두 분에게 최우선 순위는 늘 데이비드였다. 할머니는 밤 근무 열두 시간을 하고 돌아온 새벽에도 도시락을 싸서 학교로 보냈다. 비록 딸기 잼과 피넛 버터를 바른 샌드위치라 해도 사랑 가득한 마음으로 배가 불렀을 것이다. 할아버지께서는 기름때 묻은 작업복을 입고서라도 데이비드의 학교행사에는 반드시 참석하셨다. 항상 맨 앞자리에 앉아 제일 큰 목소리로 응원해 주었다. 그런 할아버지는 3년 전 돌아가시고 할머니 혼자 남으셨다. 그렇게 혼자가 되신 후부터 데이비드는 일 년에 두세 번 오던 길을 '아무 날'을 덧붙여 네다섯 번으로 횟수를 늘렸다. 그날이 바로 '아무 날'이었다.

서쪽으로 난 창

조이스는 야생화 군락 속에 핀 한 송이 들꽃 같은 존재다. 그런 84세의 할머니 조이스를 무대 위의 주인공으로 변신시키는 일은 마법이다. 생일도 아니고 어머니 날도 아닌 평범한 하루를 특별한 날로 바꾸는 이 마법은 누구나 가지고 있는 능력이다. 단지 꺼내 드는 자와 꺼내지 못하는 자의 차이만 있을 뿐. "그대여! 꽃을 들어라"

분홍 신호등

밥심으로 살아요

냉면, 된장찌개, 열무김치, 애호박 탕, 갈치조림, 더덕구이, 바지락 칼국수…, 한 그릇만 먹으면 지구라도 들어 올릴 것 같은 음식 이름을 형제자매 단체 카톡 방에 올려놓는다. 그러면 한국에 있는 언니, 오빠들은 먹음직스러운 음식 사진들을 줄줄이 올려놓는다.

며칠 전에는 내가 만든 음식 사진을 찍어 올렸다. 잔멸치를 볶아 김가루를 뿌린 멸치 밥이었다. 밥그릇 옆에 빨간색 제라늄 두 송이를 놓았다. 그러고는 연두색 민트 잎사귀 하나를 밥 위에 올리니 근사한 요리로 변신했다. 알고 보면 별것도 아닌 것에 "이 특식은 뭐야?" 하며 줄줄이 물음표를 올려놓았다. 밴쿠버에 오면 해 줄 테니 지금부터 슬슬 걸으라고 했다.

별것도 아닌 것을 특식으로 둔갑시키는 비결은 따로 없다. 꽃 몇 송이를 곁들이거나 사연을 얹어 함께 먹으면 특별한 밥이 된다. 내가 만든건 반찬이 없거나 기름진 음식이 물릴 때 쉽고 간단하게 만들 수 있다는 것이 장점이다. 먼저, 살짝 달궈진 팬에 기름 없이 잔멸치를 덖어 식힌다. 깨끗이 닦은 팬에 식용유를 두르고 매실액과 참기름, 설탕, 간장, 청주를 반 스푼씩 넣는다. 끓으면, 덖은 멸치를 넣어 재빨리 볶아 낸다. 갓 지어 김이 모락모락 피어오르는 흰밥 위에 볶은 멸치를 수북이 올린다. 그 위에 살짝 구워 곱게 간 김 가루를 솔솔 뿌린다. 마지막으로 볶은 통깨를 올리면 특별하진 않지만 가끔 생각나게 하는 멸치 덮밥이 된다. 여기에 한국인이라면 누구나 알고 있는 만능 양념간장을 넣고 조금씩 비벼 먹는다. 무와 양파, 매콤한 할라페뇨 고추를 함께 썰어 넣고 담근 장아찌를 곁들이면 한 끼 식사로 모자람이 없는데, 반드시 나무젓가락만으로 먹는다. 처음부터 끝까지…. 이 간단하고 소박한 덮밥을 나에게 소개해 준 사람은 한국인도 아니고 일본인도 아닌 영국 태생의 에스더 할머니다.

내가 살짝 내려다보는 키니까 아마도 160센티미터 정도가 될 것이다. 할머니를 볼 때면 깡마른 몸매에 이상하리만큼 배만 볼록 나와서 자꾸만 눈이 배 쪽으로 향했다. 조그맣고 하얀 얼굴엔 검버섯이 왼쪽과 오른쪽 눈 옆에 두 개씩 대칭을 이루며 꽃처럼 피어 있다. 머리카락은 검은 머리카락 한 오라기 없는 희고 긴 머리를 허리까지 쫑쫑 땋아 내렸다. 끝에는 리본으로 장식하는데 기분과 때에 따라 그때그때 다른 색상의 리본을 묶으셨다. 누구라도 방문객이 있는 날은 빨간색, 기분이 좋은 날은 분홍색이다. 우울한 날은 파란색을 달고 누구와도 말하고 싶지 않은 날에는 검은색 리본을 묶으셨다. 물어볼 필요도 없이 리본의 색깔만 보고 할머니의 상태를 알 수 있으니 여간 고마운 게 아니다. 갈 때와 멈출 때를 알려 주는 신호등인 셈이다. 어쩌다가 도로 위의 신호등이 고장 날 때가 있듯, 할머니 신호등도 고장이 날 때가 있다. 그럴 때면 직원들도 신호등 없는 사거리의 자동차처럼 우왕좌왕하며 눈치를 살핀다.

한번은 에스더 할머니가 모린 할머니와 같이 도서실 앞에 앉아 계셨다. 마침 점심을 먹은 뒤라 시간도 있고 할머니 신호등이 분홍색이라 인사라도 하고 갈 참으로 다가갔다. "날씨 좋죠? 에스더, 모린?" 했다. 할머니 모린은 반색을 하면서 "그래, 너무 좋지?" 하셨다. 할머니 에스더는 아무런 대답도 없이 들고 있던 스웨터를 접었다 폈다 하셨다. 아무래도 신호등이 고장 난 것이었다. "날씨도 좋은데 밖에 나가서 좀 걸으세요" 하고 돌아서는데 볼멘 목소리가 날아왔다. "날씨가 좋음 뭐 해 죽었는지 살았는지 상관도 없는 내 인생, 왜 빨리 안 죽고 살아 있어?" 하시며 들고 있던 스웨터로 옆에 있던 탁자를 짜증스럽게 탁탁 두드리셨다. 나중에 알고 보니 다음 날 방문하겠다던 지인이 약속을 취소한 것이었다.

할머니는 사오십 대를 일본에서 보냈다. 전도사였던 남편과 함께 전도를 하며 17년을 그곳에서 살았다. 할머니 연세 58세가 되던 해에 건강에 문제가 생기면서 캐나다로 돌아오셨다. 올해 나이 75세이니 17년 전의 일이다. 할아버지께서는 이미 십여 년 전에 돌아가시고 혼자 이곳으로 들어오셨다. 전도사 시절의 인연으로 목사가 된 일본인 부부도 방문했고 전도사가 된 청년이 다녀갔다. 그날도 일본에서 알고 지내던 부부가 방문 예약을 했는데 하루를 앞두고 갑자기 못 오신다고 연락을 해 온 것이었다. 건강하고 활기찬 노년을 보내고 계신 분들도 많지만 대부

서쪽으로 난 창

분의 노인들은 몸은 병들고 특별히 하는 일도, 오라는 곳도 없다. 기다리는 것이라고는 밥 먹는 시간과 누구든 찾아와서 말을 걸어 줄 말벗뿐이다. 그러니 누군가 온다는 소식은 여간 기대되고 기쁜 소식이 아닐 수 없다. 기대한 만큼 실망도 큰 법. 못 오신다는 소식에 할머니는 심통이 날 대로 나신 거였다.

그즈음 에스더 할머니는 날이 갈수록 급속도로 건강이 나빠지고 있었다. 우울증과 위경련으로 지난달엔 두 번이나 응급실 신세를 지셨다. 밥이라고 입에 넣어 씹어 봐도 밥 양보다 삼켜야 하는 알약의 양이 많다 보니 기다리던 밥도 쓰기만 하다. 입에 맞는 밥 한 끼 먹고 나면 힘이 벌떡 날 텐데 내가 해 먹을 기력도 없고 누가 해 줄 리 없으니 그 또한 맛보기가 쉽지 않다. 주문한 밥의 반도 못 드시는 날이 허다했다. 어떤 날은 주요리는 거들떠보지도 않고 디저트로 나온 케이크 한 조각만 드시는 날도 많았다. 그러다 보니 독한 약을 이겨 내지도 못할뿐더러 신경은 날카로워지고 몸은 야위어만 가셨다.

그날 저녁은 아스파라거스를 곁들인 연어구이를 주문하셨다. 아스파라거스 세 개 중 두 개를 드시고 연어구이는 잘라만 놓고 한 점도 드시지 않았다. 이렇게 안 드시면 안 된다고 좀 더 드시라고 권유하니 숨겨둔 짜증을 있는 대로 꺼내 놓으셨다. 아스파라거스는 덜 구워졌고 연어는 너무 바싹 익어서 포크도 안 들어간다는 것이었다. 그날 저녁 메뉴가 연어구이와 폭찹 스테이크 중 하나를 선택하는 날이었기에 그럼 폭찹을 드시겠냐고 물었다. "내가 돼지고기 알레르기 있는 거 모르냐?" 하셨다. 할머니는 돼지고기 알레르기가 없다. 입맛이 없으신 것이었다. 식사가 끝나고 돌아가실 때 무얼 드시고 싶으시냐고 물었다. 대답이 "아무것도 없어"였다.

그런 일이 있고 며칠 후 복도에서 할머니를 마주쳤다. "너 멸치 밥 아니?" 하셨다. 아니 뜬금없이 멸치 밥이라니…, 나는 콩나물밥이 떠올라 멸치를 넣고 하는 밥이냐고 물었다. 추측대로 굴밥이나 콩나물밥처럼 쉽게 만들 수 있는 음식이었다. 그게 드시고 싶으시냐고 물었더니 "일본에 있을 때 가끔 먹었었는데 그냥 생각이 났어" 하셨다. 인터넷을 열고 보니 이렇게 해라 저렇게 해라 방법도 많고 먹음직스러운 사진도 많았다. 먹다 둘이 죽어도 모른다며 내놓은 레시피도, 와이프에게 사랑받았다는 레시피도 다 해 봤지만 맛있단 생각을 못 했다. 나는 아침 일찍 일어나 내가 생각한 방식대로 멸치 덮밥을 만들었다. 도시락에 담아 알루미늄 포일로 싸고 종이봉투에 넣고 신문지를 덮었다. 만나면 말이 길어지기에 할머니 방문 앞에 놓고 와서 전화를 드렸다.

그날 이후 할머니는 몇 날 며칠을 분홍색 리본만 달고 다니셨다. 밥한 그릇의 힘이었다. 밥심으로 산다는 말은 남녀노소 국적 불문인가 보다. 밥 한 그릇의 의미는 힘내라는 말이고, 때로는 용서하겠다는 말이다. 함께 먹은 밥 한 그릇으로 친구가 되고, 피 한 방울 나누지 않은 타인도 한솥밥을 먹으며 가족이 된다. 너와 나를 이어 주는 튼튼한 다리다. 그래서 엄마라 불리는 여자는 손가락 하나 까딱하고 싶지 않은 지친 저녁에도 쌀을 씻는다. 구수한 밥 냄새를 맡으며 연신 창 밖을 내다본

서쪽으로 난 창

다. 초인종 소리와 동시에 된장 뚝배기에 가스 불이 켜진다. 밥은 사랑
이다.

꼬이는 날엔 탱고를

자신의 무게는 자신이 견디는 것

누군가는 "포커 게임을 하면서 인생을 배웠다" 했고 누군가는 "야구를 보면서 인생을 배웠다" 했다. 나는 영화를 보면서 인생을 배운다. 의기 소침해질 때, 계획한 일이 틀어지고 꼬일 때나 혼자 쉬고 싶을 때도 나는 영화를 본다. 좋은 영화 한 편을 보고 나면 한동안 내 속에 등불이라도 밝힌 듯 환해진다. 영화는 두어 시간 투자해서 얻을 수 있는 최고의 휴식처요 방전된 내 영혼의 발전소다.

가끔 "네가 생각하는 최고의 영화는 뭐야?"라는 질문을 받을 때가 있다. 열 손가락 열 발가락까지 동원해도 모자라는 수많은 명작 중에 어떻게 한 작품만을 고를 수 있단 말인가. 그럴 땐 "지금은 《여인의 향기》가 좋아요"라고 피해 가는 수밖에 없다. 영화 《여인의 향기》는 알 파치노와 검은색 드레스를 입은 도나 역의 가브리엘 앤워가 추던 탱고 장면이 경 쾌한 탱고 선율과 함께 길게 여운을 남긴 영화다. 춤을 추는 내내 수줍 은 데이지꽃처럼 웃던 여인 도나와 시력을 잃은 중년 신사 프랭크가 밀 고 당기며 춤을 추던 이 아름다운 영화를 보지 못한 사람이 있을까?

개봉 당시 포스터로 채택한 이 탱고 장면만 보고는 새콤달콤 로맨스 영화가 아닐까 지레짐작했었다. '알 파치노 없이 이 영화도 없다'며 그의 연기력에 내가 가진 모든 찬사를 꺼내 뿌린 수작이다. 많이 무례하고 다소 괴팍한 성격이지만 그 속에 시인과 철학자가 들어 있는 맹인 퇴역 장교 프랭크와 젊고 순수한 고학생 찰리의 나이를 초월한 우정을 밀도 있게 그려 냈다. 처음 그들의 만남은 껄끄러웠다. 프랭크는 죽느냐 사느냐의 갈림길에 서 있었고 찰리는 친구를 고발하고 하버드행 티켓을 거머쥐느냐, 아니면 정의를 선택하고 퇴학을 당하느냐 하는 갈림길에서 만났기 때문인가 보다. 티격태격하지만 끝내는 서로의 구원자가 된다는 간단한 스토리다.

영화가 끝날 무렵, 위기에 처한 찰리를 위해 상벌 위원회에 나타난 프랭크는 성공하려면 친구를 배신하라는 교장을 향해 '얼간이'라는 큼지막한 펀치를 날린다. 고발 대신 침묵을 택한 찰리가 용기와 신념을 바탕으로 만들어진 길로 계속 갈 수 있도록 옳은 판단을 하라며 연설을 끝내고 청중의 박수와 환호를 받으며 자리에 앉는다. 어쩌면 우리는 자신은 아니라고 믿는 비열한 교장은 아닐까? 또 어쩌면, 옳은 일인 줄 알면서도 가지 못하는 프랭크로 살아가고 있는 건 아닐까? 깔끔한 슈트 차림에 보이지 않는 눈을 부릅뜬 장님의 서슬 푸른 변론에 압도당한 나는 그 장면을 몇 번이나 되돌려 가며 보고 또 봤다. 그의 손짓, 그의 숨소리까지. 그런데도 불구하고 두고두고 기억에 남는 장면은 영화와는 아무런 상관도 없을 것 같은 두 남녀의 탱고 장면이다. 3분 남짓 탱고 안에 감독이 말하고자 하는 전부가 들어있다는 걸 끝나고서야 알게 되는 명작이다.

　주제로 사용했다고 우기고 싶은 탱고! 지금은 누구나 즐길 수 있고 매력적인 춤 탱고는 1870년대 아르헨티나의 부에노스아이레스 부둣가의 노동자와 이민자들이 외로움과 슬픔을 달래기 위해 남자들끼리 추기 시작한 춤이다. 애잔하면서도 경쾌한 리듬에 맞춰 남녀가 한 쌍이 되어 추는 춤. "탱고가 나를 구원했다"는 미녀를 만났다. 탱고의 유래와 탱고를 출 때 갖추어야 할 매너에 대해 알려 주신 분. 세상에 존재하는 수많은 장르의 춤 중에서 "호흡과 매너가 최우선이 되어야 하는 세상에서 가장 아름다운 춤이 탱고다"라고 정의를 내린 파란 눈동자의 할머니 준. 준은 뉴욕 하늘에 뜨는 별이 되고 싶었다. 미국 동부 브루클린에서 태어나고 자란 그녀는 소파를 잡고 일어서면서부터 춤을 추었다. 특별히 고전 음악에 맞춰 추는 발레를 좋아했다. 배운 적도 없는 발레에 심취한 그녀는 길거리든 주차장이든 틈만 나면 발끝을 곧추세우고 춤을 추었다. 그런 그녀를 본 사람들은 하나같이 그녀가 발레리나가 될 것이라 했건만 토슈즈 하나 살 형편이 안 되던 그녀는 두 명의 동생과 청소부였던 홀어머니를 도와 꿈 대신 밥벌이를 나서야 했다. 8등신 아름다운 몸매와 춤에 재능을 타고난 준이 쉽게 찾은 일은 밤무대 댄서였다. 그때 나이 열아홉이었다. 굽이 10센티미터도 넘는 구두는 발가락마다 물집을 만들고 터트렸다. 쓰리고 아팠지만 춤을 추고 내려와 받은 돈은 또다시 무대에 오르게 하는 힘이 되었다. 빵을 사고 집세를 낼 때마다 발레리나는 한 걸음씩 멀어져 갔다.

　　　　　　　　　　　　　　　　　　　　　서쪽으로 난 창

그녀의 어머니가 중고품점에서 사다 준 분홍색 토슈즈를 꺼내 보며 "언젠가 오디션을 볼 거야, 반드시 뉴욕 시티 발레단에 들어가 스타가 되고 말 테야" 했다. 하지만 "언젠가"는 오지 않았고 생활에 밀려난 꿈은 꿈이 되고 말았다. 돈만 있으면 하이힐 대신 토슈즈를 신고 무대 위에서 죽는다 해도 그 길을 택하고 싶었다. 올라서 있던 하이힐에서 내려오고 싶었고 타인의 눈을 즐겁게 해 주는 일이 아닌 내가 즐거운 일을 하고 싶었다. 화려한 분장을 하고 현란한 무대조명 아래 환호와 박수갈채를 받아도, 집세를 내고 한 아름 빵 봉지를 안아 올려도 밀려오던 공허감을 위스키로 채울 즈음, 한 남자의 청혼은 뿌리칠 수 없는 유혹이었다. "가진 거라곤 돈과 시간밖에 없다"는 남자는 그 둘 모두를 준에게 바치겠다고 했다.

　결혼을 하고 남편의 사업체가 있는 라스베이거스에서 크고 좋은 집과 차에 돈 걱정하지 않아도 되는 꿈같은 삶이 시작되었다. 잘생긴 남편의 어깨에 기대어 영원히 행복할 것 같았지만 모든 걸 준에게 바치겠다던 남편은 한 여자로 만족하지 못했다. 24시간 잠들지 않는 카지노 불빛처럼, 남편의 바람기 또한 잠들지 않았고 혼자일 때보다 더 외롭던 결혼 생활은 2년도 못 가 끝이 나고 말았다. 다시 밤무대 댄서가 된 준은 탱고 파트너였던 남자 케빈과 사랑에 빠졌다. 결혼이라는 형식에 얽매이기보다 서로에게 충실하자며 결혼은 하지 않았고 평생을 영혼의 동반자로 살았다. 케빈은 캐나다에서 미국으로 건너가 춤을 배우고 댄스 강습을 하면서 밤무대에서 춤을 추던 춤에 미친 남자였다. 불우한 가정에서 자란 케빈과 준 모두 춤이 인생의 전부였고 춤을 추는 동안은 모든 걱정, 근심, 불안을 잊을 수 있었다. 삼바, 자이브, 살사, 탱고, 종류도 많은 춤을 배우고 익혀 댄스 강습소를 운영했던 두 사람이 가장 즐겨 추던 춤은 탱고였다.

두 사람이 하나가 되어 애잔하면서도 경쾌한 음악에 몸을 맡기는 탱고는 남녀가 서로의 손을 잡는 순간, 모든 감각은 손을 맞잡은 상대방에게 집중해야 한다. 춤을 리드하는 남자는 주변의 장애물도 봐 두어야 하고 자신이 나아가야 할 길과 여자가 내디딜 길을 계산하고 열어 주어야 한다. 여자는 남자가 리드하는 대로 따라가되 남자에게 자신의 체중을 맡겨서는 안 된다. 비록 그가 맹인이어도 작고 나약한 여자라 할지라도 자신의 체중은 자신이 책임지며 상대방의 스텝과 호흡에 주파수를 맞춰야 한다. 준의 말처럼 "자신의 무게는 자신이 견디며 지금 내 손을 잡아 준 사람의 호흡에 집중하고 배려해야 가능한 춤"이다.

이루지 못한 꿈이 아쉽지 않냐고 물었다. "까짓, 발레리나? 난 후회 없어, 이름이야 뭐가 됐든 추고 싶은 춤을 맘껏 추었어, 그것도 나랑 호흡이 척척 들어 맞는 남자랑 말이야, 케빈의 여자로 충분히 행복했어"라고 회고하셨다. 준은 유람선인 줄 알고 올라탄 난파선에서 용감하게 뛰어내렸고 가난했지만 두 육체에 깃든 하나의 영혼, 케빈의 손을 잡았다. "케빈은 나를 세상에서 제일 아름답고 소중한 사람으로 만들어 주었어" 하시는 할머니 입가엔 달무리처럼 부드러운 미소가 번져 있었다. 할아버지 생각을 하면서 지금도 가끔 혼자 춤을 추신다는 할머니는 케빈의 품에서 그녀가 꿈꾸던 별이 되어 있었다.

서쪽으로 난 창

퇴역 장교 프랭크에게도 준 같은 여자가 있었다면 자살 같은 생각은 하지 않았을 것이다. 시력을 잃었다고 볼 수 없는 것도 아니고 세상이 끝나는 것도 아니다. 비누 냄새를 맡고 여자를 찾아내는 날 선 후각과 옳은 것을 옳다고 말할 수 있는 프랭크는 누구보다 밝은 눈을 가진 사람이었고 아름다운 남자였다. 한때는 힘들고 두려워서 가지 못했던 길을, 앞이 보이지 않지만 이제라도 그 길을 가겠다는 남자와 다시 태어나도 케빈의 여자이고 싶다는 여자, 그들은 스텝이 엉켜도 쉼 없이 걸었고 길을 찾았다.

괜스레 의기소침해지고 되는 일도 없이 꼬이는가? 그런 날엔 볼륨을 높여라. 〈라 쿰파르시타(La Cumparsita)〉도 좋고 〈포르 우나 카베차(Por una Cabeza)〉도 좋다. 가난한 노동자와 선원, 고달픈 이민자들의 희로애락을 녹여 만든 탱고 리듬에 몸을 맡겨 보자. 스텝이 엉키면 엉키는 대로 혼자도 좋고 둘이면 더 좋은, 인생은 탱고다.

서쪽으로 난 창

ⓒ 박지향, 2023

초판 1쇄 발행 2023년 7월 15일

지은이   박지향
펴낸이   이기봉
편집   좋은땅 편집팀
펴낸곳   도서출판 좋은땅
주소   서울특별시 마포구 양화로12길 26 지월드빌딩 (서교동 395-7)
전화   02)374-8616~7
팩스   02)374-8614
이메일   gworldbook@naver.com
홈페이지   www.g-world.co.kr

ISBN   979-11-388-2089-9 (03810)